CHARLIE N'EST PAS RENTRÉE

DU MÊME AUTEUR
CHEZ POCKET

MÉMOIRE PIÉGÉE
FEU DE GLACE
DANS LA PEAU
LA CHAMBRE ÉCARLATE
AU PAYS DES VIVANTS
SOURIRE EN COIN
JEUX DE DUPES
AIDE-MOI
CHARLIE N'EST PAS RENTRÉE
LES MORSURES DU DOUTE
JUSQU'AU DERNIER
PLUS FORT QUE LE DOUTE

NICCI FRENCH

CHARLIE N'EST PAS RENTRÉE

Traduit de l'anglais (Grande-Bretagne)
par Christine Barbaste

FLEUVE NOIR

Titre original :
LOSING YOU

Le papier de cet ouvrage est composé de fibres naturelles, renouvelables, recyclables et fabriquées à partir de bois provenant de forêts plantées et cultivées durablement pour la fabrication du papier.

ISBN : 978-2-266-20469-9

Pour Jamie, Sophia, Maya et Cassie.

Parfois, j'avais l'impression d'avoir échoué aux confins du monde. La lumière hivernale sur le paysage plat, incolore ; le gémissement du vent, les criaillements des oiseaux de mer ; le mugissement mélancolique de la corne de brume, au large. Un frisson m'a secouée. J'ai piétiné énergiquement le sol pour me réchauffer les pieds, tout en songeant que, dans quelques heures, je serais loin.

Rick a lâché la clé à écrous et s'est dégagé de sous le capot de la voiture. Ma voiture. Il s'est frictionné un doigt. Les rafales glaciales du vent de nord-est chargées des premières gouttes de pluie avaient irrité son visage mal rasé et embué de larmes ses yeux bleu délavé. Sous ses boucles plaquées par l'humidité, je distinguais la forme de son crâne. Il a soufflé sur ses doigts exsangues et essayé de me faire son sourire de petit garçon, mais je voyais bien que le cœur n'y était pas.

— Rick, c'est gentil de ta part, mais tu n'es pas obligé de te donner tant de mal. À cause de ce cliquetis dans le moteur, j'ai cru qu'un truc s'était dévissé. Je ne t'aurais jamais embêté, sinon. Je pourrais la conduire au garage à notre retour de vacances.

Karen, sa femme, est sortie nous rejoindre avec trois tasses de café et autant de biscuits sur un plateau. Karen était grande, presque aussi grande que Rick, solidement bâtie mais mince. À certains moments, elle pouvait avoir une allure folle, être presque belle, et là, je comprenais pourquoi ces deux-là allaient si bien ensemble, mais trop souvent, elle avait les traits tirés, sa mise laissait à désirer comme si elle se négligeait. Ses cheveux marron, déjà mêlés de gris, étaient rassemblés en un chignon fait à la hâte. Sa peau était ridée, ses ongles rongés jusqu'au sang. Elle ne se maquillait que rarement et ne portait jamais de bijou, à l'exception de son alliance. Ses vêtements étaient toujours désassortis. Ce jour-là, elle avait mis une veste écossaise rose fraise et une jupe noire toute fine qui traînait jusqu'au sol, au risque de la faire trébucher. Comme beaucoup de grands timides, elle était brusque, autoritaire. Un soir où elle était un peu éméchée, elle m'avait confié que la vie fonçait sur elle comme une nappe de brouillard et la prenait perpétuellement par surprise. Peut-être était-ce pour cette raison que sa conversation était décousue et que son attitude oscillait souvent entre un sarcasme mordant et une colère à fleur de peau.

— Avec beaucoup de lait et sans sucre, c'est ça ? Alors, comment ça se passe ? C'est réglé ?

Rick lui a décoché une grimace exaspérée, puis a contemplé la batterie de ma voiture au sol et quelques autres pièces que j'aurais été bien en peine d'identifier.

Une petite lueur s'est allumée dans les yeux de Karen.

— Tu as dit quand tu es revenu que ça serait réglé en deux minutes.

— Je sais, a répondu Rick d'un ton cassant.

— C'était avant 10 heures. (Elle a regardé ostensiblement sa montre.) Ça fait presque trois quarts d'heure que tu y travailles.

— Je sais.

— Nina a un avion à prendre.

Elle m'a glissé un regard amusé qui semblait dire : « Ah, les hommes… » J'ai détourné les yeux, coupable.

— Je sais.

— Ce n'est pas grave, suis-je intervenue. J'ai presque terminé ma valise et celle de Jackson, et Charlie a promis qu'elle serait prête à mon retour.

Rick a replongé la tête sous le capot. J'ai entendu une série de petits coups secs, suivis d'un juron étouffé. Ç'aurait pu être drôle, mais visiblement Rick était loin de trouver ça amusant : je me suis mordu la lèvre pour ne pas sourire. J'ai retiré mes gants, enroulé mes doigts autour de la tasse de café, pleine de gratitude envers cette chaleur et la volute de vapeur qui caressait mon visage transi.

— Ah, Noël au soleil, loin de ce sempiternel crachin et de cette grisaille ! a soupiré Karen, frissonnante, en resserrant les pans de sa veste. À quelle heure est ton avion ?

— Un peu avant 18 heures. Je récupère Christian en partant à Heathrow.

J'avais dit ça d'un ton dégagé, mais je sentis dans ma poitrine un pincement de joie mêlée de nervosité :

Christian et moi étions amis depuis presque dix-huit ans, amants depuis quelques mois à peine, et aujourd'hui, nous partions passer quinze jours en Floride, dans les Keys, tous les quatre. Comme une famille – cette famille que je croyais en pièces –, nous allions partir en excursion, faire des projets, engranger des souvenirs communs que nous pourrions raconter et re-raconter, et même prendre notre petit déjeuner ensemble. À ce détail près que Charlie ne prenait jamais de petit déjeuner, comme si les tartines étaient la pire des choses. « Pourvu qu'elle se tienne bien », ai-je songé.

— Je pense qu'on devrait faire l'impasse sur la fête de Noël, dit Karen. Eamonn a une espèce de blocage idéologique contre Noël, et il passe son temps à vouloir nous convaincre de fêter plutôt le solstice d'hiver, en se réunissant autour d'un bûcher, à minuit, comme des sorcières. Et Rick qui insiste toujours pour jouer aux charades, ou à la Mafia, même si c'est impossible de jouer à la Mafia à trois, et je… Et moi, a-t-elle achevé en haussant les sourcils à mon intention, je suis toujours celle qui picole trop et fait cramer la dinde.

Rick a contourné l'avant de la voiture pour se pencher sous le volant et mettre le contact.

— Bon, a-t-il dit d'un ton résolu.

Le moteur a toussé plusieurs fois puis s'est tu.

— Tu *espères* passer prendre Christian, s'est moqué Karen.

On aurait dit qu'elle était presque contente.

Rick a grimacé. Son expression tenait d'un mélange de confusion, d'anxiété et de détresse. Voilà ce à quoi Rick passait son temps : aider les gens, réparer des choses. Il n'était pas du genre à s'affoler, se montrait adroit, aimable. Les gens avaient l'habitude de l'appeler à la rescousse. Exactement comme je venais de le faire ce matin-là.

— Au moins, tu as résolu le problème du cliquetis, a commenté Karen avant de lâcher un petit ricanement sonore.

— Quoi ? a fait Rick, en lui décochant un regard qu'elle a feint d'ignorer.

— La voiture ne fera pas un bruit de ferraille si tu n'arrives plus à la faire démarrer.

Le visage de Rick s'est empourpré. Il a regardé sa montre et, subrepticement, j'en ai fait autant.

— Rick, et si on appelait un garage ? Ou l'Automobile Club ? Je suis membre.

— Bon, c'est peut-être juste…

— Rick, ne sois pas ridicule, l'a coupé Karen. Tu n'as rien prévu aujourd'hui, n'est-ce pas ? Sinon travailler sur ton bateau. Encore que Dieu seul sait pourquoi tu as envie de travailler sur ton bateau un jour comme aujourd'hui, et c'est ton premier jour de vacances, en plus ! Tu ne peux pas démonter la voiture de Nina et tout laisser en plan. Il faut qu'elle aille à…

— Je *sais*. Au fait, elle a quel âge, cette voiture ? a demandé Rick en considérant ma petite Rover rouillée de l'air du prof qui observe son pire élève.

— Une dizaine d'années. Elle était déjà assez vieille quand je l'ai eue.

Rick a grommelé comme si l'âge de la voiture était responsable de la situation.

— Ne t'inquiète pas, Nina, a repris Karen.

— Je ne suis pas inquiète.

C'était vrai. Je savais que dans quelques heures, quitte à gagner Heathrow en taxi, nous serions dans le ciel, bien loin de cet hiver glacial. Je me voyais assise à côté de Christian en train de regarder par le hublot Londres se métamorphoser en un réseau dense de lumières orange et blanches. J'ai relevé la tête et contemplé le paysage qui s'offrait à moi.

Trente-huit années durant, j'avais vécu dans une ville où je pouvais passer une journée entière sans voir l'horizon. Ici, sur Sandling Island, tout n'était qu'horizon : les grandes étendues plates, les zones laissées à découvert par la mer, les marécages à perte de vue, les marais salants, la mer grise et ridée. En ce milieu de matinée, de là où je me tenais, face à l'ouest et au continent, je ne distinguais que le miroitement des laisses de vase et de leurs étroites rigoles suintantes, et les échassiers qui évoluaient sur leurs longues pattes graciles en poussant des cris lugubres, comme s'ils avaient perdu quelque chose. La marée était basse. Quelques petits bateaux, amarrés à leur bouée momentanément inutile, versaient sur le flanc et dévoilaient leurs coques boursouflées, visqueuses ; les drisses claquaient et tintaient sous les assauts du vent. De chez moi, parce que ma maison se trouvait un peu plus bas, orientée au sud-est, j'apercevais la mer. Parfois, le matin, quand je m'éveillais et ouvrais les yeux sur son immensité mouvante, il m'arrivait d'avoir un instant d'hésitation, de ne plus savoir où j'étais, comment j'avais bien pu arriver là.

C'est Rory qui avait voulu venir ici, Rory qui, pendant des années, du temps où nous étions mariés, avait rêvé de quitter Londres et de plaquer son boulot d'avocat pour monter un restaurant. Au début, ça n'avait été qu'un rêve éveillé, une aspiration que je ne partageais pas vraiment, mais qui, petit à petit, s'était transformée en obsession. Puis un jour, il avait déniché un local sur Sandling Island et embarqué avec lui sa famille encore réticente. Cette île n'était qu'à une centaine de kilomètres de Londres et à quelques encablures du continent, mais, bordée d'un côté par l'estuaire et ses eaux saumâtres, ouverte face au large de l'autre, elle donnait l'impression d'appartenir à un autre monde, d'être entièrement soumise aux changements de temps et de saison ; un paysage d'étendues sauvages, habité de solitude, transpercé par l'appel insolite des oiseaux de mer, traversé par les gémissements du vent. Souvent, au plus fort des grandes marées, quand l'eau recouvrait la chaussée qui la reliait au continent, l'île se trouvait coupée de tout. De ma chambre, j'entendais le clapotis des vagues contre les galets du rivage, et le mugissement des cornes de brume au large. La nuit, quand l'île était enveloppée dans l'obscurité du ciel et cernée par le ressac des vagues, un sentiment de solitude presque intolérable m'étreignait parfois.

Pourtant, c'est moi qui étais tombée sous le charme de Sandling Island. Rory, lui, avait manqué d'y devenir fou. Son projet d'un restaurant tout simple, décoré de pots à langoustes, de filets de pêche et de gravures de smacks, ne s'était pas déroulé comme prévu. Un différend avait éclaté avec un fournisseur, l'argent refusait obstinément de rentrer et le restaurant n'avait jamais ouvert ses portes. Prisonnier de ce rêve qu'il avait si longtemps nourri, Rory n'avait plus su ce pour quoi il était fait, ni même qui il était. Il n'avait eu qu'une seule issue : filer.

J'ai reporté mon attention sur Karen, qui était en train de me parler.

— Excuse-moi ?

— C'est ton anniversaire, n'est-ce pas ?

— Oui.

— Et pas n'importe lequel.

— C'est sûr, ai-je reconnu à contrecœur. Quarante ans… De tous les anniversaires, c'est celui dont on n'est pas censé se réjouir. Comment es-tu au courant ?

Elle a haussé les épaules.

— Dans le coin, tout le monde sait tout sur tout le monde. En tout cas, bon anniversaire.

— Merci.

— Ça te chagrine vraiment d'avoir quarante ans ?

— Je ne sais pas trop. Une amie m'a dit un jour…

— Moi, ça m'avait contrariée, m'a-t-elle coupée. Je me suis regardée dans la glace, et j'ai pensé : « Voilà qui tu es devenue. Plus d'échappatoire. Voilà qui tu es. Rien ne s'est passé de la façon dont tu l'espérais, hein ? »

— Je crois que j'approche du but, a déclaré Rick. Tu me passes mon café, s'il te plaît ?

Une traînée de graisse noire, qui n'était pas d'un vilain effet, lui barrait la mâchoire, et sa veste avait un accroc. Tout en l'observant avaler une grande rasade de café tiède puis croquer un biscuit, j'ai passé en revue la liste des choses à faire : emballer les affaires de plage, les lunettes et la crème solaire ; ne pas oublier les cadeaux de Noël, dont le tuba et les palmes que j'avais achetés pour Christian – un biologiste du monde marin qui vivait plutôt loin de la mer – ; prendre quelques dollars ; des bouquins pour l'avion ; des jeux de cartes. Laisser des croquettes pour le chien et des instructions à Renata ; les étrennes pour le facteur, le laitier, les éboueurs… Je commençais à avoir les orteils glacés et le visage paralysé par le vent glacial. Rick s'est rapproché de moi.

— Au fait, Nina…, a-t-il dit, comment va Charlie, en ce moment ? Ça s'arrange pour elle ?

— Je crois, ai-je répondu prudemment. C'est difficile de le savoir. Du moins, j'ai du mal à juger, avec Charlie. Elle est assez secrète, tu sais.

— C'est normal, c'est une ado. Les ados sont cachottiers. Surtout vis-à-vis de leurs parents. Regarde Eamonn, par exemple.

— De quoi parlez-vous ? a demandé Karen en approchant, une lueur d'intérêt dans le regard.

— Charlie a eu quelques moments difficiles, à l'école, ai-je dit.

Je ne tenais pas à aborder le sujet – c'était là les histoires de Charlie, pas les miennes. Je ne voulais pas en parler à la légère, les réduire à une anecdote banale. Je me suis représenté Charlie, son visage pâle, empreint d'une expression sur la défensive, agressive, derrière sa flamboyante cascade de cheveux roux.

— Rick a eu vent de ses difficultés, poursuivis-je. Il a parlé aux filles qui la persécutaient et à leurs parents. Et il m'a mise au courant de ce qui se passait. Son aide a été précieuse.

— Oui, les filles peuvent se montrer cruelles, a lâché Karen avec sa sympathie à l'emporte-pièce.

— Elle est restée dormir chez l'une d'elles, la nuit dernière, ai-je dit. Chez Tam. Ça marquera peut-être un progrès décisif. Ce serait une bonne façon de clore le trimestre.

— Tout va s'arranger pour elle, m'a rassurée Rick en reposant sa tasse pour se ressaisir, sans enthousiasme, de la clé à écrous. C'est horrible, d'être persécuté. Parfois, je me dis que nous avons tous oublié à quel point c'est douloureux, minant. Surtout nous, les profs, parce qu'on finit par voir là un truc normal. Tu ne crois pas ? Mais Charlie est une jeune fille solide. Très brillante, avec beaucoup de caractère et une grande largeur d'esprit. J'ai toujours plaisir à l'avoir en cours. Tu peux être fière d'elle.

Je lui ai souri avec gratitude.

— Elle s'est fait faire des piercings, non ?

— Pour l'amour de Dieu, Karen ! Quel rapport ? a pesté Rick en donnant un tour d'écrou.

— Je me disais que cette histoire était peut-être tombée sur elle parce qu'elle donne l'impression de vouloir se singulariser.

— Se singulariser ? Tu as vu Amelia Ronson, récemment ? C'est à croire qu'elle s'est fait suturer à moitié l'œil droit, et pour ce qui est de vouloir se singulariser, regarde ton propre fils… Ah tiens, quand on parle du loup…

Une silhouette étrange est apparue sur le seuil, drapée dans un trench vert bouteille qui balayait presque le sol, et d'où dépassaient deux pieds crasseux. Eamonn était si pâle que son visage évoquait presque un masque, mais un masque agrémenté d'anneaux en maints endroits : dans le sourcil, les narines, les oreilles. Il avait hérité des yeux de Rick, sauf que les siens étaient empreints de tristesse. Des mèches vertes striaient sa tignasse brune et emmêlée. Ses ongles étaient peints en noir, et un tatouage s'enroulait telle une volute autour de son avant-bras droit. Il donnait toujours l'impression de n'être pas lavé, d'avoir la gueule de bois, d'être sous l'emprise de drogues, de faire la tête, mais quand il souriait, il redevenait un adorable gamin, un peu perdu, qui faisait plus jeune que ses dix-sept ans. Je savais par Rick que c'était un enfant à problèmes, un solitaire, un gamin intelligent mal dans sa peau, et que sur cette petite île sa panoplie du parfait Gothique lui valait d'être regardé avec suspicion ou hilarité. Je savais également que ses parents, et tout particulièrement Karen, ne pouvaient passer plus d'une minute avec lui sans qu'une dispute éclate. Mais lui et moi nous étions toujours bien entendus. Il venait me parler de petits problèmes de calcul qu'il avait rencontrés dans des bouquins – après tout, je suis une ex-comptable qui se fait passer pour une prof de maths – et de Dieu (ou plutôt de l'absence de Dieu). Et puis, il aimait bien traîner en ma compagnie pour le cas où Charlie ferait une apparition. C'est le genre de détail qu'une mère remarque.

Karen a consulté sa montre.

— Tu sais quelle heure il est, Eamonn ?

— Pas vraiment, non.

— Dix heures et demie passées.

— Marée basse dans dix minutes, lui a répondu Eamonn, comme si c'était la plus logique des reparties. (Son visage s'est chiffonné en une moue de dégoût.) On sera cernés par de la vase qui pue la pourriture.

— Je pensais que tu t'étais peut-être levé de bonne heure et que tu étais sorti.

— Et comment sais-tu que ce n'est pas le cas ?

— La journée commence bien, a commenté Rick, penché au-dessus de mon moteur.

— Bonjour, Eamonn ! lancé-je pour essayer de prévenir une autre dispute.

— Bon anniversaire, Nina.

Il s'est incliné devant moi, d'un mouvement brusque ; son trench s'est entrouvert et j'ai vu qu'il ne portait rien en dessous.

— Décidément, tout le monde est au courant, ai-je lancé en riant.

« Tongs, ai-je pensé. Ne pas oublier les tongs, ni le chargeur de l'appareil photo. »

— C'est Charlie qui me l'a dit.

— Tu l'as vue, récemment ?

À ce moment-là, dans ma poche, mon portable a entonné cette rengaine agaçante que Jackson avait dû programmer à mon insu. Je me suis éloignée un peu. Le temps d'approcher le téléphone de l'oreille, mon interlocuteur était déjà à mi-phrase et, comme quand on prend une émission de radio en cours de route, il m'a fallu quelques secondes pour isoler dans ce flot confus des mots qui faisaient sens.

— … et si j'avais su que tu deviendrais ce genre de mère putain le genre qui me prive de mes gosses pour Noël qui non seulement me prive d'eux mais les embarque à l'autre bout du monde avec un type qui les connaît à peine…

— Rory, attends, ne quitte pas…

Je me suis éloignée de quelques pas supplémentaires.

— Le fait que j'ai un peu déraillé signifie-t-il que j'ai renoncé à les voir et ils grandissent si vite mes petits sauf évidemment qu'ils ne sont plus si petits que ça et là c'est Noël et bientôt ils cesseront de penser à moi comme à leur père et c'est ce que tu veux n'est-ce pas sauf que tu disais toujours…

— Que se passe-t-il ?

Je détestais la façon dont ma voix adoptait machinalement un ton doux, apáisant, comme si je murmurais des cajoleries à un cheval effrayé tout en essayant de lui passer le mors aux dents. Je savais bien à quoi ressemblait le visage de Rory quand il partait dans ses divagations, quand il cédait à ses accès de rage – c'était une réplique troublante de celui de Charlie quand elle piquait une crise de colère. Je savais qu'en me parlant il avait les larmes aux yeux et je savais qu'il avait bu.

— Cela fait des semaines que tu es au courant de ce voyage. Tu as dit que ça ne te posait pas de problème. Nous en avons discuté.

— Tu aurais au moins pu me laisser les voir avant leur départ.

— Que veux-tu dire ?

— Juste un petit moment, pour leur souhaiter un joyeux Noël.

— Ce n'est pas possible.

En entendant le gravier crisser dans mon dos, je me suis retournée. Karen, tel un sémaphore, m'adressait de grands signes énergiques et articulait en silence des paroles incompréhensibles. Derrière elle, j'ai entendu le moteur de ma voiture lâcher une quinte de toussotements éraillés puis revenir à la vie en ahanant. D'un geste, je lui ai indiqué que je n'en avais pas pour longtemps. Quelle hypocrite je faisais ! Tout en essayant d'esquiver une prise de bec avec Rory, je tentais pitoyablement de faire croire à Karen, qui adorait écouter aux portes, que je menais une conversation parfaitement civilisée.

— Je parle ici en théorie. Je parle de principe. Principe. Ce mot te dit quelque chose ? Le principe au nom duquel un père a envie de voir sa fille…

— Tu as aussi un fils, ai-je dit.

J'avais toujours détesté sa façon d'être subjugué par Charlie et de prêter à peine attention à Jackson, qui l'adorait.

— … d'un père qui voit ses enfants. C'est de ça que je parle.

Sa voix a déraillé.

— Tu m'appelles de ton portable ? Tu n'es pas au volant, n'est-ce pas ?

Au volant *et* ivre, avais-je voulu dire.

— J'ai reçu le courrier de ton avocate.

J'étais devenue prudente. J'avais demandé à mon avocate, Sally, qui était aussi une amie proche, d'adresser un courrier à l'avocat de Rory. Le premier pas sur une voie particulièrement déplaisante. La lettre stipulait que s'il n'adoptait pas à l'égard de Jackson et de Charlie une conduite plus rationnelle, je me verrais dans l'obligation de demander une ordonnance restrictive. Cela faisait suite à sa dernière visite, au cours de laquelle il s'était soûlé et avait frappé Jackson. Qui s'était bien gardé de me raconter l'incident, jusqu'à ce que j'exige de connaître l'origine de l'hématome sur son épaule.

— Tu veux juste me les enlever !

— C’est faux, me suis-je défendue, impuissante.

— C’est Noël, et je ne les verrai pas.

— Je dois raccrocher, Rory. Je te rappellerai de la maison.

— Ne te débarrasse pas de moi !

— Je ne me débarrasse pas de toi. Je te dis que je te rappelle dans quelques minutes. Va boire un café bien serré, ou ce que tu veux, et je te rappelle.

— Comment ça : « un café bien serré » ?

— À tout à l’heure, Rory.

J’ai raccroché et cligné des yeux, en espérant qu’on croirait que j’étais gênée par le vent.

— Pauvre de toi, a dit Karen. Il est en rogne ?

— Non, il va bien. (Face à la curiosité éhontée de Karen, j’ai senti ma pitié se muer en élan protecteur.) Enfin, non.

— Noël peut être un sale moment pour le père absent, n’est-ce pas ?

— Oui, j’imagine.

— Et après tout, Rory a toujours été assez… (elle a cherché le mot exact)… instable, a-t-elle finalement lâché, avec un tact assez lourdaud. Comme Charlie. À la différence de Jackson et toi, qui êtes toujours si courtois, si organisés.

Je me suis tournée avec soulagement vers ma voiture qui ronflait docilement.

— Fantastique, Rick. Merci infiniment.

— Je t’en prie.

— Et maintenant, file bosser sur ton bateau.

Je me suis hissée sur la pointe des pieds pour planter un baiser sur ses joues froides, piquantes et maculées de graisse.

— Ah non, pas tout de suite, a protesté Karen. J'ai encore besoin de lui pour quelque chose.

J'ai senti qu'il valait mieux m'éclipser avant que l'orage n'éclate pour de bon.

— Je vais chercher Jackson et terminer les bagages. Salut, Karen.

Je l'ai embrassée, mais j'ai raté sa joue et le baiser a atterri sur son nez.

— Merci pour le café. À bientôt, Eamonn.

J'ai grimpé dans la voiture, claqué la portière, et descendu la vitre.

— Joyeux Noël ! ai-je lancé en passant la marche arrière. (J'ai agité la main et fait demi-tour dans l'étroite allée.) Et bonne année !

J'ai enclenché la première et je me suis mise en route, au son d'un moteur ronronnant.

Sitôt que j'ai été hors de vue, je me suis arrêtée sur le bas-côté pour appeler Christian, sans couper le contact. Le chauffage me soufflait de l'air tiède sur les mains, mais mes pieds, eux, demeuraient glacés. À l'extérieur, les bourrasques de vent sifflaient entre les branches nues des arbres et emportaient le long de la route brindilles et vieilles boîtes de conserve. Christian ne répondant pas sur sa ligne fixe, j'ai essayé son portable, mais je suis tombée sur sa messagerie.

— Ce n'est que moi. J'appelais juste comme ça…

J'ai rencontré Christian l'année de ma licence de maths. Lui était diplômé de biologie marine. À l'époque, je sortais avec Rory et passais tous mes week-ends avec lui à Londres. Nous faisions des projets d'avenir ensemble et les années de fac me semblaient appartenir au passé. J'aimais bien Christian et son cercle d'amis, mais parce qu'à l'époque il faisait partie de cet univers que je m'apprêtais à quitter, je n'avais pas gardé de souvenirs précis de lui. Quand j'essayais de me le remémorer, je ne voyais qu'un visage flou, partiellement effacé par l'oubli. Je sais qu'il nous était arrivé de boire un verre ensemble. Je crois qu'un soir j'étais allée dîner chez lui, avec tout un tas d'autres camarades. Il me soutenait à présent que nous avions dansé ensemble plus d'une fois et qu'un jour, dans un pub au bord de la rivière, il m'avait enlacée. Quelques semaines plus tôt, il m'avait montré une photo de lui, étudiant : visage menu, cheveux bruns en désordre, cigarette au coin des lèvres. J'avais contemplé ce cliché en ressentant du désir pour le jeune homme qu'il avait été, même si, à l'époque, il m'avait laissée de marbre. Il n'était qu'une silhouette que je croisais çà et là et, en dépit de notre promesse mutuelle de garder le contact, nous nous étions perdus de vue. Un jour, il y a des années, il m'avait envoyé une carte postale du Mexique, où il participait à une conférence, et il m'avait fallu quelques secondes pour retrouver qui était ce « Christian » qui m'écrivait ces lignes d'une écriture difficile à décrypter. Deux ans auparavant, quand j'avais appris par une connaissance commune qu'il venait de rompre avec sa compagne, j'avais songé à reprendre contact avec lui, sans passer à l'acte. Je lui avais envoyé un avis de changement d'adresse quand nous étions venus nous installer sur Sandling Island, mais je m'étais dit qu'il ne l'avait certainement jamais reçu. Je ne savais même plus où il vivait à l'époque.

Six mois plus tôt, il m'avait appelée, à l'improviste, pour m'annoncer qu'il allait donner une conférence à l'université d'East Anglia et que ce pourrait être l'occasion de nous revoir. J'avais failli inventer une excuse pour me défiler. Rory venait de partir, dans un malstrom de larmes, de factures impayées, de rêves brisés, et je me sentais seule, déroutée, recluse, morose. À cette époque, j'avais déjà eu une aventure pénible et sans lendemain, et je savais que cela ne résolvait rien. Certainement pas la solitude, certainement pas la tristesse. Ce que je désirais vraiment, c'était passer du temps avec mes enfants, et quand je n'étais pas avec eux, m'affairer dans la maison et dans le jardinet envahi d'orties. J'essayais de nous créer un petit havre, qui sentirait bon la peinture fraîche et les gâteaux sortis du four, et je n'avais guère envie de faire d'efforts pour un homme que j'avais connu autrefois, mais qui n'était plus qu'un étranger à moitié effacé de mon souvenir.

J'avais pourtant arrêté un rendez-vous avec lui, parce que aucune excuse ne s'était présentée assez vite à mon esprit. Et à la fin de cette première rencontre, je ne le lui avais pas caché, après deux heures et demie en sa compagnie, je voulais me montrer honnête avec lui. Je sentais que je pouvais lui faire confiance. Il n'essayait pas de m'impressionner, ni de se faire passer pour un autre. Avait-il toujours été comme ça ? me suis-je demandé. Et si oui, pourquoi ne l'avais-je pas remarqué plus tôt ?

Il avait conservé un corps mince et une allure juvénile, mais ses cheveux, qu'il portait plus courts, étaient grisonnants et de fines rides s'étaient installées autour de ses yeux et de la bouche. J'essayais de faire coïncider ce visage de quadragénaire avec un des visages du passé, forcément plus lisse, plus impatient, et je sentais bien que lui faisait de même. Nos fantômes étaient là, avec nous. Nous étions allés nous promener le long de la digue ; c'était marée descendante et la belle lumière de mai déclinait progressivement. Nous avions alterné bavardages et moments de silence, et il m'avait appris le nom des oiseaux qui glissaient sur les courants. À titre d'insulaire, j'aurais dû les connaître, et cette lacune était devenue comme un jeu dans notre flirt. Il était revenu quelque temps après, et nous avions pris un verre chez moi. Il avait disputé (et perdu) une partie sur l'ordinateur avec Jackson, et quand Charlie avait fait irruption dans la pièce avec des chaussures crottées et un éclat de mauvais augure dans le regard, il s'était montré amical et sérieux à la fois, sans obséquiosité ni fausse camaraderie. Presque aussitôt après avoir pris congé, il m'avait téléphoné : il était en train de traverser la chaussée, l'eau recouvrait la route, et accepterais-je de l'inviter à dîner le lendemain ? Il se chargerait d'apporter du vin et un pudding, et qu'est-ce que les enfants aimeraient manger ?

Je me suis remise en route, direction le centre-ville. J'ai dépassé les commerces et l'église, le garage, la maison de retraite, la jardinerie, et le local où Rory projetait d'ouvrir son restaurant ; une pancarte « À LOUER » se balançait à présent devant sa façade. Je me sentais légèrement détachée de tout cela, comme si je me trouvais déjà à dix mille mètres d'altitude, bien loin, à l'abri. Détachée mais coupable. J'avais déposé Jackson chez son meilleur ami, Ryan, juste après le petit déjeuner, en lui promettant de revenir le rechercher très vite. C'est là un concept de temps bien élastique, certes, mais j'avais entendu Bonnie, la mère de Ryan, évoquer des courses de Noël, or la matinée était sérieusement entamée. Je suis arrivée chez Ryan en quelques minutes – sur Sandling Island, presque toutes les destinations n'étaient qu'à quelques minutes de voiture du point de départ –, j'ai frappé et je suis entrée, portée sur une vague d'excuses.

— Bonnie, je suis affreusement désolée. Tu devais sortir. Je t'ai saboté ta journée.

— Mais non, pas de souci, m'a-t-elle répondu avec un sourire.

Sa gentillesse n'a fait qu'augmenter mon embarras. Nous avions beau habiter depuis deux ans sur cette île, j'avais encore l'impression de chercher mes marques, et Bonnie comptait au nombre des personnes qui, avais-je décidé, deviendraient mes amis. Elle était dans la même situation que moi – elle élevait seule son fils – et se montrait toujours enjouée, ne se plaignait jamais. Bonnie avait des cheveux courts, le teint très clair avec des joues vermillon et une silhouette plutôt trapue ; il n'aurait pas fallu des tonnes de maquillage pour la transformer en clown.

— Tu n'as pas dit que tu voulais faire tes courses de Noël ?

— Si. Mais j'ai une règle. Ou plutôt une gageure : toutes les courses de Noël doivent être bouclées en un jour. Et ce jour, c'est aujourd'hui.

— Ou en une demi-journée, en l'occurrence, ai-je corrigé avec anxiété.

— En trois quarts de journée. Il n'est même pas 11 heures. Ce qui nous laisse largement le temps. Ryan et moi allons foncer en ville et revenir dans six heures, chargés comme des baudets.

— Je ferais mieux de te souhaiter joyeux Noël, bonne année, et de filer.

— Ah oui, c'est vrai. Tu pars en vacances. C'est la meilleure façon de fêter ses quarante ans. Je suis vraiment désolée de ne pas pouvoir…

Sa phrase est restée en suspens.

— De ne pas pouvoir quoi ?

— … profiter des vacances pour se voir, je voulais dire. Mais ce n'est que partie remise. L'an prochain, peut-être.

Je l'ai assurée que ce serait avec grand plaisir. Puis je suis allée récupérer Jackson là où je l'avais laissé, devant l'ordinateur avec Ryan, qui a protesté mais nous a à peine accordé un regard quand nous avons pris congé. Une fois dans la voiture, Jackson a sorti une Game Boy de sa poche et a commencé à jouer. J'ai coulé un regard vers son visage tendu par la concentration, son front plissé derrière ses mèches brunes rebelles, cette pointe de langue qui dépassait d'entre ses lèvres – toute tentative de conversation était inutile, aussi en ai-je profité pour penser une fois de plus à ma liste de préparatifs : passeports, billets, cartes de crédit. Si j'arrivais jusqu'à l'aéroport avec tout ça, deux enfants et un homme en passe de devenir mon petit ami, rien d'autre n'aurait d'importance.

Pour rentrer à la maison, j'ai pris le chemin des écoliers. Au lieu de serpenter dans le dédale des rues secondaires, j'ai emprunté la grand-rue, baptisée sans grande imagination The Street, puis j'ai obliqué à gauche pour rejoindre la plage. J'ai dépassé le camping désert, les cabines de plage, le chantier naval encombré de bateaux en cale pour l'hiver. Notre maison faisait partie d'une rangée d'habitations disparates, en face des garages à bateaux et des pontons. Toutes avaient été construites à une époque lointaine où les gens, à l'évidence, ne voyaient pas trop l'intérêt d'une vue sur la mer, en échange de vents glaciaux et d'inondations occasionnelles. Les belles demeures de l'époque géorgienne, les manoirs et les presbytères étaient, eux, sis à l'abri des intempéries, à l'intérieur de l'île. Les maisonnettes qui bordaient les marais salants étaient bizarres, mal assorties, et curieusement orientées, comme si chacune s'était employée à se nicher dans un espace trop étroit pour elle. La nôtre était probablement la plus curieuse de toutes. Avec ses bardeaux, elle évoquait une barque carrée qu'on aurait draguée sur la terre ferme, retournée à l'envers et maquillée en habitation à l'aide d'un toit d'ardoises grises. Elle avait eu du mal à trouver acquéreur : ouvrant presque directement sur la route, humide, les pièces y étaient exiguës, sombres, et le jardinet rejeté à l'arrière était minuscule. Mais Rory avait eu un coup de foudre pour cette maison. De la fenêtre de notre chambre, nous voyions des étendues de vase, la mer et, au-delà, le ciel.

Lorsque Jackson et moi avons approché de la porte, des grattements frénétiques, des gémissements et des grognements se firent entendre.

— Sludge[1], ça suffit ! ai-je crié en glissant la clé dans la serrure.

1. Sludge : « Boue, vase ». (Toutes les notes sont de la traductrice.)

La porte s'est ouverte, et une chose noire s'est élancée sur nous.

La période entre notre installation sur l'île et le départ de Rory avait été un désastre : kyrielles de factures, travaux de rénovation laissés en plan, et encore des factures. À quelques détails près, la seule contribution de Rory à la vie du foyer avait été de céder aux suppliques de Charlie et de Jackson dont le leitmotiv était d'adopter un chien. Dans un tourbillon d'événements quasi simultanés, Rory avait dégoté un labrador femelle ressemblant à un grain de beauté géant qu'il avait vite abandonné à mes soins avant de m'abandonner tout court.

Quand Rory m'a plaquée, je n'arrivais pas à y croire. Le fait qu'il puisse vivre ailleurs qu'à mes côtés constituait une information que mon cerveau n'arrivait pas à traiter ; certes, au vu de nos dernières semaines de vie commune, je le comprenais, néanmoins je ne voyais pas comment Rory pouvait vivre loin des enfants.

En revanche, ce qui est devenu clair comme de l'eau de roche, c'est que Sludge n'était pas près de nous quitter. La moindre de nos absences, pour aller faire des courses par exemple, prenait pour elle des allures de séparation archi-traumatisante.

Comme chaque fois, Sludge nous a accueillis avec une débauche d'émotions, et pour la énième fois, Jackson a demandé pourquoi nous ne pouvions pas l'emmener avec nous en vacances.

— Parce que c'est un chien, lui ai-je répondu.

— Mais pourquoi ne lui fait-on pas faire un passeport pour animal domestique ? a-t-il insisté.

— Les passeports pour animaux de compagnie, lui ai-je expliqué, coûtent beaucoup de temps et d'argent, et ne sont peut-être même pas acceptés aux États-Unis.

Ce à quoi il m'a opposé cet argument définitif :

— Et alors ?

Charlie et moi avions échangé quelques propos animés la veille au soir, au téléphone. J'avais émis la réserve que dormir chez une camarade la nuit précédant notre départ n'était peut-être pas la meilleure des idées. Pourquoi ? avait-elle demandé, en durcissant sa voix d'une façon que je connaissais bien. Quand j'avais évoqué les préparatifs dont il fallait venir à bout, elle m'avait assuré qu'elle s'occuperait de tout à son retour et la discussion n'avait pas dégénéré en dispute parce qu'en réalité, j'étais soulagée – et Charlie le savait – que ses ennemies d'un moment se transforment, peut-être, en amies. Aussi, lorsqu'elle avait promis de rentrer de bonne heure le lendemain, de nourrir Sludge, d'étendre le linge, de ranger sa chambre et de faire ses bagages, je n'avais pas éclaté de rire, je m'étais abstenue de lâcher une remarque sarcastique, je n'avais même pas grimacé au bout du fil. Je m'étais contentée de lui rappeler qu'elle devait aussi faire sa distribution de journaux. Elle m'avait dit qu'elle l'accomplirait en rentrant à la maison et qu'ensuite elle s'occuperait du reste. Qu'elle avait tout le temps pour ça. Là-dessus, elle ne s'était pas trompée…

Ce matin-là, je n'avais pas nourri Sludge parce que Jackson ou Charlie aimaient bien s'en charger – cette chienne n'était jamais avare de témoignages de gratitude – et donc Sludge, comme chaque fois qu'on lui faisait sauter un repas, s'était trouvé quelque chose à se mettre sous la dent. Cette fois, son choix s'était porté sur une boîte de flocons d'avoine, qu'elle avait mâchonnée, éparpillant flocons et débris de carton d'emballage dans le salon. J'ai inspiré un grand coup. C'était le premier jour des vacances, rien ne me mettrait en rogne un jour comme celui-là. Au moins ne s'était-elle pas attaquée au courrier qui avait été glissé sous la porte en mon absence – plus volumineux que d'habitude, et à première vue principalement constitué de cartes d'anniversaire.

J'ai mis le courrier de côté, m'en réservant la lecture pour plus tard, et ramassé les fragments de carton, puis j'ai sorti l'aspirateur. En quelques minutes, la pièce a retrouvé son aspect antérieur. Jackson a nourri Sludge – qui ne devait pas être bien affamée après ce festin d'avoine et de carton.

C'est également sans colère que j'ai constaté que le linge était toujours dans la machine. Si Charlie n'avait pas nourri le chien, il y avait tout à parier qu'elle n'avait pas non plus étendu la lessive. Du coup, j'allais devoir passer les vêtements dont nous avions besoin pour les vacances dans le sèche-linge, mais là non plus, ce n'était pas la fin du monde. J'ai enfourné le ballot dans le tambour et programmé un cycle de quarante minutes. Ça réglerait le problème.

Naturellement – c'était presque une nécessité logique, aussi imparable que deux et deux font quatre –, si Charlie n'avait pas nourri Sludge, ni étendu la lessive, elle n'aurait pas non plus rangé sa chambre, ni fait ses bagages. J'ai gagné l'étage et lancé un très bref coup d'œil dans sa chambre. Je savais que personne n'avait dormi dans son lit, mais on aurait dit que quelqu'un venait juste d'en sortir en catastrophe. Des vêtements gisaient sur le tapis, là où elle les avait jetés, en compagnie d'une ceinture, d'un boîtier de violon, d'une fausse peau de tigre, de CD sans boîtiers et de boîtiers sans CD, d'un sac à bandoulière, de quelques magazines pour ados ; il y avait aussi un livre ouvert à l'envers, le haut d'un pyjama, un gros lézard vert en peluche, des petits tas de vêtements sales, un sèche-cheveux déglingué, différents articles de maquillage éparpillés, des chaussettes dépareillées et trois serviettes de toilette. Charlie semblait tenir à s'essuyer dans une serviette propre chaque fois qu'elle prenait un bain ou une douche, sans aller jusqu'à mettre les sales dans le panier à linge.

Son ordinateur portable trônait sur le bureau, à côté d'une trousse à crayons écossaise, de plusieurs cahiers, d'un tube de déodorant à capuchon rose, d'un flacon de Clearasil ; il y avait aussi une boîte à chaussures, une vache en peluche, des piles de devoirs scolaires et bien d'autres choses encore.

Ce simple coup d'œil, glissé par l'entrebâillement de la porte, m'a donné la sensation de perpétrer une violation de territoire. Depuis que Charlie s'était installée dans cette nouvelle chambre, celle-ci était devenue un lieu strictement privé. Je n'y faisais pas le ménage. Elle non plus, d'ailleurs, mais nous avions un accord : elle pouvait entreprendre ce que bon lui semblait dans sa chambre et la ranger à sa guise du moment qu'elle faisait le ménage dans le reste de la maison. Elle n'avait pas exactement honoré sa part du contrat, mais moi j'avais respecté la mienne. Et cela m'avait donné un coup, naturellement. Enfant, Charlie m'avait toujours confié ses craintes, ses difficultés, ses problèmes avec une franchise presque terrifiante, tant et si bien que parfois ses confidences m'avaient pesé. Tout cela avait bien changé – c'était dans l'ordre des choses – lorsqu'elle était entrée dans l'adolescence. Je n'imaginais nullement qu'elle me cachait des secrets importants. Je savais qu'elle avait besoin d'une porte qu'elle puisse fermer à clé et d'un espace qui n'était qu'à elle. Parfois je me sentais exclue, mais je n'arrivais pas à faire la part des choses entre ce sentiment de respect et les émotions que j'éprouvais à observer ma fille unique devenir une femme, un être humain indépendant.

Donc, je me suis abstenue de ranger quoi que ce soit. Ou de faire sa valise. J'ai voulu regarder l'heure à mon poignet, mais je n'avais pas ma montre. Où l'avais-je laissée ? Sur le rebord de la baignoire ? par terre à côté de mon lit ? dans une poche de vêtement ? près de l'évier ? Pile à cet instant, le réveil de Charlie, un gadget ridicule en forme de mouton, a bêlé. C'était l'heure. 11 heures. Pas la peine de paniquer. Avant de m'éloigner, j'ai tout de même ramassé la paire de tongs de Charlie car j'étais quasi certaine qu'elle allait les oublier et m'obliger à en acheter une nouvelle paire.

J'ai glissé les tongs dans ma propre valise, et en redescendant de ma chambre, j'ai failli percuter un drôle de personnage, mi-garçonnet mi-robot, qui montait l'escalier. C'était Jackson, l'œil rivé au viseur du caméscope que Rory nous avait acheté un an plus tôt et que je n'avais jamais encore déballé. J'avais prévu de l'emporter en Floride et je l'avais déjà rangé dans les bagages, mais Jackson a un vrai flair de chien policier pour tout ce qui est équipements électroniques, tout comme Charlie en a un pour le chocolat.

— Qu'est-ce que tu fabriques ?

— Je filme. C'est géant.

— On est supposé filmer nos vacances. Quel intérêt de filmer notre maison ? On sait à quoi elle ressemble.

— On s'en fiche.

— Ben non. J'avais chargé exprès la batterie.

— Je la rechargerai, m'a-t-il promis en continuant à grimper l'escalier.

Je n'ai pas su quoi répondre. Les films de vacances sont suffisamment rasoir, nul besoin de les faire précéder de dix minutes d'une visite à l'image tremblotante de votre propre maison. Mais je savais qu'une fois que Jackson avait un appareil entre les mains, il fallait une opération sous anesthésie pour l'en détacher. Et puis j'avais d'autres choses en tête. 11 heures. Charlie avait certes mérité une bonne grasse matinée au terme de ce trimestre scolaire pénible et éprouvant, mais elle devait aussi s'acquitter d'une distribution de journaux, boucler des bagages et préparer son départ en vacances. Arrivée au pied de l'escalier, j'ai décroché le téléphone sur le guéridon et j'ai composé le numéro de son portable. L'appel a immédiatement basculé sur la messagerie. Voilà qui ne m'avançait guère. Je l'avais découvert à mes dépens au cours de l'année précédente : plusieurs zones de l'île étaient privées de couverture réseau. Charlie pouvait avoir éteint son téléphone, ou l'avoir oublié dans un tiroir de sa chambre, comme elle pouvait être en train de faire sa tournée de distribution. J'ai pris note mentalement de la rappeler quelques minutes plus tard, et je me suis retrouvée au milieu du salon, désemparée. J'avais huit choses à faire, et aucune raison valable de commencer par l'une plutôt que par l'autre.

C'était mon anniversaire. Mon quarantième anniversaire. Je me suis souvenue du courrier que je n'avais pas ouvert et j'ai décidé qu'avant toute chose, j'allais boire un café, lire les cartes et ouvrir les drôles de petits paquets posés sur la table de la cuisine. J'ai branché la bouilloire, moulu quelques grains de café et sorti le déjeuner en porcelaine blanche que Rory m'avait offert l'année précédente à la même date. Je me suis revue en train d'ôter le papier-cadeau devant lui, assise à cette même table, un an plus tôt jour pour jour, fêtant mon trente-neuvième anniversaire, alors que nous nous lancions ensemble dans notre nouvelle aventure. Rétrospectivement, avec la clarté impitoyable que procure le recul, je voyais bien qu'il y avait déjà à l'époque des signes de mauvais augure. Si j'avais su les reconnaître à ce moment-là, peut-être aurais-je pu nous sauver. Mes souvenirs de cette journée étaient très nets. Rory m'avait offert ce ravissant déjeuner et un chemisier beaucoup trop grand pour moi. Puis nous avions fait une grande balade autour de l'île.

Aujourd'hui, j'avais quarante ans, j'étais célibataire, et les ruines de mon couple fumaient derrière moi. Mais grâce à Christian, il y avait bien longtemps que je ne m'étais pas sentie aussi jeune, aussi séduisante, aussi pleine d'énergie et d'espoir. Oui, l'amour fait cet effet-là.

J'ai préparé le café et j'ai ouvert la première carte, envoyée par ma vieille copine de classe, Cora. Je ne l'avais pas revue depuis des années, mais nous nous souhaitions nos anniversaires respectifs, accrochées coûte que coûte à notre amitié.

Il y avait une douzaine de cartes et trois cadeaux : une paire de boucles d'oreilles, une bande dessinée humoristique sur le thème du vieillissement, et un CD d'une jeune chanteuse à l'air langoureux dont je n'avais jamais entendu parler. J'ai failli dédaigner la grande enveloppe kraft au bas de la pile parce que je présumais qu'elle contenait une brochure publicitaire, mais en décollant le rabat, j'ai vu qu'elle renfermait une feuille de papier brillant, que j'ai extraite avec soin. C'était une photo, au format A4, de Jackson et de Charlie. Dans la marge supérieure, ma fille avait écrit dans un superbe gribouillage : « Bon quarantième anniversaire », et les deux avaient signé.

J'ai rendu leur sourire à ces deux visages qui me contemplaient : Jackson, un brin solennel et timide, ses cheveux bruns lissés et l'épi dressé, fixait l'objectif de ses yeux marron avec un sourire hésitant ; Charlie se tenait à ses côtés, avec sa cascade de cheveux cuivrés, ses yeux bleu-vert et son visage au teint délicat, la bouche fendue d'un grand sourire qui lui creusait une fossette sur la joue.

— Jackson ! ai-je lancé du bas de l'escalier. C'est adorable !

— Quoi ?

— La photo. Elle était au courrier.

— C'était une idée de Charlie. Elle a dit que c'était plus sympa de recevoir des trucs par la poste.

— Elle est vraiment belle, ai-je dit en contemplant une fois de plus les deux paires d'yeux pétillants. Qui l'a prise ?

Jackson a passé la tête à la porte de la cuisine.
— Quoi ?
— Qui l'a prise ?
— Oh, chais pas. Une copine de Charlie, un week-end où t'étais pas là.
— Un dimanche ?
— Ouais. Mais je me souviens pas de son nom.
— Merci. Je la garderai toujours précieusement.
Jackson est reparti, comme s'il n'avait pas entendu.
En attendant de l'encadrer, plus tard, je l'ai fixée à la porte du réfrigérateur avec un aimant. Bon, à quoi m'attaquer ensuite ? J'ai commencé par ranger le sac avec le tuba, les palmes, les maillots et les serviettes dans le coffre de la voiture, pour les sortir du passage. J'ai glissé les dollars, que j'avais commandés à la banque la semaine précédente, dans mon porte-monnaie, puis j'ai écrit un mot à l'intention du laitier, annulant les livraisons des quinze prochains jours. Je l'ai roulé et glissé dans le goulot d'une bouteille vide, que j'ai placée devant la porte. Ensuite, j'ai lavé la vaisselle qui traînait dans l'évier, je l'ai essuyée, rangée, et j'ai balayé la cuisine de fond en comble – je tenais à ce que Renata arrive dans une maison propre. J'ai défait les lits, entassé les draps dans la cuisine. À 11 h 13 à l'horloge du four, j'ai rappelé Charlie, et une fois de plus, je suis tombée sur sa messagerie.

J'ai décidé de me laver les cheveux avant que Charlie – la seule personne de ma connaissance capable de vider un ballon d'eau chaude en une seule douche – ne rentre et n'investisse la salle de bains. J'étais en train de rincer le démêlant quand j'ai entendu frapper à la porte. J'ai grogné, persuadée que c'était le type qui passait tous les samedis vendre du poisson en camionnette. Il m'agaçait particulièrement parce qu'à trois minutes à pied de chez nous, le long du front de mer, un poissonnier offrait un choix plus frais et meilleur marché. Mais de temps à autre j'avais pitié de lui, ce qui l'encourageait à revenir.

On a frappé de nouveau, plus fort cette fois. « Charlie, ai-je songé, qui a encore perdu ses clés. » Je suis sortie de la douche, j'ai enfilé le vieux peignoir gris que Rory n'avait pas daigné emporter, et j'ai dévalé l'escalier tout en me frictionnant la tête. Quand j'ai ouvert la porte, je m'apprêtais à lancer quelque chose comme : « La fille prodigue est de retour ! » mais je me suis arrêtée net parce que ce n'était pas Charlie, ni le marchand de poissons.

Quelqu'un chantait à tue-tête. Non : plusieurs personnes chantaient à tue-tête. En découvrant la dizaine de visages massés devant moi braillant « bon anniversaire », j'ai compris que j'étais victime d'une fête-surprise.

Au premier rang, dépassant tous les autres d'une bonne tête, venait Joel, en jean et grosse veste verte – ses vêtements de travail. Il m'a souri, l'air contrit. Il ne chantait pas, c'était déjà ça. Il avait promis de ne jamais plus remettre les pieds chez moi, et pourtant il était là ; derrière lui, qui ne souriait pas, qui ne chantait pas, se trouvait sa femme, Alix. Et comme si cela ne suffisait pas, il y avait aussi le pasteur. Qui lui chantait, évidemment. Il conduisait le chœur, comme s'il était dans son église, à insuffler de l'entrain à des ouailles indolentes. Dans mon dos, Sludge a lâché quelques gémissements de panique. Elle n'a jamais brillé comme chien de garde.

— Joyeux a-nni-ver-saiiiiiiiiiire ! ont-ils répété.

— Surprise, a ajouté Joel.

Un court instant, j'ai songé à leur claquer la porte au nez. Mais je ne pouvais pas faire ça. Ces gens étaient mes voisins, mes concitoyens, mes amis. Je me suis efforcée de transformer mon air hagard en sourire.

— C'est Charlie qui a tout organisé, a trompeté Ashleigh, qui se tenait à côté du pasteur, vêtue d'un très long manteau de velours noir et d'une minijupe verte à volants.

Elle avait un visage resplendissant de fraîcheur, des lèvres rouges, pleines, des sourcils arqués, et une peau douce, veloutée. Des vrilles de cheveux bruns dégoulinaient de façon experte le long de son cou. Ashleigh est la meilleure amie de Charlie. Parfois, je m'inquiétais de ce que ces deux-là pouvaient comploter.

— Ah bon ? ai-je dit. Et c'est pour ça qu'elle n'est pas là ?

— Elle avait dit 11 heures, mais on trouvait que c'était un peu tôt.

— Onze heures et quart me semble une heure tout aussi prématurée pour faire la fête, ai-je protesté faiblement.

Mais peut-être était-ce la coutume, à la campagne.

— Pas quand c'est votre anniversaire !

— Pas quand c'est Noël !

— En tous les cas, ce qui est sûr c'est que pour une surprise, c'est une surprise ! a lancé Alix d'un ton sec tandis que je resserrais la ceinture de ce peignoir bien trop grand pour moi et m'efforçais de prendre un air nonchalant.

— Laissez-nous entrer, Nina. On commence à geler !

J'ai regardé l'homme qui brandissait une bouteille de vin pétillant. L'avais-je déjà vu ? Son visage me disait quelque chose, mais je n'arrivais pas à le remettre, pas plus que sa voisine qu'il enlaçait.

— Je suis en train de faire les bagages.

L'homme – Derek ? Eric ? – a fait sauter le bouchon et une corolle d'écume fumante est apparue au ras du goulot. J'ai reculé de quelques pas ; le groupe a progressé jusque sur le seuil, telle une armée miniature. Quelqu'un a collé un bouquet de fleurs entre mes mains.

— Mais je pars dans quelques heures…

J'étais vraiment à deux doigts de leur refermer la porte au nez quand j'ai vu arriver d'autres gens, avec des bouteilles, des paquets : il y avait Carrie, de l'école primaire, avec son mari ; la mère d'Ashleigh ; cette femme sympathique qui était avocate – Joanna, ou Joséphine. Derrière eux venaient Rick et Karen, et en remorque, Eamonn, qui ne portait même pas de veste, juste un tee-shirt.

— Entrez, faites comme chez vous, ai-je dit à mes visiteurs, bien que la plupart n'aient pas attendu mon invitation.

Alix vidait déjà un paquet de chips dans un plat de service et le pasteur avait sorti quelques coupes à champagne.

— Pouvez-vous ouvrir si quelqu'un frappe ? Je monte m'habiller.

— Prends un verre avec toi ! a lancé quelqu'un.

— Je ne peux pas, il n'est même pas midi, et puis je dois conduire.

— Juste un. C'est ton anniversaire ! Moi, je ne vais pas me priver !

— Je vais te préparer du café, a proposé Joel.

— Merci.

— Va te changer. Je sais où trouver ce dont j'ai besoin. Désolé d'être venu dans cette tenue. Je dois aller bosser ensuite.

— Ça n'a pas d'importance, lui ai-je répondu – entendant par là que peu m'importait sa tenue, peu m'importait qu'il ait du travail en sortant de chez moi.

Il n'avait pas besoin de me raconter sa vie.

Je me suis échappée et, une fois là-haut, j'ai d'abord passé la tête dans la chambre de Jackson. Il était assis sur son lit, dans une chambre impeccablement rangée, et d'après ce que je voyais il filmait ses pieds.

— Il y a une horde de gens en bas, ai-je sifflé.

Jackson a braqué le caméscope vers mon visage.

— Charlie m'en a parlé. Elle m'a demandé de ne rien te dire.

— Je vois ça.

— Tu ferais pas mieux de t'habiller ?

— Bonne idée. Mais où est Charlie ? Elle me réserve une autre surprise ?

— Chais pas.

J'ai entendu d'autres coups frappés à la porte ; Sludge a aboyé. Le brouhaha et les rires se sont intensifiés.

— Jackson, arrête de me filmer, s'il te plaît.

Il a posé le caméscope sur son lit.

— Elle va arriver, a-t-il dit. Tu la connais. Elle a fait ça parce qu'elle pensait te faire plaisir.

J'ai gagné ma chambre et composé le numéro de Charlie. Boîte vocale. Cette fois, j'ai laissé un message.

— Où es-tu ? Charlie, ça devient franchement ridicule. Rentre tout de suite. Grâce à toi, il y a des dizaines de personnes en bas, en train de boire, et on part en Floride dans quelques heures. Tu n'as même pas fait ta valise et… bon, peu importe. Rentre à la maison.

Sans aucune concession à la célébration impromptue qui se déroulait d'ailleurs sans moi, j'ai enfilé le jean et le petit haut que j'avais prévu de porter pour voyager, je me suis brossé les cheveux et je les ai enroulés, encore mouillés, en un chignon souple. J'ai mis les boucles d'oreilles que Christian m'avait envoyées quelques jours auparavant pour mon anniversaire. Je me suis agenouillée devant ma valise pour en vérifier le contenu : jupes légères, chemisiers de couleurs vives, shorts, sandales. Avais-je emporté assez de livres ? Bon, il serait toujours temps d'en acheter quelques autres à l'aéroport. J'aurais aimé y être déjà, avec les enfants et Christian, rien que nous quatre, faisant des emplettes inutiles, traînant dans ces limbes intemporelles qui précèdent le départ. Sur une impulsion j'ai rappelé Christian. Et cette fois, il a répondu.

— Salut, ai-je dit d'une voix douce. C'est encore moi. Je n'ai pas grand-chose à raconter, en fait. Il me tarde de te voir.

— Moi aussi je suis impatient. (Le son de sa voix laissait entendre un sourire.) Tes bagages sont prêts ?

— Pas tout à fait.

— Où es-tu ? On dirait que tu appelles d'un pub.

— Je te raconterai plus tard.

— Ne sois pas en retard.

— Sûrement pas. Sauf si je ne retrouve pas Charlie.

— Que veux-tu dire ?

— C'est sans importance. On sera là.

Je me suis attardée un instant devant la fenêtre. La mer montait, recouvrant progressivement les laisses de vase. À quelques encablures du rivage, des bateaux étaient maintenant à flot, amarrés à leur bouée. Le ciel brumeux tendait une fine couche de gaze au-dessus du paysage, mais de ma fenêtre je pouvais distinguer les silhouettes des vieilles barges et, derrière elles, les formes massives des blockhaus construits sur les falaises pendant la guerre. Des soldats s'y étaient cachés et avaient braqué leurs canons dans les meurtrières pour empêcher les Allemands d'aborder sur Sandling Island. Toute cette vigilance, tout ce béton… Mais les Allemands n'étaient jamais venus et les blockhaus continuaient à attendre, fissurés de partout, inamovibles, à moitié effondrés sur la grève.

En redescendant, j'ai croisé dans les escaliers quelques jeunes gens. Aucun des visages ne m'était familier, et personne, dans le groupe, ne semblait me reconnaître.

— Bonjour, je suis Nina. (Aucune réaction sur les visages.) La mère de Charlie.

— Est-ce que Charlie est dans sa chambre ?

Le garçon qui venait de parler était grand, maigre, avec une tignasse brune et des yeux que la lumière tamisée de la cage d'escalier faisait paraître verts. Tout chez lui semblait un peu défait : les lacets de ses godillots, sa chemise à moitié déboutonnée, ses manches élimées.

— Non. Il n'y a que Jackson. Et où est Charlie, d'ailleurs ? Vous ne l'avez pas vue ?

Le garçon a haussé les épaules.

— Je lui ai dit que je la retrouvais ici. C'est du Charlie tout craché, ce retard à sa propre fête.

— Ma fête, en principe. Si jamais vous avez de ses nouvelles…

Ils avaient déjà filé. Au rez-de-chaussée, la fête s'était transformée en un corps autonome et bruyant : j'avais la sensation d'être une intruse dans ma propre maison. Cela faisait près de deux ans que j'avais quitté Londres pour emménager ici. J'avais laissé derrière moi un monde ancien ; l'île était mon nouvel univers. Mais je ne l'avais pas encore entièrement fait mien, à la différence de Jackson et Charlie. C'était ici, sur Sandling Island, que se trouvaient leurs amis, ici qu'ils se sentaient bien. Moi, je n'étais pas intégrée aussi bien qu'eux. Il y avait les gens que je connaissais par leur nom, ceux à qui j'adressais un signe de tête dans la rue, et ceux encore avec lesquels je buvais un café. Et une personne avec laquelle j'avais couché. Il n'empêche, en contemplant ces îliens, je me suis demandé quels liens ils revendiquaient avec moi, et s'ils ne me réclamaient pas quelque chose que je n'étais pas en mesure de leur donner.

Ils étaient entassés dans la cuisine exiguë et le salon contigu. J'en savais assez au sujet de chacun pour savoir ce qui les liait entre eux. Karen, très animée, était en train de parler avec Alix en gesticulant ; elle ne s'est interrompue que pour vider son verre de vin, qu'elle a aussitôt rempli de nouveau. Ces deux-là travaillaient ensemble : Karen était réceptionniste au cabinet médical d'Alix, en ville. Rick, lui, était lancé dans une conversation avec Bill. Sans doute y était-il question de bateaux. Rick était prof de bio au collège de Charlie, à quelques kilomètres de celui où je travaillais, mais sa passion, c'était la voile, le kayak, la planche à voile, tous les sports nautiques qu'il enseignait pendant l'été. Bill travaillait sur un chantier naval. Son visage était raviné et tanné comme un morceau de bois après des années passées à trimer sous le soleil et dans le vent.

Un petit groupe s'était rassemblé autour du frigo, et Eamonn s'était installé dans le rocking-chair, près de la fenêtre. Il portait un tee-shirt noir aux manches largement évasées, des mitaines noires, un ample pantalon noir qui tombait sur ses boots noires. Il avait coiffé ses cheveux avec soin en une queue-de-cheval noir et vert. L'air prêt à passer la nuit dans quelque club londonien mal famé, il semblait indifférent au fait de se trouver dans une cuisine, entouré d'hommes et de femmes d'un certain âge, évoquant fêtes de Noël et encombrements sur les routes. D'une certaine façon, je l'admirais, ce gamin. Sludge, qui s'était coincée sous son fauteuil, poussait des gémissements à fendre le cœur. Je me suis penchée pour ramasser le tas de draps sales qu'Eamonn avait converti en repose-pieds.

— Tu ne saurais pas où est Charlie, par hasard ?

J'ai remarqué que la rougeur qui envahissait ses joues le faisait paraître plus jeune, plus timide.

— Ah bon ? Elle n'est pas là ?

— Elle a disparu. Elle est introuvable. À moins qu'elle n'ait manigancé une surprise supplémentaire – la cerise sur le gâteau. (Je me suis retournée et j'ai scruté la petite foule d'invités.) Ashleigh ! Ashleigh, il faut que tu me dises tout, maintenant. Charlie a-t-elle quelque autre projet secret ? C'est pour ça qu'elle n'est pas là ?

Ashleigh a arqué ses sourcils parfaitement dessinés et haussé les épaules.

— Elle ne m'a rien dit, Nina. Franchement. Qu'on vienne juste à votre fête d'anniversaire, à 11 heures, et de ne pas fumer.

— Donc, tu n'as aucune nouvelle d'elle ?

— Attendez. (Elle a fait apparaître un minuscule téléphone rose sur lequel elle a pianoté d'un doigt expert.) Non, a-t-elle repris. Désolée.

— Bon anniversaire, splendide Nina, a dit un homme corpulent en nous serrant dans ses bras, le linge sale et moi. Je parie que vous ne vous attendiez pas à me voir ici ?

— C'est exact, ai-je répondu, sincère. Est-ce que Charlie…

— Ouais. Adorable, votre fille. Ça pousse, hein ? a-t-il ajouté avec un clin d'œil.

— Excusez-moi un instant.

Je me suis contorsionnée pour me dégager et suis allée enfourner les draps dans le lave-linge. J'ai sélectionné un programme court, qui me laisserait le temps de les étendre avant notre départ. Un bouchon a volé sous mon nez au moment où je me redressais, et j'ai entendu qu'on frappait à la porte. Je me suis faufilée entre les invités pour aller ouvrir. Une femme brune et échevelée, le visage empourpré, se tenait sur le seuil : j'avais beau la connaître et attendre son arrivée, j'étais si déstabilisée par cette fête-surprise que je suis restée quelques secondes sans voix.

— Nina, que se passe-t-il ? C'était bien aujourd'hui que je devais arriver, n'est-ce pas ?

Renata était ma cousine – enfin, une sorte de cousine. Je la fréquentais depuis toujours sans vraiment la connaître, et elle venait garder Sludge pendant notre séjour en Floride. Du moins était-ce là le prétexte officiel. Son mari venait de la quitter, après dix ans de tentatives de procréation infructueuses, et Renata venait de passer deux mois à pleurer, incapable de quitter son lit. Je m'étais dit qu'un séjour dans notre maison de Sandling Island, si loin de la sienne où elle avait été humiliée et abandonnée, pourrait lui faire du bien.

À l'évidence, Renata avait enfilé sa tenue de campagne : bottes en caoutchouc vert, pantalon confortable, veste en coton enduit flambant neuve, et écharpe soigneusement rentrée dans le col. Mais sur elle, l'ensemble ne collait pas vraiment : on aurait dit qu'elle jouait un rôle pour lequel elle n'avait pas correctement appris les répliques. Elle avait perdu beaucoup de poids, et du coup elle flottait dans ses vêtements. Son visage, un peu bouffi, était marqué de rides qu'elle n'avait pas quelques mois plus tôt. Et son sourire était trop éclatant, trop crâne. J'avais toujours trouvé Renata un peu brusque et autoritaire, mais désormais, j'étais plus indulgente. Je l'ai serrée dans mes bras et j'ai embrassé ses joues rouges et glacées.

— Quel plaisir de te voir. Entre vite te réchauffer. Tu ne t'es pas trompée, c'est bien aujourd'hui. Désolée. C'est un peu la panique pour l'instant, mais bientôt, on sera partis, et eux aussi.

— Je vais chercher mon sac, d'accord ?

— Ça ne t'ennuie pas si je t'abandonne ?

Je me suis faufilée dans la maison. Quelqu'un m'a mis de force un verre de vin dans la main, que j'ai abandonné sur la première étagère à ma portée, et je suis allée m'asseoir sur l'escalier. J'ai regardé distraitement Karen tapoter du doigt la poitrine du pasteur pour souligner un argument que le vacarme m'empêchait d'entendre. J'avais rencontré le pasteur le lendemain de notre arrivée sur l'île. Nous avions bu un café dans ma cuisine. Il m'avait invitée à l'appeler par son prénom, Tom, et indiqué les meilleures adresses et les plus belles plages de l'île. À la fin, il m'avait demandé, dans un murmure quasi coupable, s'il aurait par hasard le plaisir de nous voir de temps à autre dans son église. Tout en moi voulait lui répondre oui. J'avais déjà repéré cette église, un adorable édifice médiéval patiné par le vent du nord et des siècles de dévotion. Je m'imaginais très bien y chanter des cantiques avec les autres îliens, sauf que, et presque à regret, il me manquait la foi. Tom avait répondu en souriant que peu de gens s'arrêtaient à ce détail. Je m'étais promis d'aller à la messe de Noël, mais les choses avaient tourné différemment, et ce soir-là, je serais sur une plage, en Floride.

Si tant est que nous arrivions à destination. J'ai rappelé Charlie sur son portable. Cette histoire devenait ridicule. Puisqu'elle avait organisé tout ça, elle n'était forcément plus chez sa copine. J'ai localisé Alix dans le salon. Elle bavardait avec une certaine Sarah et, à contrecœur, je me suis approchée d'elles.

— Désolée de vous interrompre…

— Oui ?

Alix s'adressait toujours à moi avec une courtoisie quelque peu cassante.

— Je ne sais pas où est Charlie. Était-elle chez toi, quand tu es partie ?

Alix a froncé les sourcils.

— Je ne pense pas, mais quand les copines viennent dormir à la maison, on ne sait jamais qui est là, ni jusqu'à quand, sauf si on tombe sur elles dans la salle de bains. Tu espères juste qu'elles ne sont pas en train de vider la bouteille de vodka et qu'elles rangeront une fois les festivités terminées.

— Donc, tu ne l'as pas vue partir ?

— J'ai bien peur que non. Tu l'as perdue ?

À l'entendre, on aurait cru que je cherchais un trousseau de clés.

— Tam est encore chez vous ?

Tam était la fille d'Alix et Joel : une petite blonde gracile et angélique que tous les profs adoraient, et qui était la persécutrice la plus acharnée de Charlie.

— Je ne sais pas, a répondu Alix avec son sourire glacé, mais tu sais comment c'est, avec les ados, elles…

— Tu pourrais me donner son numéro de portable, s'il te plaît ? Charlie ne répond pas à son téléphone. Je commence à me faire du souci. On est supposé lever le camp dans quelques heures.

J'ai composé le numéro au fur et à mesure qu'Alix me le dictait. Ça a sonné, puis l'appel a basculé sur la boîte vocale. J'ai laissé un message, en demandant à Tam de me rappeler le plus vite possible, et en lui indiquant mes deux numéros.

— Bon, il faut dire quelque chose en faveur des gigolos… ai-je entendu Karen dire dans mon dos.

Renata a descendu l'escalier. Elle avait enlevé sa veste et son écharpe, s'était brossé les cheveux et avait mis du rouge à lèvres trop vif pour elle. Elle avait un petit air fantomatique, mais elle faisait un effort.

— Dis-moi qui sont tous ces gens, Nina ? On dirait que tu t'es déjà fait des tas d'amis.

— Je ne connais pas la moitié des personnes ici présentes. C'est Charlie qui les a invitées, pour me faire une surprise. (J'ai promené un regard circulaire dans la pièce.) Là, c'est Joséphine… ou Joanna. Elle est avocate. Elle vit dans une belle maison, un peu loin, au nord de l'île. Là, c'est Carrie. C'était la maîtresse de Jackson l'an dernier, il l'aimait bien. Et là, c'est Karen.

— Celle qui est un tantinet pompette ?

— Oui. Je pense qu'elle n'était pas exactement à jeun quand elle est arrivée. Elle est secrétaire médicale. Mariée avec un prof du collège de Charlie, Rick, mais je ne le vois pas… Ah si… là : grand, plutôt pas mal, des cheveux bruns bouclés. Son fils, Eamonn, c'est celui qui semble droit sorti d'un film d'épouvante. Mais c'est un chouette garçon, cela dit. Et là, c'est Bill – tu risques de le croiser parce qu'il travaille sur le chantier naval juste en face. Je te le présenterai tout à l'heure, si tu veux. Et la fille qui est en train de fumer et qui s'imagine que je ne la vois pas, c'est Ashleigh, la meilleure amie de Charlie.

— Et lui, c'est qui ? Celui qui a essayé de croiser ton regard. Il a l'air gentil.

— Joel. Il est arboriculteur – d'où sa tenue.

Je me suis détournée à moitié pour cacher la rougeur qui me montait aux joues. Ma description de Joel avait été incomplète. La première fois que je l'avais rencontré, il était séparé d'Alix depuis le début de l'année – son choix à elle, pas à lui – et Rory venait de me quitter. Nous nous connaissions par nos filles respectives. À presque tous les égards, Joel était le contraire de Rory : un type dégourdi, sérieux, pragmatique. Devant quelques verres de vin, nous nous étions raconté notre vie, nous avions évoqué nos relations sentimentales, peaufinant chacun une version de nos infortunes conjugales, échangé des confidences et laissé libre cours à notre tristesse, à nos larmes. Nous avions essayé de nous réconforter mutuellement, et couché ensemble à quelques reprises. Le désir n'avait jamais rien eu à voir làdedans. À mes yeux, on ressemblait à deux nageurs en train de se noyer, agrippés l'un à l'autre, ce qui ne faisait que nous entraîner vers le bas. J'imagine que j'avais voulu savoir si je pouvais encore séduire un homme. Très vite, j'avais culpabilisé d'avoir abandonné Joel – qui avait plus besoin de moi que moi je n'avais besoin de lui. Je m'étais empressée de mettre un terme à cette liaison, et quelques semaines plus tard Alix avait repris Joel. Je pensais que cette histoire était restée secrète, mais il était vite devenu évident que Joel avait tout raconté à sa femme. Alix se bornait à me le faire comprendre par des regards et des commentaires cinglants. Je n'aimais guère penser aux propos qu'ils avaient échangés lors de ces conversations de réconciliation. À vrai dire, je m'en fichais royalement.

Le téléphone a sonné dans ma poche.

— Renata, excuse-moi. Allô…

— C'est Tam, a annoncé une voix circonspecte. Vous m'avez demandé de vous rappeler.

— Oui, merci. Je voulais savoir si Charlie était encore chez toi.

— Charlie ? Non, ça fait des heures qu'elle est partie.

Ma poitrine s'est serrée.

— À quelle heure est-elle partie ?

J'ai entendu Tam parler à quelqu'un d'autre :

— Jenna, tu sais à quelle heure Charlie est partie ?… Tu crois ?… Allô ? On pense qu'elle est partie vers neuf heures et demie. Peut-être avant. Elle devait faire sa distribution de journaux et puis préparer votre… euh, vous y êtes, n'est-ce pas, à votre fête ?

— Oui.

— Elle devait faire un gâteau. Ou en acheter un.

— Donc, elle est partie vers neuf heures et demie et tu n'as plus de nouvelles depuis ?

— C'est ça.

— Et elle allait bien ?

— Oui, très bien, a répondu Tam d'un ton jovial.

— Donc, il n'y avait rien… (J'ai laissé ma phrase en suspens. Je ne savais pas ce que je voulais demander.) Merci, Tam, ai-je ajouté, avant de raccrocher.

— Elle n'est pas là ? s'est enquise Renata.

J'ai secoué distraitement la tête, tout en remarquant du coin de l'œil que Sludge s'était dégagée de sous le rocking-chair et était en train de faire un sort à un paquet de noix de cajou, en remuant énergiquement la queue.

— Je ne comprends pas. Bon, je sais que Charlie n'est pas la fille la plus fiable du monde, mais on est censés partir en vacances.

Je suis sortie dans le jardinet à l'arrière de la maison et, collée contre le mur pour m'abriter de la virulence du vent, j'ai rappelé Christian.

— Re-bonjour !

— Christian, excuse-moi. Écoute – je ne sais pas où est Charlie. Je suis sûre qu'il n'y a pas de problème, mais je me suis dit que je devais te prévenir qu'on risque d'être en retard.

— Tu ne sais pas où elle est ? a répété Christian, d'une voix voilée d'inquiétude.

— Je sais que je n'ai aucune raison de me faire du souci, l'ai-je assuré pour dédramatiser. Qui sait ? Elle a peut-être crevé pendant sa distribution de journaux. Ou entrepris de sauver un chat errant, ou… Bon, tu connais Charlie. Elle est très impulsive. Mais elle n'a pas fait son sac, et on commence à être un peu en retard sur tout.

— C'est curieux, tout de même.

— Je te rappelle dès qu'elle arrive.

De retour dans la maison, j'ai constaté que la fête semblait partie pour durer. À présent, Karen était perchée à mi-escalier et s'escrimait à ouvrir une énième bouteille de vin en tanguant doucement. Au bas des marches, Jackson, le caméscope toujours pendu au cou, était en train de présenter Sludge à Renata. Seul Rick, qui redescendait l'escalier revêtu de son épais caban, avait la bonne idée de se diriger vers la porte.

— Tu vas enfin rejoindre ton cher bateau ? lui ai-je demandé. Je ne t'en veux pas !

— Le jour décline si vite en ce moment… Charlie a eu une idée épouvantable, n'est-ce pas ?

— Épouvantable. Et elle n'est même pas là.

— Si je la vois, je vais lui passer un savon.

— Dis-lui juste de rentrer. Je vais pousser tout le monde vers la sortie, maintenant.

— C'était une fête éclair !

— J'ai des tonnes de trucs à faire, Rick. Les valises. Trouver ma fille. Attraper un avion.

— Exact. Bon, je lui dirai…

Rick n'a pas eu le temps de finir sa phrase. Il y a eu un hurlement, puis j'ai vu voltiger une masse de poils noirs amalgamée à un ou deux corps humains et entendu un grand fracas de verre brisé. Sludge a détalé devant moi et s'est élancée dans les escaliers. Par terre, devant nous, gisaient Karen et Renata, au milieu d'un silence soudain.

— Waouh ! s'est exclamé Jackson en mettant le caméscope en marche.

Je lui ai assené une tape sur le bras et Renata s'est relevée, lentement.

— Eh bien…

Elle a rajusté sa veste et regardé à droite, puis à gauche, comme si elle était victime d'une farce. Mais Karen, elle, ne s'est pas relevée immédiatement. Elle était perchée à mi-escalier quand elle avait dégringolé, et là, elle était affalée à côté d'une bouteille brisée, le bras tordu dans une position qui n'avait rien de naturel. Je me suis accroupie et j'ai senti son haleine douceâtre et alcoolisée. Au moins respirait-elle. Elle a ouvert un œil vitreux et m'a dévisagée.

— Putain ! a lâché Rick. C'est quoi, ce bordel ?

— Tant qu'à être minable, a claironné Eamonn en se penchant au-dessus de sa mère, elle devrait se marrer davantage.

— Toi, la ferme ! lui a lancé son père.

Tandis que je contemplais Karen, affalée de tout son long, le visage marbré, je ne pensais qu'à une seule chose : mettre la main sur Charlie, et il était hors de question que tout ce cirque me mette des bâtons dans les roues.

— Joel ! ai-je appelé. Tu peux aller chercher Alix ? Il y a eu un accident. Karen, ça va ?

— Je crois que rien n'est…

— Parfait. Désolée pour tout. Bon, les amis, je pense que tout le monde ferait mieux d'y aller. La fête est finie.

Alix a accouru. Son air professionnel, soucieux, la rendait bien différente de cette présence hostile qu'elle avait été quelques instants plus tôt. Elle s'est penchée au-dessus de Karen, qui était à présent sa patiente. « Voyons un peu », a-t-elle dit. Karen a ouvert les yeux. Elle avait un regard vitreux, et quand elle a essayé de s'asseoir, elle a poussé un cri de douleur. Pile à ce moment-là, on a frappé à la porte restée ouverte, et j'ai vu apparaître le visage barbu de Ben, un voisin qui habitait au bout de la rue, et qui me souriait derrière un énorme bouquet de fleurs.

— Désolé d'être en retard mais j'ai… j'ai loupé quelque chose ?

— Elle a le bras cassé, a diagnostiqué Alix en me décochant un regard accusateur. Et une vilaine entaille sur l'épaule qu'il faut traiter. Je crois qu'on ferait mieux d'appeler une ambulance.

— Merde ! a lâché Rick. Tu es sûre ? Ce n'est peut-être que…

— C'est une fracture. Regarde.

— Aïe ! J'ai atrocement mal ! Le chien m'a sauté dessus.

— Non, c'est toi qui as sauté sur le chien ! s'est indigné Jackson. Tu es tombée comme un arbre.

— Rick, appelle l'ambulance, ai-je ordonné. Moi, je dois trouver Charlie. Renata ? Tu peux te débarrasser de tout le monde ?

— Mais…

— J'arrive à peine ! a protesté Ben. Je pensais que ça allait durer des heures. Puis-je au moins avoir un verre ?

— Non. Navrée, mais c'est impossible.

J'ai grimpé l'escalier quatre à quatre, pour fuir la chaleur, le bruit, le désordre, la confusion. Au chevet de mon lit, le radio-réveil indiquait 11 h 36. Je me suis postée quelques instants devant la fenêtre et j'ai fixé la mer qui continuait d'avancer, le ciel gris qui se laissait bercer au-dessus des eaux grises et la lumière blafarde qui tombait en larges rais pâles. Le vent creusait par rafales de fines rides à la surface des flots et, loin dans le ciel, une formation d'oiseaux marins décrivaient des spirales autour d'un chalutier solitaire et à moitié enveloppé par la brume.

J'ai soulevé le combiné.

— Christian ? C'est encore moi… Oui… Non, non, toujours pas. Écoute, je suis vraiment désolée, mais tu vas devoir partir seul à Heathrow. Je te retrouve là-bas… Oui, une fois que Charlie est rentrée. Je suis désolée. Salut.

Lorsque je suis redescendue, Alix était au téléphone et parlait d'un ton autoritaire. Elle avait pris la situation en main et l'espace d'une fraction de seconde, j'en ai conçu un certain ressentiment que j'ai bien vite chassé. « Ne sois donc pas idiote ! » me suis-je morigénée. Karen était toujours étendue par terre, sous une de nos couvertures. Son visage était livide et, en dépit de ses yeux ouverts, elle semblait tomber de sommeil. Sur l'épaule, le sang avait noirci son chemisier.

Alix a raccroché.

— Il faut que tu conduises Karen à l'hôpital, a-t-elle commandé à Rick. Je monte avec toi. Joel va nous suivre.

— L'arbre…, a protesté Joel. Je dois aller voir l'arbre.

— Mais l'ambulance…, a dit Rick, l'air hébété.

Il donnait l'impression d'avoir du mal à mesurer la gravité de la situation. D'un certain côté, son obstination à vouloir agir comme s'il s'agissait d'un samedi normal, où son week-end se déroulerait comme prévu, était presque comique.

— Ce serait trop long de l'attendre, a décidé Alix, péremptoire. Je suis inquiète à cause du choc qu'elle a reçu, et du sang qu'elle a perdu. Nous devons partir sans perdre une minute. (Elle s'est tournée vers moi.) Désolée de gâcher ta fête.

C'était Alix tout craché. Au beau milieu d'une crise, elle avait encore la présence d'esprit de m'envoyer une pique. À l'évidence, elle n'avait toujours pas digéré ce qui s'était passé entre son mari et moi.

Cet accident mettait un sinistre point final à cette étrange fête. Joel et Rick ont aidé Karen, moitié en la soutenant, moitié en la portant, à s'allonger sur la banquette arrière de la voiture, puis Rick et Alix sont partis.

Joel m'a donné une accolade gênée.

— Je suis désolé.

— Ne sois pas ridicule.

— Alix est encore un peu bizarre au sujet de tout ça, a-t-il ajouté après s'être assuré d'un regard circulaire qu'il n'y avait personne pour l'entendre. De nous, je veux dire.

— C'est du passé, Joel.

« Si seulement il pouvait s'en aller ! » ai-je songé.

— Tu pars passer Noël ailleurs ?

Je m'apprêtais à lui répondre que le moment était mal choisi pour parler des vacances, mais me suis ravisée.

— Si tant est que j'arrive à mettre la main sur Charlie, ai-je dit en haussant les épaules.

— Tu pars avec ton nouveau… euh…

— Joel, tu étais censé suivre Alix.

— Je connais la route. Bon… (Il a marqué une pause, comme si nous bavardions à bâtons rompus, comme si la petite fête battait son plein, comme si nous n'étions pas dans une situation d'urgence.) Bon, passe de très bonnes vacances. Et un joyeux Noël, et un bon réveillon.

Il s'est penché pour m'embrasser sur la joue.

— Il faut que tu y ailles, Joel. J'ai tellement de choses à faire.

Mais il restait planté là, l'air de chercher un prétexte pour s'attarder.

— Donc, si je ne te vois…

— File, l'ai-je coupé, du ton le plus calme dont j'étais capable en le poussant presque dans sa voiture.

Je l'ai regardé s'éloigner, distraitement.

Cette situation était ridicule. Je devais agir, sans attendre. Mais appelait-on les urgences pour ce genre de choses ? Était-ce justifié ? De retour à l'intérieur, j'ai réussi à mettre la main sur un annuaire et j'ai fini par trouver toute une page de numéros de police : recrutements, hot-line du service de répression des stupéfiants, signalement des cargaisons suspectes… Il y avait le numéro d'une ligne d'entraide des gays et lesbiennes, d'autres dédiés au soutien aux victimes, à la prévention de la criminalité, à la protection de l'enfance, aux violences conjugales. On pouvait même signaler un crime en ligne. J'ai fait glisser mon doigt jusqu'au bas de la page et trouvé le numéro du poste de police de Sandling Island.

Le plus incroyable, c'est que la fête se poursuivait ; on aurait dit un organisme qui refuse de mourir en dépit des mauvais traitements infligés. Je me suis repliée dans la souillarde avec le téléphone et j'ai fermé la porte derrière moi. Quand une voix féminine a répondu, je me suis aperçue que je n'avais pas réfléchi précisément à ce que j'allais dire.

— Cela peut paraître idiot, me suis-je lancée, mais je pense que ma fille a peut-être disparu…

La femme m'a immédiatement coupée pour prendre mon nom, mon adresse, puis me demander le nom complet de Charlie et son âge. Elle ne semblait nullement impressionnée par mes réponses.

— Depuis quand votre fille a-t-elle disparu ?

— Elle a passé la nuit chez une amie, mais elle devait rentrer il y a deux heures de ça et…

— Deux heures ? Et elle a quinze ans ? Franchement, je patienterais encore un peu.

— Attendez, je pense qu'il s'est passé quelque chose. Nous devons partir en vacances. Avant 13 heures, et il est déjà midi moins vingt. Ma fille le sait, et elle est très enthousiaste à l'idée de ces vacances. Elle devait rentrer pour préparer ses affaires. Et ce n'est pas tout : elle a organisé une fête-surprise ce matin pour moi, mais elle n'y est pas venue. Pourquoi ? Il s'est passé quelque chose, j'en suis sûre, ai-je répété.

— Elle a probablement eu un empêchement.

— Évidemment qu'elle a eu un empêchement ! La question, c'est de savoir de quelle nature il est. Et s'il était arrivé quelque chose de grave ?

La conversation tournait au bras de fer. J'ignorais qui était mon interlocutrice. Était-elle flic ? simple réceptionniste ? Je voyais bien qu'elle voulait que j'attende que le problème se résolve de lui-même. Mais je n'avais pas l'intention de lui ficher la paix. J'ai insisté, j'ai argumenté et, pour finir, elle m'a demandé de patienter. Elle avait posé la main sur le combiné et j'ai entendu sa voix étouffée poser une question à quelqu'un d'autre. Quand elle est revenue en ligne, elle m'a dit qu'un policier allait passer voir ce dont il retournait.

— Rapidement, ai-je insisté. Si quelque chose est arrivé à Charlie, c'est urgent. Chaque minute compte.

Je n'ai raccroché qu'après avoir obtenu l'assurance qu'un policier se présenterait chez moi dans les minutes à venir. Voilà qu'à présent je devais attendre l'arrivée de la police. Que pouvais-je faire, entre-temps ? Je n'allais pas rester les bras ballants. Je devais boucler les bagages. Mettre à la porte les derniers invités. Non, tout cela pouvait attendre. Seule Charlie importait. Ne pouvais-je donc rien faire de productif avant l'intrusion de la police ?

En revenant dans la cuisine, j'ai trouvé une adolescente que je n'ai pas reconnue en train d'ouvrir mon réfrigérateur. La gamine s'est retournée, l'air nullement troublé.

— Tu sais comment s'appelle le bureau de presse de la grand-rue ? lui ai-je demandé.

Elle a hésité, un carton de jus d'orange dans la main, puis a répondu, en se servant un verre : « Walton. »

Le numéro était dans l'annuaire.

— Allô, madame Walton ? ai-je demandé à la femme qui a répondu.

— Non.

— Mais je suis bien chez Walton ?

— Tout à fait.

— Je suis Nina Landry. La mère de Charlotte. A-t-elle fait sa distribution, ce matin ?

— Oui, je crois.

— Vous ne l'avez pas vue ?

— Gerry ! a appelé la femme. Qui a fait la distribution, ce matin ?

J'ai entendu une voix lui répondre, mais les mots étaient inintelligibles.

— Oui, a repris la femme. Elle l'a faite.

— À quelle heure est-elle venue chercher les journaux ?

— Avant que j'arrive. Sans doute entre 9 heures et 9 h 30. C'est l'heure à laquelle elle vient en général.

— Merci.

J'ai raccroché. Était-ce une bonne, ou une mauvaise nouvelle ? Charlie était revenue en ville, mais cela remontait à plusieurs heures. Brusquement, tout est devenu clair. Mon futur ex-mari. J'ai composé son numéro. Une femme a répondu.

— Bonjour, puis-je parler à Rory ?

— Qui est-ce ?

— Et vous, vous êtes qui ?

— Vous d'abord.

— Je suis Nina. (Il y a eu un blanc. On attendait un complément d'informations.) Son ex-compagne.

— Ah oui, Nina ! Je sais tout de vous. Je suis Tina.

Tina. Chez lui. Qui répondait au téléphone. Qui savait tout sur moi. Je n'avais jamais entendu parler d'une Tina. D'où sortait-elle ? J'ai grimacé, plutôt soulagée d'apprendre que Rory avait lui aussi trouvé quelqu'un d'autre, mais également déstabilisée de voir que chacun de nous avait tourné la page si rapidement. Comment tant d'années de mariage pouvaient-elles tomber en si peu de temps aux oubliettes ?

— Est-ce que Rory est là ?

— Il est sorti.

Tina semblait d'humeur bavarde, mais j'ai raccroché immédiatement pour appeler Rory sur son portable.

— Salut, Nina.

— Rory, tu as quelque chose à m'apprendre ?

— Je crois qu'il y a pas mal de trucs que tu devrais savoir. Tu penses à quoi en particulier ?

Je me suis calmée. Depuis un bon bout de temps, toutes les conversations avec Rory me donnaient l'impression de vaciller au sommet d'une colline très escarpée. Un pas inconsidéré, et ce serait la dégringolade dans une dispute toujours plus amère.

— Tu m'as dit que tu voulais voir Charlie, tout à l'heure.

— Je disais que je voulais voir les enfants, qu'ils me manquaient. Tu m'appelles pour t'excuser ?

— M'excuser de quoi ? ai-je dit, en regrettant aussitôt mon emportement.

— Je crois qu'on ne devrait pas repartir là-dessus. Tout ce que je veux dire, c'est qu'on a eu des différends, toi et moi – je le reconnais –, mais que j'espérais que tu laisserais les enfants en dehors de nos problèmes.

— Rory, si tu savais tout le mal que je me suis donné pour ça.

Il y a eu un silence à l'autre bout de la ligne : il avait raccroché. J'ai recomposé le numéro.

— Tu te sens mieux ?

— Rory, est-ce que Charlie est avec toi ?

— Ce serait un problème si c'était le cas ?

— Ne fais pas l'imbécile. On est censés partir à l'aéroport dans quelques minutes. Si tu es venu la chercher, alors…

— Alors quoi ?

« Respire, Nina. Lentement, profondément. »

— Ramène-la, c'est tout. On est affreusement en retard.

— Mais je ne suis pas passé la chercher !

— Elle n'est pas avec toi ? C'est vrai ?

— Tu insinues que je mens ?

— Je ne te comprends pas. J'ai déjà appelé la police et un agent est en route. Donc si…

— Mais de quoi tu m'accuses, au juste ? s'est emporté Rory. Je suis son père ! Que se passe-t-il ? Où est-elle ?

— Je ne sais pas. J'espère que ce n'est rien – qu'il va s'avérer que ce n'est rien. Elle va sans doute revenir d'un instant à l'autre.

— Mais tu as appelé la police ?

— Juste au cas où.

— Au cas où quoi ?

— Ça me semblait la chose sensée à faire.

— Bon, je vais passer. J'arrive.

— Non, Rory. S'il te plaît…

C'était trop tard. Il avait déjà raccroché.

Sans scrupule, ni gêne, ni honte, j'ai fait le tour de la maison pour éconduire ceux qui s'y trouvaient encore. J'ai chassé quelques ados qui s'attardaient sur l'escalier, j'ai dit au pasteur que ç'avait été un plaisir de le voir mais que je devais m'absenter. (N'avait-il pas une église dans laquelle aller ? un sermon à écrire ?) J'ai poussé sans ménagement Derek – ou Eric – dans l'allée et j'ai secoué Eamonn qui s'était endormi sur le canapé. Et je leur ai demandé à tous de dire à Charlie, si jamais ils la voyaient, de m'appeler. C'était urgent.

Jackson et un de ses copains traînaient dans la maison, en train de filmer. J'ai pris le gamin à l'écart, je l'ai ramené à sa mère et leur ai souhaité à tous les deux un joyeux Noël en les guidant avec autorité jusque dans la rue. J'ai vu sur l'écran de mon portable qu'il était midi moins dix. Dans une demi-heure environ, nous étions supposés prendre la route, retrouver Christian, et partir en vacances – ces vacances que j'organisais depuis des mois.

J'ai tourné le dos au portail et attrapé Jackson fermement par les épaules.

— Écoute-moi bien. Charlie a disparu. Du moins, elle n'est pas là. Et même si je suis sûre que tout va bien, c'est tout de même un peu curieux. Tu n'as pas une idée de l'endroit où elle pourrait être ?

Il a secoué la tête sans dire un mot.

— Elle ne t'a rien dit ?

— Non.

— Si elle ne revient pas bientôt, ai-je poursuivi, nous allons rater cet avion.

— Mais on pourra en prendre un autre plus tard, tout de même, n'est-ce pas, Maman ?

Ses yeux se sont remplis de larmes ; il s'est tortillé pour se dégager et a lancé un coup de pied dans un caillou.

— Ce qui compte, c'est de retrouver Charlie.

— Ouais, a-t-il marmonné. Il ne lui est rien arrivé, n'est-ce pas ?

— Mais non.

Renata était en train de ramasser les verres et de les ranger soigneusement dans le lave-vaisselle, avec une tristesse léthargique qui me donnait envie de hurler. Bien qu'avortée, cette fête avait occasionné un désordre incroyable dans toute la maison – ce n'était que coupes de chips, soucoupes remplies de mégots, boue sur les tapis et le carrelage. Il y avait aussi une traînée de sang qui s'étirait du bas de l'escalier jusque dans le hall, et une bouteille en mille morceaux près de la porte d'entrée.

— C'est bon, Nina, a dit Renata en ramassant une coupe qu'elle a fixée d'un regard désespéré. Je m'occupe de tout. Je vais mettre ces fleurs dans l'eau pour commencer.

Des larmes ruisselaient le long de ses joues et j'ai remarqué qu'elle boitillait un peu – à cause, sans doute, de sa collision avec Sludge et Karen.

— Non, Renata, je sais que tu n'es pas venue pour ça, mais voilà ce que je voudrais que tu fasses : est-ce que tu peux emmener Jackson et Sludge et aller faire un tour en ville pour demander si quelqu'un a vu Charlie ?

Elle m'a considérée d'un air dubitatif.

— Demander à qui ? À n'importe qui ?

— Jackson t'indiquera qui interroger, n'est-ce pas, mon chéri ? Tu as un portable ? ai-je demandé à Renata.

— Oui.

— Appelle-moi si jamais tu apprends quelque chose.

— Tu vas rester ici ?

— J'attends la police.

— Ah.

Son visage est devenu grave. Elle a coulé un regard oblique vers Jackson et s'est composé un masque de gaieté fort peu convaincant.

— Bien, a-t-elle lancé avec entrain. On est partis. Après vous, jeune homme.

En d'autres circonstances, j'aurais éclaté de rire en voyant Sludge, langue pendante et oreilles retroussées, s'élancer le long de la route en dandinant son arrière-train et Renata clopiner à sa suite, en freinant des quatre fers. Jackson fermait la marche en trottinant. On aurait dit un troll, avec sa doudoune surdimensionnée.

Que fabriquait la police ? Quelques minutes, avaient-ils dit. La minuterie du four indiquait 11 h 53. J'ai soulevé un petit bouquet de fleurs et enfoui mon visage dans la fraîcheur satinée des pétales tout en réfléchissant. Charlie était partie de chez Tam entre 9 heures et 9 h 30, et je savais qu'elle était allée directement au bureau de presse…

On a sonné à la porte et j'ai couru ouvrir.

— Nina Landry ?

Mon visiteur était un homme assez petit et plutôt corpulent, engoncé dans un uniforme trop étriqué pour lui. Il avait des cheveux châtains et des oreilles décollées. Son visage était hâlé et inopportunément enjoué.

— Agent Mahoney, s'est-il présenté.

— Entrez. Attention aux bris de verre.

Nous avons traversé le salon, qui avait des airs de scène de crime, pour gagner la cuisine où régnait le chaos ; sans doute le policier s'attendait-il à ce que je lui propose une tasse de thé, mais je n'avais pas le temps. Je lui ai présenté une chaise, me suis assise devant la table encombrée et l'ai dévisagé. Il a écarté un bol de chips puis il a sorti un stylo et un carnet qu'il a feuilleté après avoir humecté son pouce. En haut d'une page vierge, il a indiqué la date puis, après consultation de sa montre, l'heure – 11 h 54, ai-je lu à l'envers.

— Donnez-moi quelques détails.

— Je l'ai déjà fait. Quand j'ai appelé.

— Le nom et l'âge de votre fille ?

— Je les ai déjà indiqués. À la femme du poste de police.

— S'il vous plaît.

— Charlotte Landry Oates. Landry comme moi ; Oates est le nom de son père, ai-je ajouté en devançant la question suivante.

— M. Oates est-il ici ?

— Il ne vit pas avec nous.

Le policier a pris aussitôt un air entendu.

— Il est parti au début de l'année. Charlie a quinze ans. Elle est née le 3 février, ai-je ajouté sans attendre la question suivante.

— Ce qui lui fait presque seize ans.

— Oui, mais…

— Et quand a-t-elle disparu ? L'officier de service a dit que ça ne faisait pas plus d'une heure, environ.

— Je ne sais pas exactement. Elle a dormi chez une camarade, et ensuite, elle a fait sa distribution de journaux. J'étais sortie, j'ai fait des courses, et je m'attendais à ce qu'elle soit là à mon retour – qui a été plus tardif que prévu parce que sur un coup de tête j'ai appelé un ami pour qu'il jette un œil à ma voiture – et ensuite… Oh, peu importe. L'histoire, c'est que Charlie n'était pas là à mon retour.

— Et à quelle heure êtes-vous rentrée ?

Je me suis souvenue que Karen avait dit à Eamonn, lorsqu'il avait émergé sur le seuil de leur maison pieds nus et en trench-coat, qu'il était 10 h 30 passées. Et que lorsque j'étais montée dans la chambre de Charlie, son réveil avait sonné 11 heures.

— Il devait être 11 heures. Elle n'était pas là, et j'ai trouvé ça curieux parce que nous partons en vacances. Enfin, nous *devions* partir en vacances. Tout cela me paraît sérieusement compromis, maintenant. Nous étions censés partir d'ici à 13 heures, 13 h 30 au plus tard, et il fallait que Charlie rentre préparer ses bagages. En plus, elle avait organisé une petite fête pour moi. Sans ça, je ne me serais pas inquiétée, mais là, c'est incompréhensible. Elle était si enthousiaste à l'idée de ces vacances ! Ce voyage est prévu depuis si longtemps !

— Où partez-vous ?

— En Floride, ai-je précisé avec impatience.

— C'est chouette. Rien que tous les trois ?

— Non, mon ami vient avec nous.

— Votre nouvel ami ?

— Plus ou moins, mais qu'est-ce que…

— Votre fille s'entend bien avec lui ?

— Oui. Enfin, ils ont… Oui, dans l'ensemble, ils s'entendent bien.

— Mmm… Charlotte a-t-elle un portable ?

— Je l'ai appelée. Ça ne répond pas. J'ai appelé l'amie chez qui elle a dormi. J'ai appelé le marchand de journaux pour vérifier si elle avait fait sa distribution. J'ai parlé à sa meilleure amie. Personne ne sait où elle est passée.

Je voulais que ce policier me dise qu'il n'y avait pas lieu de m'inquiéter, et quand il l'a fait, je me suis sentie frustrée parce que je savais qu'il avait tort.

— Je connais Charlie, ai-je insisté. Je *sais* que ce n'est pas dans son caractère. Il s'est passé quelque chose. Il faut qu'on la retrouve.

— Madame Landry, a dit gentiment l'agent Mahoney, je sais ce que c'est, les adolescentes. J'en ai une moi-même.

— Vous ne savez pas comment est *Charlie*.

— Les adolescentes, a-t-il poursuivi sans faire cas de ma remarque, disparaissent à tout bout de champ. Vous n'imaginez pas le nombre de disparitions qu'on nous signale, puis les gamines réapparaissent quelques heures plus tard, ou le lendemain. Je suis certain que votre fille sera bientôt de retour à la maison. Vous êtes-vous disputée avec elle, récemment ?

— Non.

Ce n'était pas la stricte vérité, bien sûr. Je sors rarement de mes gonds, mais Charlie a le chic pour se disputer avec tout le monde, avec ou sans la participation de l'autre. Son attitude vis-à-vis du monde est celle d'un conflit radical. Quand je me la représente, c'est les mains sur les hanches, les bras repliés, l'air provocateur. Elle tient tête à tout le monde, elle lance des regards noirs, elle se chamaille, elle quitte les pièces en trombe et claque les portes. Mais elle est comme Rory – ou du moins comme était Rory autrefois : prompte à céder à la colère, et tout aussi prompte à s'excuser ou à pardonner, magnanime, ou penaude quand elle est en faute, jamais rancunière. Nous nous étions disputées la veille, et aussi l'avant-veille, et probablement encore le jour d'avant – à cause d'un cours de physique enregistré dans son ordinateur qu'elle avait perdu sans avoir fait de copie de sauvegarde, d'un concert auquel elle voulait assister avec Ashleigh à Londres un soir de semaine, d'une visite chez son père qui tombait justement le soir où il y avait une grande fête à Sandling Island, du pot de glace qu'elle avait vidé et abandonné dans le congélateur, d'une paire de chaussures qu'elle m'avait empruntée sans ma permission et dont elle avait cassé un talon… Mais ce n'était là que des prises de bec sans importance, la routine de la vie quotidienne avec Charlie.

— Non, ai-je répété. Nous ne nous sommes pas disputées.

— Des histoires à propos d'un petit ami ?

— Non. Charlie n'a pas de petit ami.

— À votre connaissance, a dit l'agent Mahoney avec un petit sourire narquois.

— Elle m'en aurait parlé. Elle me raconte ce qui se passe dans sa vie, ai-je protesté.

C'était vrai. Charlie m'infligeait ses colères et son impatience, mais elle m'offrait aussi ses confidences, souvent avec une candeur émouvante. Elle m'avait parlé des garçons qui lui avaient demandé de sortir avec elle ; elle m'avait avoué s'être affreusement soûlée en buvant des Bacardi Breezers chez Ashleigh puis avoir vomi sur la pelouse ; elle m'avait demandé conseil à propos de ses boutons, des douleurs au moment de ses règles ; elle m'avait confié combien elle trouvait étouffante l'attitude surprotectrice de son père.

— Écoutez, tout ça n'a rien à voir.

— Et à l'école ? Tout se passe bien ? Aucun problème avec ses camarades ?

— Rien qui puisse l'avoir incitée à fuguer.

— Mais il y a eu des problèmes, donc ?

— Elle a été persécutée pendant quelque temps, ai-je dit, d'un ton cassant. Elle était nouvelle et avait du mal à trouver ses marques. Vous savez comment les filles peuvent être vicieuses, en groupe. Mais tout cela est fini.

— Mmmm… (Brusquement, il s'est levé et a rangé le carnet dans sa poche.) Allons voir la chambre de Charlotte.

— Pour quoi faire ?

— C'est à l'étage, n'est-ce pas ?

Il était déjà en route, et je lui ai emboîté le pas.

— J'ai déjà regardé. Il n'y a rien à voir.

— Celle-ci ?

— Oui.

Depuis le seuil, l'agent Mahoney a embrassé le chaos qui régnait dans la pièce d'un regard flegmatique. De lourds parfums flottaient dans l'air. Charlie adorait les crèmes, les lotions, les huiles de bain. Après avoir pris une de ses interminables douches, ou avoir passé des heures étendue dans un bain moussant, elle regagnait sa chambre, ruisselante, et s'enduisait le corps de crème, s'aspergeait de parfum, en vaporisait dans sa chevelure cuivrée.

— C'est un peu le bazar, hein ? a souligné l'agent Mahoney d'un ton neutre.

Il s'est penché pour ramasser une écharpe chinoise qui, tel un oiseau blessé au plumage flamboyant, gisait à ses pieds. Il est allé la déposer délicatement sur le lit qui n'était pas fait, puis il a contemplé le fatras, sourcils froncés. Sitôt qu'il a eu pénétré dans la chambre, celle-ci a semblé se rapetisser, s'assombrir. Par terre, il y avait des culottes en dentelle, deux soutiens-gorge, des collants résille, un pantalon qui donnait l'impression que Charlie venait tout juste de l'enlever. Une boîte de chocolats traînait, presque vide, que lui avait offerte un garçon quelque temps auparavant. Et un cahier rempli de son écriture brouillonne. Le poster d'une rock star que je ne connaissais pas se détachait du mur ; dans un coin de la pièce, il y avait aussi une photo de Rory et moi, plus jeunes, main dans la main, en train de sourire. La collection de cartes postales scotchées au-dessus de son lit montrait une sculpture géante de pied conservée au British Museum, une plage de sable blanc, un collage bleu de Matisse. L'agent Mahoney a dû rentrer la tête dans les épaules pour éviter de se prendre dans la mousseline blanche de la moustiquaire suspendue au-dessus de l'oreiller. Ses gros croquenots noirs se déplaçaient lentement sur la moquette et j'entendais presque la voix de Charlie me siffler dans l'oreille : « Vire-le de là ! » Une canette de bière vide était échouée à côté de la corbeille à papier débordante, et il l'a tapotée délicatement du pied, comme s'il s'agissait d'une preuve.

— Il ne manque rien ?

J'ai promené autour de moi un regard désespéré. J'ai ouvert le placard et passé en revue les vêtements de Charlie – un mélange d'inspiration exotique et *grunge* : des jeans noirs, une jupe violette à volants, une vieille veste en cuir, une blouse gitane brodée, une minirobe rouge, des bottes aux semelles épaisses, des survêtements avachis, des camisoles et des hauts à fines bretelles, des sweat-shirts à capuche gris ou noirs, des tee-shirts avec des slogans incompréhensibles imprimés en travers de la poitrine. La plupart de ces vêtements étaient entassés par terre. J'ai refermé la porte.

— Non, je ne pense pas, ai-je dit prudemment.

— Rien qu'elle aurait pu emporter si elle prévoyait d'aller quelque part ?

— Je ne sais pas.

Je regardai une nouvelle fois autour de moi, cherchant désespérément quelque chose de manquant dans ce fouillis.

— Son portable, par exemple.

— Elle l'a pris avec elle hier soir, donc naturellement, il n'est pas là.

Sur son bureau, l'ordinateur était éteint. J'ai soulevé le couvercle d'une boîte à chaussures. À l'intérieur, il y avait une paire de longues boucles d'oreilles, des sels de bain effervescents, un collier de perles enroulé sur lui-même, quatre photomatons d'Ashleigh et de Charlie serrées dans la cabine, en train de grimacer à l'objectif, une feuille pliée en quatre sur laquelle j'ai lu « Penser argent cantine », une gomme tachée d'encre, un bâton de colle, un flacon de durcisseur transparent pour les ongles, deux capuchons de stylos et plusieurs bandeaux à cheveux. J'ai reposé la boîte pour inspecter le bureau, en me concentrant. Clearasil, déodorant, CD, trousse à stylos. Brusquement, j'ai vu. J'ai vu ce qu'il manquait.

— Sa trousse de toilette. Elle est bleue, avec des motifs d'un bleu plus pâle, je crois. Je ne la vois pas. (J'ai ramassé les serviettes de toilette pour les jeter contre le mur.) Et je ne vois pas non plus sa trousse à maquillage. Elle est rose. Elle est peut-être dans un de ses sacs. C'est bizarre.

J'ai entrepris de ramasser tous les vêtements qui traînaient pour les entasser et m'assurer que rien n'était caché en dessous. Quand j'ai attrapé le bas du pyjama, j'ai froncé les sourcils, le souffle soudain court.

— Que se passe-t-il ? s'est enquis l'agent Mahoney.

— Elle porte ce pantalon de pyjama avec une chemise de nuit. Où est la chemise de nuit ?

— Ça paraît pourtant évident, madame Landry.

— Comment ça ?

— Ce sont toutes les affaires qu'elle aura emportées pour dormir chez son amie.

— Non. Elle n'était pas partie pour dormir chez son amie. Elle a juste été là-bas pour une boum. Tam lui a proposé de rester. Charlie m'a appelée pour me dire qu'elle ne rentrait pas dormir, mais qu'elle serait là ce matin. Je sais qu'elle n'a pas pris ces affaires parce que je lui ai proposé de les lui apporter, mais elle m'a répondu en riant qu'elle se brosserait les dents avec le doigt et qu'elle se doucherait et se changerait en rentrant. Je ne sais pas si elle a pris son sac avec elle. Ou juste son téléphone.

— Nous y voilà, donc.

Je me suis laissée choir sur le lit et me suis frictionné les yeux.

— Je ne comprends pas. Quand a-t-elle pris ça ? Je veux dire : ces affaires étaient là hier soir, alors quand les a-t-elle prises ? Et pourquoi ? Nous partions en vacances.

— Madame Landry, je sais que ce doit être pénible, mais nous sommes coutumiers de ce genre de situation.

— De quel genre de situation parlez-vous ?

— Pour une raison ou une autre, Charlie est partie passer un petit moment ailleurs. Je suis certain qu'elle sera bientôt de retour.

— Non.

— Elle a pris sa trousse à maquillage, ses affaires de nuit, sa trousse de toilette, son portable, et peut-être son sac.

— Elle était heureuse. Vous vous trompez, ça ne peut pas être ça. Il y a une autre explication. Charlie ne ferait pas ça.

— Votre fille a quinze ans. Seize dans deux mois. Je suis sûr que je n'ai pas besoin de vous dire que c'est un âge difficile. Et d'après ce que j'entends, elle ne sait plus trop où donner de la tête, en ce moment. Son père est parti, vous avez un nouvel ami, elle a eu des problèmes à l'école…

J'ai fermé les yeux et j'ai essayé de réfléchir rationnellement. Les signes étaient là, irrécusables. À un moment donné, Charlie était revenue à la maison, elle avait pris ses affaires et était repartie. Je ne pouvais pas contester les faits, mais en même temps, je me souvenais que la veille, avant qu'elle ne parte, elle semblait – non : elle *était*, j'en étais certaine – insouciante, affectueuse. Nous avions parlé de la Floride avec excitation. Elle avait dit qu'il lui faudrait se faire faire une épilation du maillot. Elle avait même eu un mot gentil à propos de Christian, me déclarant en m'embrassant qu'elle pensait qu'il était un chic type.

— Elle me l'aurait dit, si quelque chose n'allait pas. Je le sais.

— Les adolescentes ont des secrets, madame Landry. Ma femme dit souvent que…

— Que va-t-il se passer, maintenant ?

— Dès que vous avez de ses nouvelles, vous nous prévenez.

— Non, je veux dire : qu'est-ce que *vous* allez faire ?

— Nous allons la mettre sur nos listes, rester en alerte – vous pouvez venir plus tard au poste faire une déposition.

— C'est tout ?

— Votre fille va probablement bien. Elle a juste besoin d'un peu de temps pour réfléchir à tête reposée.

J'ai considéré son visage amical et serein.

— Je crains de n'être pas de votre avis. Si elle s'est enfuie, c'est qu'il s'est passé quelque chose qui l'a poussée à agir ainsi. Il est possible que vous ayez raison – et qu'elle passe cette porte d'un instant à l'autre. Mais je suppose que le rôle de la police, c'est d'envisager les mauvais scénarios autant que les bons. C'est pour ça que je vous ai appelés. On ne peut pas attendre les bras croisés. Nous devons la retrouver. Sans perdre de temps.

— Je comprends votre inquiétude, mais votre fille a presque seize ans.

— Elle a quinze ans. C'est une gamine. S'il vous plaît, aidez-moi à retrouver ma fille.

J'ai bondi en entendant la sonnerie du téléphone.

— C'est sans doute elle, a dit l'agent Mahoney.

Je me suis ruée dans l'escalier et j'ai décroché, le cœur battant d'espoir.

— Oui ?

— Nina, c'est Rick.

— Ah…

— Je voulais m'excuser pour tout le chambardement qu'on a causé tout à l'heure.

— Aucune importance. J'espère que Karen va bien.

— Charlie a refait surface ?

— Non, toujours pas.

— Je suis désolé. Et vos vacances… J'aimerais pouvoir t'aider, Nina, mais je suis coincé à l'hôpital. Tu as pensé à appeler la police ?

— Un agent est là. Et il croit…

Ma voix s'est brisée.

— Quoi ?

— Il croit qu'elle a fait une fugue, ai-je poursuivi avec réticence. Ça n'a pas de sens, Rick. Je ne vois pas Charlie faire une chose pareille. Elle m'a semblé aller très bien, hier.

— Je suis vraiment navré de ne pouvoir faire grand-chose, Nina. Tout ce que je peux te dire, en tant que prof – en tant que prof de Charlie –, c'est que souvent les adolescents se comportent de façon inattendue.

— Oui, c'est ce que je dirais à ta place. C'est également ce que dit le policier. Selon lui, il n'y a pas lieu de s'inquiéter.

— C'est aussi mon avis.

— Merci, Rick. Il faut que je te laisse. Elle pourrait appeler, je ne veux pas occuper la ligne. Rick ? ai-je ajouté en me souvenant brusquement d'où il appelait. Comment va Karen ?

— Le toubib est en train de l'examiner.

— Je suis vraiment désolée.

— T'inquiète. Je ferais mieux de te laisser. Passe-moi un coup de fil quand Charlie sera rentrée. Car elle va rentrer, tu sais.

J'ai raccroché et me suis retournée au moment où l'agent Mahoney descendait l'escalier.

— Ce n'était pas elle ?

— Non. Vous partez ?

— Elle va revenir. C'est aussi sûr que deux et deux font quatre.

— Et si ce n'est pas le cas ? l'ai-je coupé d'un ton abattu.

— Alors j'enverrai une patrouille faire le tour de l'île. Peut-être pourriez-vous me donner une photo récente ?

— Oui, oui, bien sûr. Tenez, j'en ai une là.

J'ai détaché de la porte du frigidaire la photo que j'avais reçue pour mon anniversaire – Charlie et Jackson qui me souriaient, deux adorables frimousses au regard pétillant.

— Elle a été prise il y a quelques jours.

— Merci. (Il l'a examinée un instant.) Jolie fille.

— Oui.

— Bon, comme je disais…

En lui ouvrant la porte, j'ai entendu la mer, et le vent qui se déchaînait entre les mâts des bateaux, dans le chantier naval. Quelques gouttes de pluie se sont écrasées sur mon visage brûlant. J'ai refermé la porte et je me suis adossée au battant, prise de vertige. La situation me semblait frappée d'irréalité. Ma fille – ma Charlie adorée, fougueuse, impulsive, sérieuse – s'était enfuie de la maison ! Loin de moi. J'ai inspiré profondément, posément, à plusieurs reprises, pour chasser ce poids de ma poitrine, puis je suis allée m'asperger le visage d'eau dans la cuisine.

Et j'ai rappelé Christian.

— Je suis sur la M25, a-t-il annoncé. Et toi ?

— Charlie a fait une fugue.

— Quoi ? Une fugue ? Mais pourquoi ?

— Je ne peux te parler plus longtemps. Nous ne venons pas.

Il y a eu un silence à l'autre bout de la ligne. J'ai cru que nous avions été coupés.

— Allô ? Tu m'entends ?

— Oui. Que se passe-t-il ?

— À ton avis ? Pars sans nous. On reste en contact. Je suis affreusement désolée.

— Nina, écoute, je suis certain que tout va s'arranger, mais je vais revenir et t'aider à la chercher. Tout va rentrer dans l'ordre.

— Non, pars seul, ai-je répondu, et j'ai raccroché.

Brusquement, je me suis rendu compte que j'étais affamée. Je n'avais rien mangé de la journée. Je tremblais, j'étais même sur le point de m'évanouir. Dans la cuisine, j'ai trouvé un paquet de céréales que j'ai avalées telles quelles, à pleines poignées, sans lait. Puis j'ai rempli la bouilloire et j'ai rincé la cafetière, la démontant entièrement pour nettoyer chaque pièce sous le jet du robinet, éliminer avec acharnement jusqu'à la dernière miette de marc. J'ai sorti un paquet de café en grains du réfrigérateur, j'en ai moulu quelques-uns et j'ai transvasé la poudre dans la cafetière. L'eau a bouilli. Je l'ai versée sur la mouture. Je me suis préparée une tartine de confiture. Me suis assise à la table de la cuisine. J'ai bu goulûment le café noir, fort. J'ai mastiqué la tartine lentement, avec concentration. Quelle importance, maintenant ? J'avais tout le temps.

Je venais de m'éveiller brutalement dans un monde inconnu, celui d'une terrible réalité, que je n'avais jamais imaginé connaître un jour. Cela exigeait de moi que je réfléchisse avec soin et méthode. Je n'étais plus la même personne que celle qui s'était levée ce matin-là. J'étais une femme dont la fille de quinze ans avait fugué du foyer familial. J'étais la mère d'une fille qui, en douce, avait rassemblé quelques misérables possessions et un peu d'argent, et préféré filer dans cette journée glaciale de décembre plutôt que d'être là, avec moi. Une fille qui préférait être ailleurs, peut-être avec quelqu'un d'autre. N'importe où plutôt qu'ici.

Il y avait une chose que j'avais du mal à m'avouer : jamais rien dans ma vie ne m'avait accablée d'un tel sentiment de honte. Peu à peu, autour de moi, la famille, les amis, des connaissances, des voisins apprendraient que Nina Landry était une mère dont la fille avait fugué. Les parents en conflit avec leurs enfants se réconforteraient en se disant : « Au moins, je suis un meilleur parent que Nina Landry. J'ai beau avoir discorde sur discorde avec mes enfants, ils n'ont pas fugué, eux. » J'ai imaginé les prochains jours, lorsque j'allais tomber sur des gens, dans la rue. Un regard surpris. « Je vous croyais partie en vacances ! – Nous avons dû annuler malheureusement. Ma fille… »

Au fur et à mesure que la nouvelle se répandrait, le regard surpris des gens ferait place à la gêne, des mots de sympathie seraient murmurés avec, dans les yeux de ceux qui les prononceraient, cette étincelle d'excitation que fait naître le malheur des autres.

Voilà les méprisables idées qui me traversaient la tête, et je m'obligeais à les fixer comme si je plongeais et maintenais mes mains dans de l'eau en ébullition.

Je me suis servi une autre tasse de café. Si j'incluais dans le compte les neuf mois de grossesse, avec les nausées, l'impatience et l'appréhension qui les avaient accompagnés, c'était la première fois en seize ans et demi que j'ignorais où se trouvait ma fille. Je devais décider d'un plan d'action. J'ai appelé Renata sur son portable.

— Personne ne l'a aperçue, a-t-elle dit, mais…

— Je sais. Tu peux rentrer.

— Tu ne veux pas que nous…

— Non, l'ai-je coupée, avant de raccrocher.

Quelles étaient mes options ? À en croire le policier, le départ de Charlie n'était qu'un des événements qui jalonnent la vie des enfants, au même titre que les goûters d'anniversaire et les Jeannettes. Si je me rangeais à ce point de vue, je pouvais continuer mon train-train, et entre deux lamentations et reniflements, attendre que ma fille se manifeste. Il m'a suffi d'articuler clairement cette pensée pour réaliser combien c'était impossible. Je devais retrouver Charlie et lui parler, même si cela avait pour seul résultat de l'entendre me dire des choses que j'aurais préféré ignorer. J'ai bien essayé d'imaginer ce que feraient les autres mères, mais ça ne m'avançait à rien. C'était moi qui me retrouvais avec ce problème sur les bras et personne d'autre.

Charlie avait quinze ans, elle était ma fille et je devais la retrouver. Tout le monde pouvait attendre. Alors, par où allais-je commencer ?

Mon premier réflexe était de prendre la voiture, de rouler, d'aborder des inconnus dans la rue, de tenter tout et n'importe quoi. Céder à l'hystérie, me précipiter dans l'action aurait pu me réconforter ou m'empêcher de m'appesantir sur des sujets douloureux, mais il fallait avant tout que je sois efficace. J'ai attrapé le bloc-notes que je gardais sur le comptoir de la cuisine pour les listes de courses, j'ai arraché nerveusement le crayon retenu par une bande Velcro et j'ai commencé à griffonner pour tenter de mettre de l'ordre dans mes pensées.

Charlie avait emporté quelques affaires avec elle, donc elle devait avoir fui quelqu'un, ou s'être enfuie avec quelqu'un, ou chez quelqu'un. Elle pouvait être partie chez une amie. La pire éventualité était, quoi qu'en dise Rick, qu'elle ait décidé de partir seule, en stop, sans projet ni destination définis. J'ai imaginé Charlie, pouce levé sur le bord d'une route, en train de monter dans la voiture d'un inconnu, de nous abandonner tous, et j'ai senti un picotement dans mes yeux. Pour la première fois de ma vie, j'ai songé que je serais capable de me suicider, mais aussitôt, j'ai pensé à Jackson et à Charlie, et j'ai écarté à jamais cette idée.

Plus vraisemblablement, Charlie se trouvait avec une amie, ou bien aurait tenu une amie au courant de ses projets. Si je contactais quelqu'un qui me mette en relation avec elle, nous pourrions discuter et elle m'expliquerait la situation. Par où commencer ? À un moment donné, avant que les invités n'arrivent et pendant que j'étais sortie faire réparer ma voiture, Charlie était rentrée à la maison prendre les affaires dont elle avait besoin avant de partir. Sa décision de fuguer, ou du moins de fuguer aujourd'hui, juste avant notre départ en vacances, avait dû être soudaine, sinon, elle aurait emporté son sac et sa trousse de toilette chez Ashleigh. Les uns après les autres, pendant la fête, les invités m'avaient raconté comment Charlie avait tout organisé. Je savais que ma fille était une gamine éminemment imprévisible et chaotique, mais aurait-elle organisé une surprise-partie pour sa mère le jour où elle avait prévu de fuguer ?

Une autre idée m'est venue : se pouvait-il qu'il soit arrivé quelque chose, au cours de la soirée avec ses camarades, qui ait provoqué cette crise ? Mais qu'est-ce qui l'aurait incitée à fuguer, au lieu de venir m'en parler ? Aucun scénario crédible ne s'est présenté à moi, alors, à l'évidence, je devais commencer par là – la nuit passée chez sa camarade. J'ai failli ouvrir l'annuaire, avant de me souvenir que c'était inutile : le numéro de Joel était enregistré dans mon portable. Une autre vie, une autre histoire. La ligne était occupée. Une voix m'a priée de laisser un message mais je ne pouvais pas expliquer à une machine le motif de mon appel et, plutôt que d'attendre, j'ai décidé de me déplacer – sa maison n'était qu'à quelques minutes de voiture de chez moi. J'ai griffonné un mot à l'intention de Renata, que j'ai posé sur la table de la cuisine, et j'ai filé. J'ai longé le front de mer, puis tourné dans Flat Lane, qui s'enfonçait vers l'intérieur des terres, et je me suis garée devant chez Alix et Joel, qui habitaient un cottage à toit de chaume – une anomalie de bon goût dans une rue de maisons mitoyennes qui aurait pu se trouver dans la banlieue de n'importe quelle grande ville anglaise.

J'ai d'abord sonné, puis toqué fort avec le heurtoir en bronze sculpté. Quand Alix m'a ouvert, téléphone collé à l'oreille, elle m'a dévisagée d'un air perplexe et m'a fait signe d'entrer. Je suis restée sur le seuil tandis qu'elle poursuivait sa conversation. Bien qu'elle m'ait tourné le dos, comme pour préserver son intimité, j'entendais qu'elle avait une discussion d'ordre professionnel avec quelqu'un de son cabinet. Une conversation de routine concernant le planning parce que quelqu'un était malade. J'ai inspiré un grand coup et je lui ai tapoté l'épaule.

Elle s'est retournée, sourcils froncés. Avais-je vraiment le culot de lui demander de raccrocher, comme si elle était une adolescente trop bavarde ? Oui, je l'avais.

— C'est urgent, ai-je articulé silencieusement.

— Excusez-moi, Ross, je vais devoir vous rappeler. Il semblerait qu'il y ait une urgence.

Elle avait appuyé sur ce « semblerait » avec une emphase sarcastique. Mais elle a raccroché.

— Karen ne va pas trop mal, a-t-elle annoncé. Je rentre juste de l'hôpital. On l'a examinée tout de suite parce qu'elle perdait du sang. On lui a fait quelques points, et sa fracture au bras est assez grave. Elle va devoir passer au moins une nuit à l'hôpital. Rick est coincé là-bas avec elle, le pauvre.

— Ce n'est pas à ce sujet que je viens te voir. Charlie a disparu.

Alix m'a dévisagée, interloquée.

— Disparu ?

Je lui ai fait un récapitulatif des événements de la matinée et j'ai vu apparaître sur son visage une expression désormais familière d'incrédulité.

— Mais… cela ne fait que quelques heures.

— Quelques heures qui n'ont rien de normal. Nous étions sur le point de partir à l'aéroport. Je sais que c'est épouvantable et inexplicable, mais Charlie a pris ses affaires et a filé et … Je ne sais pas…

À un moment donné, j'ai presque failli me mettre à pleurer, céder à la tentation de me laisser aller, de me pendre au cou d'Alix pour lui demander du réconfort et de l'aide. Mais à voir le scepticisme, le détachement qui se sont peints sur son visage, je me suis reprise. Ce n'était pas la bonne épaule sur laquelle pleurer. Ni le moment de m'effondrer.

— Alix, je dois parler à Tam.

Alix m'a toisée un instant. Dans notre relation, tout ce qui était important relevait du non-dit et restait toujours profondément enfoui sous une froide courtoisie de surface. Nous le savions l'une et l'autre. J'avais eu une liaison – non, une brève aventure – avec son mari, et j'ignorais, quoiqu'ils soient séparés à l'époque, si cela comptait ou non comme une trahison. Nous n'y avions fait – et n'y ferions – aucunement allusion, mais c'était là, présent dans chaque regard, chaque mot que nous échangions. Et ensuite, comme par un acte bizarre de vengeance – une vengeance perpétrée à l'insu des protagonistes –, sa fille avait martyrisé et tourmenté la mienne, au point que Charlie avait redouté de mettre les pieds à l'école. Alix était au courant. Rick, je le savais, l'avait convoquée au collège pour lui en parler, mais j'ignorais comment elle avait réagi. Avait-elle affiché de la satisfaction, de l'effroi ou de l'incrédulité ? S'était-elle mise sur la défensive ? S'était-elle secrètement réjouie ? De cela non plus nous ne parlions, ni ne parlerions probablement jamais.

« Dans une autre vie, songeais-je, debout dans l'embrasure de la porte, nous aurions pu être amies. » Alix était pince-sans-rire, volontaire, qualités que j'aurais pu apprécier. Mais pour l'heure, je n'étais capable de penser qu'au fait que sa fille avait fait souffrir la mienne et qu'à présent ma fille avait disparu. Nous ne serions jamais amies, et je n'avais pas envie de feindre qu'il puisse un jour en être autrement.

— Tu as déjà parlé à Tam, a dit Alix. Au téléphone.

— J'ai besoin de lui parler de vive voix.

Alix ne faisait pas mine de bouger.

— Je crois qu'elle est sous la douche. Et Jenna est toujours là.

— Je leur parlerai à toutes les deux. Tu leur demandes de descendre, ou je monte ?

— Je vais les appeler.

Elle a grimpé à l'étage et je l'ai entendue gratter à une porte. Des bruits étouffés de conversation me sont parvenus.

— Elles arrivent, a-t-elle annoncé en redescendant. Tu ferais mieux de venir dans la cuisine. Café ? Thé ?

— Non merci.

Elle m'a devancée dans la cuisine et m'a indiqué une chaise. Les surfaces en inox scintillaient sur le carrelage. Tous les appareils électroménagers – le percolateur, le robot, la machine à pain, le grille-pain, la centrifugeuse –

étaient impeccablement alignés. Une odeur de pain grillé flottait dans l'air. Il y avait un cactus de Noël sur la table, à côté d'une grande coupe de clémentines. Une belle cuisine, c'était indéniable, mais là, je la trouvais inhumaine, froide, résolument fonctionnelle. Alix s'est assise en face de moi : elle n'avait, semblait-il, nulle intention de me laisser seule avec Tam et Jenna.

Les tyrans n'ont pas de physionomie ou taille particulières. Tam mesurait une bonne tête de moins que moi et avait un visage minuscule, de grands yeux, une grande bouche, et une longue chevelure blond foncé. Elle s'est présentée dans la cuisine fraîche comme une rose, coiffée avec soin, pomponnée, en jean et petit haut à smocks pimpant fermé par un ruban au-dessus d'une poitrine étonnamment développée. Elle était rayonnante. Derrière elle, son amie Jenna était, elle, corpulente, empruntée et anxieuse.

— Maman a dit que vous vouliez nous parler.

— C'est exact. Charlie a disparu. (J'ai observé une expression que je n'ai pas su interpréter se peindre brièvement sur son visage tandis que je me forçais à ajouter :) Il semblerait qu'elle a fait une fugue.

Jenna a laissé échapper un petit cri étouffé.

— Une fugue ? Charlie ? a dit Tam en fronçant les sourcils.

— Écoute, ai-je repris. Je sais ce qui s'est passé entre toi et Charlie au trimestre dernier. Ce n'est pas ça qui m'intéresse. Pour l'instant, je me fiche de qui a fait quoi à qui. Je veux juste découvrir où elle est allée, et je veux que tu me dises tout ce qui pourrait m'aider. Elle a dormi ici hier soir, vous êtes les deux dernières personnes à l'avoir vue. Que s'est-il passé ?

— Que voulez-vous dire ?

— Elle allait bien ? Vous vous êtes bien entendues toutes les trois ? Il y a eu une brouille, une querelle ? Est-ce qu'elle a dit quelque chose qui, maintenant, vous semblerait curieux ?

— Non, a répondu Tam.

— C'est tout ce que tu as à dire – *non* ?

— Elle allait bien, a repris Tam. Il n'y a pas eu de querelle, elle n'a rien dit de bizarre.

— Peu m'importe si vous vous êtes disputées. Je veux juste savoir. J'ai besoin d'une piste.

— Je crois que Tam a dit qu'elle n'avait aucune piste à te donner, s'est interposée Alix. N'est-ce pas, Tam ?

— Parfaitement. Il ne s'est rien passé.

— Elle était excitée par la perspective de partir en vacances, a précisé Jenna en ramenant de longues mèches de cheveux châtains devant son visage, l'air embarrassé.

— Elle n'avait pas l'air préoccupé ?

— Pas vraiment.

— Qu'avez-vous fait ?

— On a papoté, regardé un film, mangé de la pizza…

— Charlie aussi ?

— Ouais.

— Est-ce qu'elle a appelé quelqu'un pendant la soirée, ou envoyé un texto ?…

— Sans doute. Je n'ai pas fait attention. Je n'ai pas passé la soirée à la regarder, vous savez.

— Tam ! l'a reprise sa mère, d'un ton cassant.

— Quoi ? s'est récriée la gamine. Pour commencer, j'avais pas une envie folle de l'inviter.

— Donc, Charlie a participé à tout, et elle semblait aller bien.

— Oui.

— De quoi avez-vous parlé ?

— On a papoté, point. De tout et de rien.

— À quelle heure vous êtes-vous couchées ?

— Vers une heure, a affirmé Tam.

Mais au même moment, Jenna a lâché un gloussement sournois et, en me regardant de derrière son rideau de cheveux, elle a ajouté :

— En fait, on n'a pas beaucoup dormi.

— Donc, vous n'avez pas beaucoup dormi et Charlie est partie vers 9 heures pour faire sa distribution. Était-elle fatiguée ?

— Non, elle semblait en forme, a dit Tam.

J'ai fixé son joli visage buté, ses grands yeux bleus.

— Tu es consciente que je ne te pose pas ces questions pour le simple plaisir de les poser ?

— J'espère que vous allez la retrouver, a lâché Tam en détournant le regard. Je suis sûre qu'elle va réapparaître. Vous avez demandé à Ashleigh ?

— Oui, évidemment. Et j'ai appelé le marchand de journaux, j'ai appelé son père, j'ai renoncé à partir en vacances et j'ai appelé la police.

— La police ? a répété Jenna d'une voix étranglée.

— Oui.

— Vont-ils venir nous voir ?

— Je n'en ai aucune idée. Pourquoi ? (Je l'ai scrutée attentivement.) Il y a un problème ?

— Je crois que ça suffit, est intervenue Alix, d'une voix glaciale. Je sais que tu es bouleversée, Nina, mais…

— Je ne suis pas *bouleversée*, j'ai peur.

— Mais ça ne te donne pas pour autant le droit…

— Si, justement. Ta fille a fait vivre un enfer à la mienne pendant des mois. La nuit dernière Charlie a dormi ici, et aujourd'hui, elle fait une fugue. Nul besoin d'être un génie pour établir un lien entre ces deux événements. Il s'est passé quelque chose.

— Tam te dit qu'il ne s'est rien passé.

— Non, il ne s'est rien passé, a piaillé Tam avec indignation.

— Je ne la crois pas. Je veux savoir ce qu'elles ont fait à Charlie hier soir.

— Ça suffit. Je pense que tu ferais mieux de partir, maintenant.

— Suzie a-t-elle dormi ici elle aussi hier soir ? ai-je demandé.

— Oui, pourquoi ?

— Pour rien. Je me demandais… Elle habite dans la maison rose à côté de l'église, n'est-ce pas ?

— Je ne vois pas très bien où tu veux en venir, a dit Alix d'une voix glaciale. Je comprends ton inquiétude, mais si tu crois que ça va s'arranger en lançant des accusations à tort et à travers, tu te trompes. Ces filles t'ont dit tout ce qui s'était passé.

Je me suis levée.

— Je ne suis pas inquiète, je suis morte de trouille. Et je vais faire tout ce que je peux pour retrouver Charlie. Écoutez, vous deux : si vous pensez à quelque chose – n'importe quoi –, vous m'appelez immédiatement. (J'ai avisé un bloc de Post-it et un crayon à côté du téléphone. J'ai griffonné le numéro de mon portable, et celui de la maison.) Voilà. Appelez-moi.

Les deux gamines ont hoché la tête, sans un mot.

— Inutile de me raccompagner, ai-je dit à Alix au moment où elle se levait.

Mais elle m'a emboîté le pas jusqu'à la porte, qu'elle a fermée avec détermination derrière moi. J'étais déjà en train de courir vers la voiture, je courais parce qu'il fallait que je fasse quelque chose, mais je ne savais pas quoi.

Je me suis rendue chez Suzie. C'était une fille aux airs languides qui, lors de nos rares rencontres, n'avait jamais dit plus de trois mots, et arborait sempiternellement un demi-sourire impénétrable. Charlie m'avait dit qu'elle avait du pouvoir au lycée, justement à cause de son inébranlable passivité.

J'ai frappé à la porte et c'est sa mère qui a ouvert, vêtue d'un vieux survêtement et affublée de gants en caoutchouc. Derrière elle, on entendait une dispute d'enfants et les beuglements de la télé. Un cri qui évoquait un bruit de perceuse a déchiré l'air et déclenché un flot de pleurs.

— Bonjour…

La femme a tourné la tête.

— La ferme, les garçons ! Désolée… Nina, c'est bien ça ? Vous êtes la mère de Charlotte.

Elle a froncé les sourcils. À l'instar d'Alix, la mère de Suzie – dont le prénom m'échappait – avait été informée que sa fille avait fait partie de la petite bande qui tyrannisait Charlie. Je m'étais imaginé que l'une des mères allait peut-être me contacter pour s'excuser, ou parler de ce qui s'était passé, mais aucune ne l'avait fait.

— Je m'excuse de vous déranger. Pourrais-je dire un mot à Suzie, s'il vous plaît ?

— Que lui voulez-vous ?

— Charlie a disparu, et je me disais que Suzie pourrait peut-être m'éclairer.

Bien loin de s'écarter pour me laisser entrer, la mère s'est campée solidement sur le seuil.

— Et pourquoi serait-elle au courant ? a-t-elle demandé.

Réagirais-je de cette façon si Suzie avait disparu ? Est-ce que je manifesterais avec humeur ma conviction de n'avoir rien à me reprocher ? J'espérais que non. J'espérais que je serais capable de mettre en veille tout sentiment d'hostilité.

— Elle est là ?

— Non, elle est sortie.

— Où est-elle allée ?

À l'instant où je posais la question, nous avons vu Suzie arriver nonchalamment vers nous le long de la rue, accompagnée d'un garçon tout aussi dégingandé et nonchalant qui lui portait son sac.

— Suzie, ai-je appelé tandis qu'elle approchait. Je peux te dire deux mots ? C'est à propos de Charlie.

Suzie m'a dévisagée, l'air de ne pas comprendre un traître mot de ce que je lui disais. L'adolescent efflanqué, lui, s'est mis à danser d'un pied sur l'autre.

— Il fait froid, est intervenue la mère. Vous feriez mieux de rentrer dans le vestibule.

Nous nous sommes entassés tous les quatre dans l'entrée, près des bottes en caoutchouc et des manteaux.

— Charlie a disparu, ai-je répété. J'espérais que tu pourrais m'apprendre quelque chose.

— Quoi ?

— Comment était-elle hier soir ? Est-ce qu'il s'est passé quelque chose qui aurait pu la contrarier ?

Suzie a haussé les épaules.

— Non, elle allait bien.

— Donc, il ne s'est absolument rien passé ?

— Je crois pas.

Elle a glissé un sourire ironique vers son camarade, qui lui a souri à son tour.

— Tam et Jenna ont dit…

— Vous êtes allée les voir, et maintenant vous venez ici ? m'a coupée la mère. (Elle a retiré ses gants de ménage, comme si elle se préparait au combat.) Pourquoi ? Ont-elles dit quelque chose que je devrais savoir ?

— Non, pas du tout, elles n'ont pas pu vraiment m'aider mais…

— Elles n'ont pas pu vous aider mais vous êtes venue ici pour recommencer avec vos vieilles accusations envers Suzie ! Je sais qu'il y a eu des chamailleries, le trimestre dernier, mais vous ne pouvez pas colporter partout que votre fille est une victime et la mienne un tyran. Ça suffit !

— Je me fiche de ce qui s'est passé au trimestre dernier. J'essaie juste de retrouver ma fille. (J'ai inspiré profondément.) Elle a fugué.

— Fugué ? Mais alors… Elle n'a pas disparu. C'est différent, non ?

— Je…

— Si vous voulez mon avis, vous cherchez à déplacer la responsabilité pour la coller sur le dos de ma fille. Or, on sait tous sur qui elle devrait peser.

Je me suis tournée vers Suzie pour essayer d'intercepter son regard.

— Suzie, s'il te plaît. Il s'est passé quelque chose, n'est-ce pas ? Je ne te cherche pas des histoires, il faut juste que je retrouve Charlie. Réponds-moi, je t'en prie.

Elle m'a dévisagée, très brièvement, et a entrouvert les lèvres, prête à parler.

— Dehors, m'a ordonné sa mère. Et ne revenez pas nous ennuyer, compris ?

Suzie a pris le garçon par la main et a dit :

— Allons dans ma chambre, d'accord ?

Puis la porte a claqué.

En découvrant Sludge couchée sous la table de la cuisine, le poil collé de vase saumâtre, j'ai compris que Renata et Jackson étaient rentrés. Je les ai appelés à tue-tête en même temps que je vérifiais les messages du répondeur. Il n'y en avait qu'un, de Rory, qui disait : « Allô, allô, *allô*. Nina ! Tu vas décrocher à la fin ? »

— Jackson est en train de pleurer dans sa chambre, a annoncé Renata en descendant l'escalier.

Je suis montée le voir. Il était assis sur son lit, sans avoir retiré son anorak, ni ses bottes qui avaient laissé des traînées boueuses sur la moquette ; des larmes avaient imprimé deux traces sur ses joues rosies. Il avait l'air abattu et ressemblait soudain à un tout jeune enfant. J'ai pris ses mains glacées et j'ai soufflé dessus pour les réchauffer.

— Jackson, je suis désolée de toute cette histoire.

Je lui ai raconté que la police était venue à la maison, je lui ai parlé des affaires qui avaient disparu de la chambre de Charlie – les trousses de toilette et de maquillage, la chemise de nuit, le sac – et je lui ai dit que la conclusion inéluctable était qu'elle avait fait une fugue, poussée par une raison que j'ignorais. J'ai glissé le bras autour de ses épaules nouées et je l'ai attiré contre moi. Cette occasion ratée de partir en Floride était un sale coup pour lui, lui ai-je dit, mais nous nous rattraperions dès que tout serait rentré dans l'ordre, ai-je promis. Ce qui n'allait plus tarder, j'en étais certaine. Je lui ai expliqué que jusqu'à ce qu'on retrouve Charlie, j'allais être très occupée, et que je comptais sur lui pour m'aider.

J'ai énoncé tout ça d'une voix posée, pleine d'autorité, en caressant ses cheveux bruns pour dégager son front, mais seule une minuscule part de moi était là, avec mon fils. Mon cerveau ressemblait à une maison de famille débordante de monde, où chaque pièce bruissait d'activités simultanées. Je dressais des listes, soupesais des stratégies. J'essayais de me remémorer les quelques derniers jours, les quelques dernières semaines, pour trouver un mot, une bribe de conversation surprise par hasard, n'importe quoi qui serait susceptible de me mettre sur la bonne voie.

Je fixai la montre à affichage digital au poignet de Jackson, essayant de calculer depuis combien de minutes exactement Charlie avait disparu. Je posai les mains sur les épaules de Jackson, et c'est à Charlie que je pensai ; je regardai Jackson dans les yeux, et c'est Charlie que je vis en retour.

Je parlais à Jackson et c'est Charlie que j'appelais : *Rentre, je t'en supplie !*

— Qu'est-ce que je peux faire ? a-t-il demandé d'une voix hésitante.

— Réfléchis. (J'ai déposé un baiser sur son front.) Réfléchis à quelque chose qu'elle aurait pu te dire. Ou que tu l'aurais entendue dire à quelqu'un d'autre. (J'ai marqué une brève hésitation.) Quelque chose que lui aurait dit ton père, ou qu'elle t'aurait rapporté à son propos, par exemple.

— Papa ? Pourquoi papa ?

— Pour rien.

— Et c'est tout ce que je peux faire ? Réfléchir ?

— Pour l'instant. Et n'utilise pas le téléphone, au cas où elle essaierait de nous joindre, ai-je ajouté.

En bas, Renata s'était réattaquée au ménage. Les verres tintaient, j'entendais son pas empressé marteler le carrelage, les portes des placards qu'on ouvrait, refermait. Sludge a lâché un bref aboiement. Aboyait-elle parce que Charlie était de retour ? ai-je songé en tressaillant. La certitude qu'il n'en était rien s'est aussitôt engouffrée en moi, me laissant tremblante, glacée. Debout en haut de l'escalier, main posée sur la rampe, je flottais dans une tristesse irréelle. Faisant volte-face, je suis entrée dans la chambre de Charlie et suis allée m'asseoir sur son lit. J'ai ramassé des vêtements qui gisaient là et j'ai enfoui mon visage dans leurs plis imprégnés de son odeur, une odeur que je reconnaîtrais n'importe où, musquée et sucrée. J'ai fermé les yeux et, un très court instant, j'ai imaginé qu'elle était là, dans cette pièce, que lorsque je relèverais la tête, je la verrais devant moi, tout en jambes, avec ses épaules légèrement voûtées, sa chevelure en désordre, son regard effronté.

Je me suis redressée et j'ai erré dans la chambre, une fois de plus. Je me suis assise à son bureau, j'ai regardé ses cahiers : l'un contenait des brouillons d'exercices d'anglais, un autre, rouge, qu'elle venait à peine de commencer, était un cahier de français ; la première page était remplie de verbes irréguliers et s'ornait d'un de ces griffonnages dont elle est coutumière. Charlie griffonne sur tout ce qui lui tombe sous la main. Au petit déjeuner, elle dessine des spirales par-dessus les gros titres du journal et noircit distraitement les dents des politiciens. Elle avait massacré mon carnet d'adresses. Elle écrit des petits mots ou fait des croquis que je découvre en ouvrant un bloc-notes ou en prenant ma liste de courses. Ses livres scolaires sont recouverts de motifs coquets ou de mots en caractères gras, hachurés (sur le cahier de français, elle avait écrit « Luxueux » avec un gros feutre rose dont l'encre s'était infiltrée dans les pages suivantes). Quand elle était petite, elle dessinait des bonshommes et des bonnes femmes filiformes sur le papier peint au-dessus de notre lit, ou griffait fauteuils et canapés avec des stylos qui laissaient des traces indélébiles. Récemment, elle s'était même mise à dessiner sur son corps. Elle arbore sur ses paumes de beaux motifs symétriques, dont les contours s'altèrent à la chaleur du corps. Elle esquissait des tatouages sur ses bras et ses cuisses, et de petits visages de personnages de dessin animé sur ses orteils.

J'ai soulevé une pile de devoirs. Il y avait l'essai de son contrôle continu pour le brevet sur *Les Grandes Espérances*[1], et un essai de français à propos des lieux où elle aimerait passer ses vacances, et qu'elle concluait, ai-je remarqué en cillant, en disant qu'elle s'apprêtait à partir en Floride. Certes, je savais que

1. Roman de Charles Dickens.

c'était là un prétexte pour montrer qu'elle savait conjuguer le futur. Aurait-elle écrit ça, si elle n'avait pas eu l'intention d'y aller ? J'ai regardé les autres copies. Un graphique indiquait la vitesse de dissolution d'un corps dans un autre, le brouillon d'une rédaction sur l'histoire de Sandling Island était bordé d'une mosaïque multicolore élaborée. Il y avait aussi une copie barbouillée d'exercices d'algèbre, une feuille sur laquelle était notée toute une liste de titres de CD, une recette de tomates farcies écrite au crayon à papier (et ornée d'un dessin de tomate). Une enveloppe blanche était libellée à son nom, et sur une feuille, à l'intérieur, quelqu'un avait écrit : « N'oublie pas ce que dit Pete Doherty… » Qui avait noté ça ? Un garçon ? Une fille ?

J'ai ouvert un carnet rempli de petits messages, qui avait sans doute circulé pendant les cours : « Passe-moi un chewing-gum ! » était-il écrit. « Je m'emmerde », et aussi : « Je peux venir ce soir ? » Et puis il y avait un autre cahier, à spirale celui-là, et vierge à l'exception des premières pages. L'une d'elles s'ornait d'un croquis de visage, très sommaire, au genre imprécis, avec un nez aigu et une masse de cheveux gribouillée. En dessous, Charlie avait griffonné : « Je crois qu'il m'aime bien ! »

Sur la page suivante, elle avait écrit : « Je sais qu'il m'aime bien. » Et aussi : « Je pense mettre mon chemisier rose. » Suivaient d'autres griffonnages sans queue ni tête, comme si elle avait essayé un nouveau stylo, puis un trait zigzaguait jusqu'au bas de la page, où son nom apparaissait en lettres gothiques sophistiquées.

J'ai reposé le carnet et ouvert les tiroirs du bureau, qui débordaient d'un fatras de copies vierges, carnets, vieux devoirs scolaires, cartes à jouer, cartes postales, chutes de papier-cadeau, stylos et crayons, cartouches d'imprimante. Et puis, je suis tombée sur un gribouillis élaboré qui, après examen attentif, m'a semblé être un entrelacs de lettres J.

Cela m'a rappelé quelque chose. J'ai feuilleté à nouveau le dernier cahier jusqu'à retrouver la page que je cherchais. « Je pense mettre mon chemisier rose. » Et toutes ces inscriptions tourbillonnantes. Ce n'étaient pas des gribouillis sans queue ni tête, finalement.

J'ai appelé Ashleigh.

— Elle est revenue ?

— Non. Ashleigh, qui est « J » ?

— Quoi ?

— Je suis désespérée. J'ai regardé un peu dans les affaires de Charlie et j'ai vu la lettre J écrite à plusieurs reprises. Je ne sais pas si ça veut dire quelque chose.

Il y a eu un silence. Tout était dans la tactique. Je pouvais menacer Ashleigh, mais ne réussir qu'à la faire se refermer comme une huître. J'avais aussi la possibilité de plaider, de négocier. Ou bien d'aller droit au but.

— Ashleigh, je ne chercherai de noises à personne à ce sujet, ni à toi ni à Charlie. Peut-être que c'est un détail insignifiant. Mais j'ai besoin de savoir qu'elle n'est pas en danger. Si tu sais quelque chose, tu devrais me le dire. Juste au cas où.

Silence.

— Ashleigh ?

— C'est un ami.

— Qui ça ?

— Jay.

— C'est qui ? Son petit ami ?

Un autre blanc. J'avais le sentiment qu'Ashleigh parlait sous les conseils d'un avocat qui lui suggérait d'en dire le moins possible, de se contenter de répondre aux questions précises et de ne rien raconter qui pourrait l'incriminer. Ne réalisait-elle pas que nous parlions de ma fille, et de sa meilleure amie ?

— Je ne sais pas, a-t-elle dit. Je ne peux pas vraiment… C'est un ami.

— Où puis-je le joindre ?

— Je n'ai pas son numéro de téléphone.

— Quel est son nom de famille ? Où habite-t-il ?

Un autre silence.

— Birche. Son père est agriculteur. C'est la ferme qui se trouve juste après ce vieux bâtiment immense et abandonné.

— The Malting ?

— Oui, c'est ça.

— Tu penses qu'elle pourrait être avec lui ?

— Je ne sais pas.

— Elle t'a parlé de Jay hier soir, quand vous vous êtes téléphoné ?

— Non, pas spécialement.

Ça devenait ridicule. Pourquoi Ashleigh était-elle à ce point réticente et globalement fermée à toute communication ? Parce qu'elle avait quelque chose à cacher ? Ou tout simplement parce qu'elle avait quinze ans ? Je lui ai dit que je la rappellerais, puis j'ai raccroché et j'ai réfléchi : pouvais-je connaître des amis de la famille Birche ? Aucun nom ne m'est venu à l'esprit. À ma connaissance, il n'y avait guère que deux ou trois exploitations agricoles sur l'île, et les agriculteurs formaient une catégorie sociale à part. Ils n'envoyaient pas leurs gosses dans les écoles du coin. On ne les rencontrait qu'au club de golf ou de tennis, ou pendant la chasse avec des locaux du continent.

Selon toute vraisemblance, j'allais devoir faire mes démarches par moi-même. J'ai trouvé le numéro des Birche dans l'annuaire et en le composant, j'avais l'impression d'être une télé-vendeuse de fenêtres à double vitrage. Un homme a répondu.

— Monsieur Birche ?

— Qui est-ce ? s'est-il enquis d'une voix peu amène, comme s'il m'apostrophait à l'aide d'un mégaphone de l'autre bout de l'île.

— Je m'appelle Nina Landry. Vous êtes M. J. Birche ?

— Que voulez-vous ?

— Vous ne me connaissez pas mais je crois que votre fils est un ami de ma fille.

— Lequel ?

— Jay. J'espérais pouvoir lui parler.

— Il n'est pas là.

Mon cœur s'est serré d'excitation. Avaient-ils fugué ensemble ? Ce pouvait-il que ce soit aussi simple que ça ?

— Je sais que ça vous paraîtra étrange, mais il faut que je lui parle. C'est important.

— Je ne sais pas à quelle heure il sera de retour. Il est sorti ce matin pour aller à une sorte de fête d'anniversaire.

Ma déception fut si violente que j'ai senti la nausée me serrer la gorge. Jay était donc sûrement l'un des adolescents que j'avais vus chez moi le matin même. Il était là, mais Charlie n'y était pas. Qu'est-ce que cela signifiait ? De nouvelles possibilités se sont fait jour dans ma tête. Une dispute d'amoureux ?

— Il faut que je mette la main sur votre fils tout de suite. Immédiatement.

— De quoi s'agit-il ? (Il y avait de la suspicion dans sa voix. Il était sur la défensive.) Il a fait une bêtise ?

— Non, non, pas du tout. Mais c'est une urgence. J'essaie de retrouver ma fille et je pensais que votre fils serait peut-être en mesure de me dire où elle est, ou de savoir quelque chose.

Je devinais ce que pensait mon interlocuteur. Cette femme est-elle folle ? Est-elle digne de confiance ? Y avait-il un risque à lui répondre ?

— Il est sans doute en ville avec des copains.

— Sur l'île, vous voulez dire ?

— Oui. Il traîne autour du café, ou de cette horrible cafétéria. Mais j'ai son numéro de portable quelque part.

J'ai entendu des bruissements de papier, puis il est revenu en ligne et m'a dicté le numéro. Je l'ai remercié avec effusion avant de raccrocher. Mais quand j'ai composé le numéro de Jay, je suis tombée sur la messagerie. J'ai laissé mon numéro, en lui demandant de me rappeler le plus vite possible. Mais je n'étais pas capable de rester assise, à attendre – Jay pouvait avoir laissé son téléphone à la maison, son père avait pu me donner un faux numéro.

J'ai retrouvé Renata au rez-de-chaussée, assise au milieu des décombres de la matinée, l'air hébété. Elle tenait le journal mais ne le lisait pas, et quand elle m'a vue, elle l'a reposé, comme si elle se sentait coupable de se détendre. Elle a levé vers moi un regard interrogateur.

— Non, rien de nouveau. Mais il apparaît maintenant évident que… (J'ai dégluti péniblement.)… que Charlie a disparu de sa propre initiative. Certaines affaires ne sont plus dans sa chambre : sa trousse de toilette, sa trousse à maquillage, par exemple, et sa chemise de nuit préférée… Celle sur laquelle est écrit : « S'il vous plaît, ne vendez rien à cette femme ». Donc, il semblerait… qu'elle a fait une fugue.

J'ai levé la main pour couper court aux questions de Renata ou à ses témoignages de sympathie.

— Je sors, je vais essayer de trouver un de ses amis. C'est probablement une perte de temps. (J'allais m'en tenir là, mais je me suis ravisée.) Jackson est complètement bouleversé. Je suis désolée, Renata, mais pourrais-tu faire quelque chose avec lui, pour lui changer les idées ?

Renata a pris l'air paniqué.

— Oui, bien sûr, tout ce que tu veux. Mais quoi ? Je n'ai pas trop l'habitude des enfants.

Ses yeux se sont une fois de plus emplis de larmes.

— Je ne sais pas, tout ce qui a trait à la technique marche en général assez bien. Il s'amusait avec notre nouveau caméscope. Tu pourrais peut-être lui demander de le recharger et de se débarrasser de toutes les âneries qu'il a filmées ce matin ? C'est tellement, tellement gentil de ta part !

J'avais ajouté ces derniers mots à cause du regard égaré que Renata m'avait décoché avant de s'engager dans l'escalier. En ouvrant la porte d'entrée, je me suis trouvée nez à nez avec Eamonn qui s'apprêtait à frapper. Il était livide et n'avait pas l'air très en forme ; il avait détaché ses cheveux, qui pendaient par paquets.

— Papa et maman sont toujours à l'hôpital, ils en ont encore pour un bon bout de temps, apparemment. Je voulais savoir si tu avais des nouvelles de Charlie. Elle est revenue ?

— Non, et là, je dois sortir, Eamonn.

— Mais…

— Si jamais tu penses à quoi que ce soit, ou si tu entends quoi que ce soit, préviens-moi, d'accord ? Il faut que je file. (Une pensée m'a traversé l'esprit.) Tu connaîtrais Jay Birche, par hasard ?

Son visage s'est empourpré et un curieux rictus a retroussé ses lèvres.

— Lui ? C'est un con. Il se croit tellement intelligent ! C'est juste un petit crétin qui fréquente une école privée.

J'étais sidérée par cette explosion d'agressivité.

— Il faut se montrer tolérant, n'est-ce pas ? Écoute, il se peut que je revienne te parler plus tard.

— Il est avec Charlie, en ce moment ?

— Je ne sais pas. Je n'ai pas l'impression.

Au moment où je démarrais, mon portable a sonné. Rory.

— Des nouvelles ?

— Quelques affaires ont disparu de sa chambre.

— Donc elle est allée chez quelqu'un.

— Je ne sais pas.

— Nina, vous vous êtes disputées, toutes les deux ?

— Non.

— Tu veux dire que vous ne vous disputez jamais ?

— Je veux dire qu'elle n'est pas partie à cause d'une dispute.

— Il paraît que tu as parlé à Tina.

J'ai eu un blanc, puis je me suis souvenue de qui il parlait.

— Ah, oui…

— J'avais l'intention de te mettre au courant…

— Rory, ce n'est pas vraiment le moment.

— C'était dur pour moi d'être seul.

— Rory…

— Elle m'a beaucoup aidé.

J'ai garé la voiture à côté du café, en face de la bibliothèque. Je n'étais pas plus tôt arrêtée qu'on a frappé à la vitre.

— Excusez-moi, madame, savez-vous que téléphoner au volant est une infraction ?

C'était l'agent Mahoney.

— Faut que je te laisse, ai-je dit à Rory, et puis, d'un ton suppliant, j'ai ajouté : Oh ! mon Dieu, je suis navrée. Je cherche toujours ma fille. Je passe mon temps au téléphone. C'était mon mari. Je suis vraiment désolée.

— Vous avez des nouvelles ?

— Je suis en train de chercher quelqu'un, qui pourrait savoir quelque chose.

— Et vous êtes stationnée sur une bande jaune.

— J'en ai pour cinq minutes. S'il vous plaît, prévenez-moi si vous entendez parler de quoi que ce soit.

J'ai foncé en direction du café et j'ai regardé à travers la devanture. Deux vieux bonshommes étaient attablés devant des œufs au bacon, enveloppés d'un nuage de fumée de cigarette. À une autre table, il y avait une jeune femme avec un petit gamin. C'était sans espoir. Jay pouvait être n'importe où. J'ai longé la rue, jusque chez Beans, où l'on pouvait lire la presse en dégustant quelque vingt-sept sortes de café. Je suis entrée. Dans un coin de la salle, un groupe d'adolescents était assis autour d'une table encombrée de tasses de café surdimensionnées, de cendriers et de paquets de cigarettes. Je me suis dirigée vers eux.

— L'un de vous est-il Jay Birche ?

Un des garçons a levé la tête. Je l'ai immédiatement reconnu : c'était un jeune invité de ma fête-surprise. Dix-sept ans environ. Des cheveux bruns, le teint clair, les joues piquetées de barbe naissante, des yeux gris tirant vers le vert ; ses vêtements superposés donnaient l'impression qu'il avait enfilé le premier truc qui lui était tombé sous la main au saut du lit. Il avait une beauté gauche, négligée, qui m'a aussitôt fait penser à Charlie.

— Je suis la mère de Charlie.

Il a haussé les sourcils, mais ne s'est pas levé. J'ai commencé à expliquer ce que je venais faire, puis, me sentant mal à l'aise, j'ai demandé :

— Je peux te parler ? En privé ?

Il a adressé une demi-grimace à ses camarades, comme pour dire : « Pff ! les vieux, quelle barbe ! » Mais il s'est levé et m'a suivie à l'extérieur.

— Je m'appelle Nina. On ne se connaît pas, mais Ashleigh m'a dit que tu es un ami de Charlie. C'est exact ?

— C'est quoi, le problème ?

— Elle a disparu. Je ne sais pas où elle est. Je me demandais si par hasard tu étais au courant de quelque chose.

— Disparu ?

— On était censés partir aux États-Unis cet après-midi, mais elle n'est pas rentrée à la maison.

— Je ne l'ai pas vue aujourd'hui. Je pensais qu'elle serait à votre fête, mais vous connaissez Charlie. Ce n'est pas la personne la plus fiable au monde, pas vrai ?

— Tu n'as aucune idée de l'endroit où elle aurait pu aller ?

— Non.

— Tu ne vas pas à l'école sur l'île ?

Une ébauche de sourire est apparue sur son visage.

— Je suis au lycée.

L'établissement privé situé sur l'estuaire, à côté de Hemsleigh – j'aurais pu m'en douter. Un fils d'agriculteur. Je me suis demandé où Charlie et lui s'étaient rencontrés. Je ne pouvais pas en rester là ; je n'avais rien obtenu.

— Je suis inquiète, Jay. Elle a disparu. Elle a emporté quelques affaires avec elle. Comme si ce départ était prémédité. Il faut que je la retrouve.

— Je ne l'ai pas vue, et je pense que si elle projetait de fuguer, je l'aurais su. Vous ne devriez pas vous faire de souci pour elle. Les parents se font toujours trop…

— Tu es son petit ami ? l'ai-je coupé.

— Pardon ?

Mon téléphone a sonné.

— Attends, excuse-moi une seconde. Allô ?

C'était Renata.

— Nina, il faut que tu rentres.

— Charlie ?

— Il faut que tu voies un truc.

— Tu ne peux pas me dire de quoi il s'agit ?

— C'est dur à expliquer. Je ne sais pas si j'ai raison. Mais si c'est le cas, tu dois le voir par toi-même.

— J'arrive dans deux minutes. Je dois y aller, ai-je ajouté en me tournant vers Jay. Il y a du nouveau. Est-ce que je peux t'appeler sur ton portable ?

— Pour quoi faire ?

— Je ne sais pas. Au cas où.

— Oui, si vous voulez.

Il m'a dicté son numéro, que j'ai enregistré dans le répertoire de mon téléphone.

— Bonne chance ! a-t-il crié tandis que je regagnais ma voiture en courant.

Il y avait une contravention sur mon pare-brise. Je l'ai regardée : « 12 h 26 », y était-il indiqué. Je l'ai froissée et balancée sur la banquette arrière, puis j'ai filé dare-dare à la maison, sans faire grand cas du radar qui m'a flashée sur la grand-rue.

— Que se passe-t-il ? ai-je lancé en passant la porte en trombe. Dis-moi.

Renata, du bas de l'escalier, a appelé Jackson.

— Ta maman est là. Descends. Vite.

Mon fils a dévalé l'escalier en manquant de trébucher sur ses lacets défaits. Le caméscope se balançait autour de son cou, et son visage était fiévreux de fatigue et d'excitation.

— Renata, j'espère que c'est important.

— Je ne sais pas, m'a-t-elle répondu. (Deux lunes écarlates étaient apparues sur ses joues.) Vas-y, Jackson, montre-lui.

— Laisse-moi retrouver l'endroit, a dit Jackson en rembobinant la cassette. Ah, c'est là. Regarde, maman.

Debout derrière lui, les yeux plissés, j'ai scruté l'écran miniature. Une tache gris-vert se mouvait sur l'écran. La moquette du palier, à l'étage.

— Je peux le brancher sur l'ordi si t'as du mal à voir. C'est ce que j'étais sur le point de faire.

— Qu'est-ce que je suis censée regarder ?

— Avance, Jackson.

— Non, c'est là.

La porte de la chambre de Charlie est apparue à l'image, qui a fait une embardée pour se poser sur le panonceau intimant « Frappez avant d'entrer ! » en lettres capitales, puis a basculé de nouveau vers le sol tandis que quelqu'un, Jackson sans doute, ouvrait la porte. L'image a avancé d'avant en arrière pour faire le point sur divers éléments de la chambre – la fenêtre, le lit défait, le placard entrouvert, le réveil en forme de mouton. Je me suis forcée à garder mon calme tandis que ces objets familiers défilaient, tantôt nets, tantôt flous : les serviettes de toilette, les vêtements lancés aux quatre coins de la pièce, les CD, les flacons de crème et de lotion, le…

— Là ! a dit Renata.

La chemise de nuit – prise dans un arrêt sur image. Elle gisait par terre. Je pouvais même presque lire la phrase qui y était écrite : « S'il vous plaît, ne vendez rien à cette femme. » Je lui avais offert cette chemise l'été précédent. Charlie l'avait portée la nuit de l'avant-veille. La bande a recommencé à défiler.

— Reviens en arrière, ai-je dit d'une voix étranglée.

— Attends, regarde la suite ! a protesté Renata, collée dans mon dos.

Une tache rose est apparue à l'image, et Jackson a remis l'appareil en pause. L'objet était flou, à moitié visible mais, incontestablement, il s'agissait de la trousse de maquillage de Charlie.

— On a regardé si on voyait aussi la trousse de toilette et le sac, mais il n'y a rien d'autre. On a passé tout le film au peigne fin, a précisé Jackson.

— Plusieurs fois, a ajouté Renata. Ça ne signifie pas que la trousse et le sac n'étaient pas là, juste que Jackson ne les a pas filmés. Une chance qu'il n'ait pas tout effacé, n'est-ce pas ? Et j'aurais très bien pu ne rien remarquer. C'est la chemise de nuit qui m'a alertée.

— Reviens un peu en arrière, ai-je demandé. Oui, arrête là.

Le réveil indiquait 11 h 17, tout comme l'horloge du caméscope, dans un coin de l'écran. Ces images avaient été prises juste avant l'arrivée des premiers invités. J'ai appuyé les poings sur mes yeux en essayant de réfléchir, mais ce qui me venait à l'esprit n'avait aucun sens.

Les fameuses affaires qui avaient disparu et qui indiquaient que Charlie avait fugué se trouvaient donc encore là quand j'étais revenue de chez Rick et Karen. Par conséquent, elle les avait emportées après mon retour. C'était donc ça ? Charlie s'était faufilée en douce dans la maison pendant que je m'inquiétais déjà de son absence, que j'essayais de la joindre sur son portable, que je harcelais ses amies. Mais à quelle heure était-elle revenue ? Et comment avait-elle pu rentrer à mon insu ? À l'insu de tout le monde ? À moins, me suis-je dit, le cœur battant, qu'elle ne se soit introduite dans sa chambre en passant par la fenêtre. Auquel cas quelqu'un l'avait aidée. « Jay », ai-je songé aussitôt. Je me souvenais l'avoir vu monter l'escalier. Ou Ashleigh. Ou encore quelqu'un que je ne connaissais pas. J'ai essayé de mettre de l'ordre dans ces images et ces idées pour les considérer de façon rationnelle.

Charlie était revenue chercher ses affaires après 11 h 17. Cette information changeait les données. Elle n'était pas repassée immédiatement après sa distribution de journaux, quand je n'étais pas encore là et que la maison était vide, mais quelques heures plus tard – au moment où la petite fête qu'elle avait organisée commençait, ou était sur le point de commencer, à l'instant où nous étions censés partir à l'aéroport. Mais qu'avait-elle fait, entre la fin de sa distribution et ce moment-là ?

— Nina ?

J'ai sursauté. J'avais oublié la présence de Jackson et de Renata, qui attendaient que je dise quelque chose.

— C'est très curieux, n'est-ce pas ?

— Jackson, tu as touché à quelque chose dans la chambre de Charlie pendant que tu filmais ?

— Non.

— Réfléchis bien.

— Ce n'est pas ma faute !

— Mais non, bien sûr.

— Je n'ai touché à rien. Je n'ai fait qu'entrer et sortir. Je te promets.

J'ai grimpé l'escalier quatre à quatre et me suis précipitée dans la chambre de Charlie. Il fallait que je voie par moi-même. Tout était comme sur les images de Jackson, à l'exception de la chemise de nuit et de la trousse de maquillage qui, elles, avaient disparu. Je me suis mise à tourner en rond dans la pièce, en proie à une vive agitation. J'ai touché le lit, la bibliothèque, comme pour me convaincre qu'ils étaient bien réels. J'ai ouvert le premier tiroir du chevet. Tout ce que j'y ai vu m'a fait l'effet d'une piqûre de rappel. Quelques pièces de monnaie étrangère qu'elle avait conservées, une montre-bracelet qu'elle n'avait jamais jetée, une chaîne de trombones multicolores, un couteau suisse. Il y avait aussi le flacon d'antibiotique pour son impétigo. Je l'ai pris dans la main, et les cachets, à l'intérieur, se sont entrechoqués. Une figurine d'éléphant en bois avec un bébé éléphant traînait là, en compagnie d'une assiette en céramique – sa première œuvre réalisée à l'école primaire. J'ai ouvert un flacon de démaquillant, je l'ai humé et son odeur astringente, familière, m'a picoté les narines.

De retour au rez-de-chaussée, j'ai appelé le poste de police et demandé à parler à Mahoney. Il n'était pas là, m'a-t-on répondu, mais allait rentrer bientôt. J'ai demandé qu'il me rappelle. On veillerait à lui transmettre mon message, m'a-t-on assuré. Après avoir raccroché, j'ai regardé fixement le combiné. Que faire ? Je n'avais pas envie de passer dix minutes assise à attendre sans rien faire d'autre que contempler ces images effrayantes qui se bousculaient dans ma tête.

— Tu veux que je te prépare du thé ? a proposé Renata. Ou quelque chose à manger ? Il faut que tu manges. Ça n'aidera pas Charlie que tu t'affames.

— Non, ai-je dit en prenant le caméscope. Il faut que j'aille au poste de police.

— Je peux venir avec toi ? a demandé Jackson en tirant sur ma manche.

— Non.

— Maman ! S'il te plaît ! S'il te plaît !

— Bon, d'accord, ai-je dit en me ravisant brusquement. Renata, tu peux me joindre sur mon portable. Tu m'appelles s'il y a quoi que ce soit.

— Ah, j'allais oublier… un certain Christian a appelé. Il est coincé sur la M25. Ça n'avance pas du tout.

— Ah, bon… Viens, Jackson, on y va.

Je lui ai pris la main et nous avons filé en direction du poste de police, au pas de course. Nous serions plus vite rendus à pied qu'en voiture. Nos semelles claquaient sur l'asphalte givré ; le vent d'est glacial nous rabattait les cheveux sur les joues et sifflait douloureusement dans nos oreilles. Des colonnes de fumée s'élevaient des cheminées ; les fenêtres étaient décorées de guirlandes lumineuses, les pièces illuminées par des sapins chargés de décorations. Au loin, on distinguait la surface grise de la mer, en dessous de l'étendue, grise elle aussi, du ciel. Le soleil, lui, était invisible.

— Il est arrivé ? ai-je demandé d'une voix essoufflée en pénétrant à toute allure dans le poste.

— Je vous demande pardon ?

La réceptionniste nous a considérés d'un regard suspicieux.

— L'agent Mahoney. Il est là ? Je suis Nina Landry – j'ai appelé tout à l'heure. Je dois le voir tout de suite.

— Il vient d'arriver. Je lui ai transmis votre message et il allait vous appeler…

— C'est par là ?

J'ai empoigné Jackson et foncé vers la porte. J'ai frappé avec détermination et je suis entrée sans attendre d'y être invitée. Mahoney se tenait devant la fenêtre qui dominait le petit parking, à l'arrière du bâtiment, un gobelet de café dans la main. Il avait l'air frigorifié et fatigué. Une guirlande argentée courait le long du mur, un sapin de Noël miniature trônait sur le classeur métallique, et plusieurs photographies encadrées étaient disposées sur son bureau : une photo de lui et d'une femme à la chevelure bouclée – sa femme sans doute ; la photo d'un gros poisson au bout d'un fil, les yeux vitreux, la gueule ouverte ; le portrait d'une fille de l'âge de Charlie – qui devait être celle dont il m'avait parlé. Elle portait des bagues dentaires et ses cheveux étaient nattés en une grosse tresse.

Il m'a dévisagée d'un air surpris.

— Il faut que je vous montre quelque chose, ai-je dit.

Chaque déglutition m'était pénible. Je me sentais moite ; la peau me démangeait.

— Vas-y, Jackson.

Jackson a commencé à manipuler le caméscope. Ses mains tremblaient de froid, ou de peur peut-être. J'ai posé la main sur sa tête soyeuse et j'ai regardé, sur l'écran, la porte de la chambre de Charlie s'ouvrir.

— Nous avons dépêché une patrouille pour chercher votre fille, a annoncé Mahoney (Il a toussoté, l'air gêné.) Je sais que c'est dur d'être patient mais…

— Attendez. Regardez ça. Montre-lui, Jackson. (J'ai indiqué l'écran du caméscope.) C'est sa chemise de nuit. La chemise de nuit qui n'est plus là.

— Madame Landry…

— Avance, Jackson. Là. C'est sa trousse de maquillage.

— Oui, a dit prudemment le policier.

— Mais vous ne comprenez pas ? Regardez : 11 h 17. Reviens en arrière, Jackson, montre-lui le réveil. Là. Ça change tout ! Vous ne comprenez pas ? Nous avions supposé qu'elle était repassée à la maison en rentrant de chez sa copine, ou après sa distribution de journaux, qu'elle avait pris ses affaires et qu'elle avait filé. Or ça ne s'est pas passé comme ça. Elle a attendu que je sois rentrée à la maison, et là, elle est revenue. Mais comment se fait-il que je ne l'aie pas vue ?

— Asseyez-vous, je vous prie. Votre fils aimerait-il attendre dehors avec…

— Non, a dit Jackson en s'installant sur mes genoux comme s'il avait six ans et non pas onze.

J'ai passé les bras autour de son corps massif et j'ai calé mon menton sur sa tête.

— Bien joué, lui ai-je chuchoté, et il s'est appuyé plus lourdement contre moi.

— Soit elle est revenue, soit quelqu'un d'autre est venu pour elle, a énoncé lentement Mahoney.

Il s'est frictionné les yeux des poings.

— Oui, oui, c'est vrai. C'est possible.

— Bon.

Il s'est assis à son bureau, face à nous, il a pris un stylo et tiré un bloc-notes devant lui. Il a réfléchi un instant.

— Donc, où en sommes-nous ? Nous savons que ces images ont été filmées à 11 h 17.

— Oui.

Il a noté l'heure et froncé les sourcils. Dehors dans le couloir, quelqu'un s'est mis à chanter une vieille chanson populaire d'une voix de fausset.

— Charlie est venue chercher ses affaires après cette heure-là. Ou quelqu'un est venu le faire pour elle.

— Oui.

— Mais avant que nous allions tous les deux dans sa chambre à… laissez-moi vérifier… midi moins cinq.

— Oui.

— Et tout ce temps, vous étiez chez vous ?

— Oui. Je suis revenue vers 11 heures avec Jackson et ne suis ressortie qu'après votre visite, pour aller voir une des amies de Charlie, celle chez qui elle a passé la nuit.

— Qui d'autre est venu chez vous entre onze heures et quart et midi ?

— Oh, mon Dieu, tout un tas de gens. C'était la fête. Je vous l'ai déjà dit. Donc, il y avait Jackson, moi, et… Attendez. (J'ai appuyé les doigts sur mes tempes et j'ai essayé de me représenter le premier groupe qui était apparu à ma porte.) Joel Frazer et sa femme, Alix Dawes – le docteur Dawes. Et puis Ashleigh Stevens, c'est la meilleure amie de Charlie. Et le pasteur, Tom…

— Le révérend Drake.

— C'est ça, et il y avait aussi un homme, un certain Eric – ou Derek. Avec sa femme, ou sa copine. Et Carrie Lowell, l'institutrice, et son mari, dont je ne connais pas le prénom. C'est la première fois que je le voyais.

Mahoney semblait quelque peu ahuri. J'ai continué à réfléchir.

— Rick et Karen Blythe. Ils sont partis de bonne heure – Karen a eu un accident. Elle avait trop bu. Elle s'est cassé le bras.

— Sacrée fête, a observé Mahoney.

— Ils sont partis à l'hôpital, Alix et Joel les ont suivis. Ah, et leur fils Eamonn était présent. Il est amoureux de Charlie, je crois, mais je suis à peu près certaine qu'elle ne l'a jamais regardé. Joanna, ou Joséphine, l'avocate qui habite dans cette belle maison. Et puis, tout un tas de gens dont je ne connais pas les noms, plus quelques-uns que je n'avais sans doute jamais vus. Ce n'est pas moi qui les ai fait entrer. À vrai dire, la fête s'est plus ou moins déroulée sans moi. J'étais à l'étage la plupart du temps. Je n'étais pas vraiment d'humeur, je me faisais du souci pour les bagages qui restaient à boucler, et je me demandais où était passée Charlie.

— Je vois, a dit Mahoney. (Il avait arrêté de prendre des notes et jouait avec son stylo en regardant d'un air désemparé la liste de noms qui s'étirait sur la page.) Je vois.

— Et puis il y avait aussi Jay.

— Jay ?

— Jay Birche. Je ne le connaissais pas à ce moment-là. Je me suis mise à sa recherche il y a un petit moment. C'est Ashleigh qui m'a donné son nom.

— Vous n'avez pas chômé, a lâché le policier d'un ton sec, en notant malgré tout le nom de Jay et en le soulignant.

— Il habite dans la grande ferme, près des marécages. Je ne savais pas que Charlie le connaissait. Il était avec tout un tas d'autres ados, et je n'ai pas la moindre idée de leur identité, même si certains visages m'étaient familiers.

— Je connais M. Birche, a dit Mahoney. Ce Jay, son fils, c'est le petit ami de Charlie ?

Une heure auparavant, j'aurais nié avec véhémence que Charlie avait un petit ami, j'aurais fait valoir que, si tel était le cas, j'aurais été au courant. Là, j'ai dévisagé Mahoney par-dessus la tête de Jackson.

— C'est possible.

— Comment était habillée votre fille la dernière fois que vous l'avez vue ?

Je la revoyais, aussi nettement que si elle avait été devant moi, sur le seuil de notre maison, en train de me regarder. J'avais la plus étrange des sensations : il me semblait qu'en tendant la main vers cette image, j'allais pouvoir ramener Charlie à moi, l'empêcher de s'éloigner dans cette nuit venteuse d'hiver.

— Elle portait un jean délavé, une ceinture avec une boucle fantaisie, turquoise et rose. Un tee-shirt rose vif ras du cou et à manches longues avec un motif multicolore. Un blouson en cuir éraflé qui a appartenu à son père et qu'elle s'était approprié. Noir, avec une des poches déchirée. Des bottes plates, en peau retournée, brodées de perles. Et une écharpe – bleu, rose et argenté, avec des paillettes. Parfois, elle l'enroule en turban, mais là, elle l'avait mise autour du cou. Et elle a pris un sweat à capuche au cas où elle aurait froid. Gris, élimé aux poignets. Elle passe son temps à mâchonner ses poignets. Un petit sac en cuir. Des grosses perles multicolores…

— Ça devrait suffire, m'a interrompu le policier avec douceur.

J'ai détourné la tête. Je n'allais pas pleurer. Je ne devais pas pleurer. Je pourrais pleurer après, quand Charlie serait saine et sauve.

Mahoney a tapoté son stylo sur le bloc-notes tout en contemplant cette longue liste de noms, songeur.

— Je ne peux que vous répéter ce que je vous ai dit tantôt. Vous devriez rentrer chez vous et attendre à côté du téléphone. Une patrouille est partie à sa recherche. D'après les éléments dont nous disposons à présent, il est possible que votre fille n'agisse pas seule.

— Mais je ne peux me contenter d'attendre ! Chaque minute compte, c'est ce que je n'arrête pas de penser. Il nous faut la retrouver, tout de suite.

— Je sais que c'est pénible, mais j'ai été confronté à ce genre de situation bien plus souvent que vous ne le croiriez, et en général, les fugueurs finissent par rentrer.

— Je pense qu'il s'est passé quelque chose d'anormal.

— Ça, vous n'en savez rien.

— Et il fait tellement froid dehors…

Au retour, Jackson m'a laissée lui tenir la main, et nous sommes rentrés en silence. Mon téléphone a sonné à plusieurs reprises et chaque fois, j'ai répondu avec des soulèvements d'estomac. Le premier appel émanait de mon amie Caroline, mais je ne l'ai guère laissée prononcer plus de trois ou quatre mots avant de lui dire que je la rappellerais dès que je le pourrais ; puis Rory a appelé pour m'annoncer qu'il n'était plus très loin ; Christian, enfin, m'a confirmé qu'il était immobilisé sur la M25 à cause d'un accident – un camion qui s'était couché sur le flanc et avait déversé son chargement des deux côtés des voies. Je ne voulais parler à personne, sinon à Charlie, ou à quelqu'un qui m'indiquerait où la trouver. Tout le reste n'était que bruit, sifflements et grondements intempestifs d'un monde auquel je ne me sentais plus connectée. Je ne cessais de jeter des regards alentour, persuadée que si je restais en alerte, j'intercepterais un signe de Charlie, si minuscule soit-il. Derrière cette haie, en bas de cette allée, dans cette voiture, ou derrière cette fenêtre éclairée, à l'étage de la maison à pignons, en train de pénétrer dans un magasin ou de disparaître au coin de la rue, comme venait de le faire cette personne qui promenait son chien, ou encore dans ce champ labouré, entre les bateaux mis en cale au chantier naval, sous des toiles goudronnées qui claquaient au vent. J'étais terrifiée à l'idée qu'elle puisse être juste derrière moi, ou devant moi, et que je la rate par manque de vigilance. À force de faire zigzaguer mon regard d'un côté à l'autre de la route, tout semblait détaché de son contexte quotidien.

— Maman, maman…

Jackson était en train de me parler et de me tirer par la manche.

— Mmm ?

— Pourquoi elle est là ?

J'ai levé la tête et vu Alix, qui marchait d'un pas pressé en direction de notre maison. Plus curieux encore, elle remorquait Tam en lui agrippant le bras. Tam trébuchait à moitié, tête baissée, cheveux au vent. Derrière elles, Jenna trottinait sans grâce, en pleurant. J'ai accéléré le pas pour les rejoindre devant le portail.

— Que se passe-t-il ?

— Il y a quelque chose que tu dois savoir, a dit Alix. (Son visage était sévère, ses lèvres pincées.) Pouvons-nous entrer ? a-t-elle ajouté sans lâcher le bras de Tam.

En ouvrant la porte, j'ai remarqué que la clé tremblait dans ma main. Sludge s'est précipitée sur nous, mais je ne l'ai pas caressée, j'ai juste dit à Jackson d'aller lui lancer quelques bâtons dans le jardin.

Renata était en train de parler au téléphone. Elle m'a regardée en secouant la tête et a écourté sa conversation, en disant à son interlocuteur que nous appellerions s'il y avait du nouveau.

Nous nous sommes installées dans la cuisine. Je n'ai pas enlevé mon manteau, je n'ai pas proposé de thé ni de café à mes visiteuses, je leur ai juste indiqué les chaises. Un étrange silence s'est installé. J'entendais le son de ma respiration et le tic-tac de la pendule murale.

— Dites-moi ce qui se passe.

— Tam, a ordonné Alix.

La gamine a enfin relevé la tête et écarté ses cheveux en désordre. Elle avait les yeux rouges.

— On l'a pas fait exprès, a-t-elle commencé, et à côté d'elle, Jenna a réprimé un sanglot.

— Que s'est-il passé ?

— On voulait juste s'amuser un peu.

— *Que s'est-il passé ?*

Je n'avais pas le temps d'écouter des excuses et, cette fois, Alix ne s'est pas interposée pour défendre sa fille.

— Cette nuit, vers 1 heure, a commencé Tam, après avoir regardé le film, on… (Elle a contemplé ses mains, puis m'a fixée de nouveau, et elle a terminé sa phrase d'un seul souffle :)… on a mis de la vodka dans le jus d'orange de Charlie.

— À son insu, a précisé Alix d'une voix pincée.

— Beaucoup de vodka ?

— Non, pas tant que ça, a dit Tam, mais elle l'a bu plus vite qu'on ne l'avait prévu, cul sec.

— Elle était ivre ?

Jenna a lâché un gloussement de terreur puis a écrasé une main contre sa bouche.

— Oui, a soufflé Tam.

— Très ivre ?

— Au début, elle était juste un peu paf, et calme.

— Elle a été malade ?

— Ouais, a marmonné Tam.

— Elle a vomi, et ensuite elle s'est évanouie, a complété Alix, calmement et sans ambages, en me regardant droit dans les yeux.

Il demeurait assez d'espace dans mon cerveau grouillant pour admirer la façon dont elle ne présentait aucune excuse au nom de sa fille, ou en son nom. Pourtant, c'était elle, l'adulte responsable.

— Pour ce que j'en sais, elle est restée un instant inconsciente, puis elle est revenue à elle et a vomi encore, a-t-elle poursuivi. C'est bien ça ?

— Oui, a confirmé Tam d'une voix sans timbre.

Jenna a reniflé et s'est caché le visage dans les mains.

— On savait pas que ça se passerait comme ça. C'était pour rire. Mais après, elle a été malade. Au début, on ne pouvait pas la réveiller et quand on a soulevé ses paupières, elle avait les pupilles qui roulaient en arrière et poussait des grognements. C'était horrible. On était affolées. On ne savait pas quoi faire. On croyait qu'elle était en train de mourir et qu'on l'avait tuée.

— Joel et moi dormions, a précisé Alix. J'étais à mille lieues de me douter de ce qui se passait. J'aurais dû comprendre qu'il était arrivé quelque chose quand j'ai vu qu'elles avaient ouvert les fenêtres de la chambre et lavé les draps.

Je me suis forcée à ne pas me représenter Charlie chez la fille qui l'avait tyrannisée, en train de vomir, de pleurer, de sombrer dans l'inconscience, de reprendre connaissance et de ne pas m'appeler, pour me concentrer sur les faits bruts :

— Elle a été malade, puis elle s'est évanouie, et a de nouveau vomi. Quelle heure était-il ?

— 3 ou 4 heures du matin, a dit Tam. Je n'ai pas vraiment regardé, a-t-elle ajouté. Mais après, elle allait mieux. Et on s'est excusées.

— On lui a fait prendre une douche, a précisé Jenna. Tam lui a préparé un café super-fort, qu'elle a bu, et je lui ai beurré des toasts, mais elle n'en a pas voulu.

— Elle est quand même partie à 9 heures faire sa distribution de journaux ?

— Oui, dans ces eaux-là.

— Malade comme un chien ?

— Elle allait beaucoup mieux, s'est défendue Tam.

— Qu'a-t-elle dit ?

— Ce matin, vous voulez dire ? Pas grand-chose. Je ne me souviens pas.

— Elle a déclaré que j'étais faible et que Tam était perverse, a confessé Jenna. Qu'elle était désolée pour nous parce qu'on avait des petites vies tellement nulles que mettre de l'alcool dans le verre de quelqu'un était la seule idée de fun qu'on avait trouvée.

Ça, c'était ma Charlie tout craché.

— Et ensuite, elle est partie. À vélo ?

— Oui, je crois.

— Vous ne lui avez pas proposé de l'aider à faire sa distribution, compte tenu des circonstances ?

Les deux filles n'ont pas répondu.

— Je suppose que la réponse est « non ». Et depuis, vous ne l'avez pas revue, ni ne l'avez eue au téléphone ?

Jenna s'est cachée derrière ses mains. Ses cheveux ont dégringolé sur la table.

— Ça va aller, n'est-ce pas ? a-t-elle demandé, en étouffant un sanglot. C'était juste pour rire. Jamais on n'aurait fait ça si on avait su, madame, il faut nous croire…

— Boucle-la ! lui a intimé Tam. Boucle-la.

— J'ai pensé que tu devais être mise immédiatement au courant, a avancé Alix.

— Je vais appeler l'hôpital. Elle y est peut-être, ai-je dit.

— Je m'en charge, a proposé Alix. Je connais des gens là-bas. Il y a un téléphone dans le salon ?

— Oui.

— Vous deux, vous rentrez à la maison, a ordonné Alix aux adolescentes. Allez trouver Joel et racontez-lui ce qui s'est passé.

— Mais maman…

— Tu vas expliquer à ton père ce qui s'est passé ! Quant à toi, Jenna, je te conseille d'en faire autant avec tes parents. Sinon, c'est moi qui les mettrai au courant.

Les deux filles sont parties, je les aie vues descendre la rue à plus d'un mètre l'une de l'autre, en traînant les pieds sur le trottoir.

J'entendais Alix parler dans le salon, sans toutefois pouvoir distinguer ce qu'elle disait, puis elle s'est tue un instant. Dehors, dans le jardin, Jackson était adossé misérablement au mur pendant que Sludge se déchaînait, un gros bâton en travers des mâchoires, babines fendues en un genre de sourire inepte qui laissait entrevoir sa langue rose. J'avais les poings serrés sur mes cuisses. Je les ai ouverts et j'ai contemplé mes paumes, mes doigts sans bagues, la cicatrice le long du pouce gauche, ma ligne de vie. Charlie avait des mains plus blanches et plus douces que les miennes, des doigts effilés, élégants. Elle portait une bague en verre au pouce, et un fin bracelet de cuir au poignet. Je ne l'avais pas dit à Mahoney.

— Rien, a annoncé Alix en revenant dans la pièce. C'est une bonne nouvelle.

— Tu crois ? Le problème – *un* des problèmes –, c'est que je ne cesse de repasser les faits dans ma tête et que je ne suis pas capable de dire ce qui est bon, ce qui est mauvais, ni d'interpréter les choses. (J'ai marqué un arrêt.) Par exemple, j'ai exploré la chambre de Charlie. Il semblerait qu'elle a emporté sa trousse de toilette et sa chemise de nuit, des trucs qui traînaient par terre. Mais quand j'ai ouvert son tiroir, j'en ai trouvé d'autres – ses antibiotiques par exemple – qui sont aussi importants.

Alix a approuvé d'un hochement de tête.

— Oui. Elle était très gênée par son impétigo. Elle m'a demandé combien de temps allait durer l'éruption.

Je lui ai décoché un regard aigu. Alix, dans sa charge de médecin généraliste, se montrait d'une telle discrétion qu'entendre un commentaire de sa bouche, aussi réservé soit-il, en devenait choquant.

— Alix, tu ne sais rien, n'est-ce pas ? Elle ne t'a rien dit ? Rien qui puisse éclairer les raisons pour lesquelles elle aurait fugué ?

L'expression d'Alix s'est durcie.

— Si je savais quelque chose, je te le dirais – ou je le dirais à la police.

Je n'ai pas répondu tout de suite. Manifestement, cela ne servait à rien d'insister.

— Mais tu vois, c'est tout de même étrange, non ?

— Je ne sais pas, a dit Alix, mal à l'aise. Oui, sans doute. Mais si on projette de fuguer, on n'a pas les idées très claires, n'est-ce pas ?

— C'est comme si… (je me débattais pour m'exprimer clairement alors que rien n'était clair dans mon esprit)… comme si elle n'avait pu prendre que les choses qu'elle avait sous les yeux.

— J'imagine qu'elle était pressée.

— Au point d'oublier ses médicaments ? Ou d'emporter sa trousse de maquillage, mais pas son démaquillant ? Peut-être que ça veut dire qu'elle a envoyé quelqu'un prendre ses affaires à sa place, quelqu'un qui ne savait où les trouver.

— Bon, je vais te préparer un truc à manger.

— Non, il faut que j'y aille.

— Où dois-tu aller ?

— Il faut que j'y aille, ai-je répété. Je te tiens au courant si…

J'étais incapable d'achever ma phrase. Des images tourbillonnaient dans ma tête et je devais me concentrer sur ce que j'avais à faire avant de partir. Faire garder Jackson, par exemple.

— Renata ? ai-je appelé du pied de l'escalier.

J'ai entendu un grognement étouffé, puis plus rien. J'ai foncé à l'étage et j'ai frappé à la porte de ma chambre.

— Oui ? a dit Renata d'une voix faible.

J'ai poussé la porte. Elle avait tiré les rideaux. Dans un premier temps, j'ai eu du mal à la voir. Puis, peu à peu, j'ai distingué une forme avachie sur le lit et j'ai posé la main là où je pensais trouver l'épaule.

— Renata ?

— Qu'est-ce qu'il y a ?

J'ai rabattu la couette. Renata s'était glissée tout habillée dans le lit, à moitié assise.

— Je ne me sens pas très bien, a-t-elle dit.

Je voyais qu'elle était en train de pleurer. Son mascara avait coulé et laissé des traînées noires le long de ses joues.

— Je suis désolée, Nina. Peut-être ferais-je mieux de repartir. Je ne te suis d'aucune utilité – je suis juste dans tes pattes.

— Tu ne peux pas partir. Tu dois rester et veiller sur Jackson. Je ressors, je vais continuer à chercher. Allez, lève-toi.

— J'ai mal au cœur.

— Allons, debout. Fais-toi du café, prépare-toi à manger. Garde un œil sur Jackson. Merci. Je t'appelle.

Je suis redescendue sans attendre de réponse. Alix m'a emboîté le pas quand j'ai quitté la maison. Elle ne semblait pas dans son assiette. Elle a commencé une phrase mais je suis montée en voiture et j'ai démarré sans la laisser finir. Le cliquettement était toujours là. Je ne savais pas où j'allais.

Jusque-là, j'avais agi rationnellement. À présent, je concevais l'idée folle de chercher au petit bonheur la chance. Peut-être retrouverais-je Charlie allongée, blessée, à côté de son vélo ? Ou l'apercevrais-je de loin, en train de marcher le long du rivage ? Je me suis engagée dans la grand-rue, j'ai dépassé sans traîner les commerces, les bungalows, le boulodrome et les terrains de sport et je me suis retrouvée dans les champs – la grand-rue se transformait en route de campagne. Après quelques centaines de mètres, j'ai bifurqué à droite, pour m'engager sur une route qui conduisait directement à la mer. Au bout de celle-ci se trouvait un camp de vacances où, l'été, les enfants venaient faire de la balançoire, jouer au foot, faire du canoë, ou bien se soûler et fumer. Mais à cette époque de l'année l'endroit était désert. Je me suis garée devant la réception, une cabane de planches peintes en vert. J'étais venue là dans l'idée de demander si quelqu'un avait vu Charlie, mais à quoi bon descendre de voiture ? Le parking était désert, la porte de la cabane cadenassée. Un chat était étendu sur le seuil et m'a jeté un coup d'œil suspicieux. Quelques mouettes tournoyaient autour des poubelles, bravant le vent de leurs immenses ailes déployées. Cela valait-il le coup d'aller longer la digue à pied ? J'ai décidé que je serais mieux dans la voiture. J'ai fait demi-tour et j'ai regagné la route, pour bifurquer et mettre le cap sur les terres les moins peuplées de Sandling Island.

Sur ma gauche, j'ai vu une pancarte qui indiquait la ferme des Birche. Jay. Devais-je le recontacter, maintenant que je savais ce que je savais ? Mon cerveau fonctionnait au ralenti, au moment où j'avais besoin qu'il soit rapide, agile. J'avais cru que Charlie s'était réconciliée avec les deux filles qui l'avaient tyrannisée, mais elles lui avaient joué un mauvais tour. J'avais pensé qu'elle avait planifié sa fugue. Or, elle avait sans doute agi impulsivement. Et quelqu'un l'avait aidée. Qui ? Jay faisait à l'évidence un bon candidat au titre de complice, mais l'aurait-il aidée sans partir avec elle ? Y avait-il quelqu'un d'autre, dont Charlie ne m'avait pas parlé non plus ?

La route s'est rétrécie et transformée en chemin, qui débouchait sur un parking sommairement aménagé. C'était dur de croire que, l'été, des embouteillages en rendaient l'accès difficile. Pour l'heure, seuls deux véhicules étaient garés là. Des gens venus promener leurs chiens. J'ai coupé le contact, je suis descendue de voiture et j'ai couru dans l'étendue de mauvaises herbes qui conduisait à la digue. J'ai distingué de loin un petit groupe de gens. Trois personnes, ai-je compté en approchant – un couple âgé, qui bavardait avec une femme aux cheveux blancs. Deux petits chiens gambadaient et jappaient à leurs pieds. Quand je suis arrivée à leur hauteur, en courant, essoufflée, ils ont tourné la tête.

— Je cherche ma fille. Vous avez croisé quelqu'un ?

Ils ont secoué la tête.

— Nous venons juste d'arriver, a indiqué l'homme.

— Moi, je suis allée vers les marécages en longeant la digue, a dit la femme aux cheveux blancs. Il y a un homme qui ramasse des coquillages sur le sable. Je n'ai vu personne d'autre.

J'ai continué au galop jusqu'au bout du chemin. La marée était encore assez basse ; les galets, le sable, la vase étaient à découvert. La profondeur de l'eau entre l'île et Frattenham, sur le continent, ne dépassait guère un mètre. De là où je me tenais, à la pointe, l'extrémité la plus orientale de l'île, je voyais le chemin sur presque deux kilomètres au nord et quasi autant en direction du sud-ouest, jusqu'à ce qu'il disparaisse de la vue dans l'arrondi de la digue. Au nord, je n'apercevais qu'une seule silhouette sur les bancs de sable, le ramasseur de coquillages. Au sud-ouest, il n'y avait personne. Une petite grue se dressait au loin, à proximité de l'endroit où l'on réparait la digue, mais là aussi, c'était calme, personne ne l'utilisant le week-end.

En regagnant la voiture, je suis repassée devant les trois promeneurs.

— Elle a quinze ans et elle s'appelle Charlotte. Si jamais vous la voyez, dites-lui d'appeler à la maison.

Ils n'ont rien répondu. Une femme inconnue qui cherchait sa fille, ça mettait mal à l'aise.

Il était impossible de poursuivre par cette route en direction du nord, sauf à emprunter les quelques chemins de terre qui aboutissaient directement dans les cours des deux principales fermes de l'île. Le nord de l'île, qui faisait face au continent, était bien moins accessible que sa partie sud. La mer avait progressivement imbibé les terres arables, qui s'étaient transformées en marécages, roselières et parcs à huîtres désaffectés et, au-delà, il y avait la mer, et l'Angleterre. Certes, Sandling Island, c'était aussi l'Angleterre, mais on n'avait pas l'impression que c'était le cas. L'île s'était comme cramponnée au continent pendant des siècles, mais à présent, elle était en train de lâcher prise. Parfois je me disais qu'il suffirait d'une autre tempête pour qu'elle soit emportée.

Tandis que je rebroussais chemin, la grisaille du ciel s'est déchirée et de larges bandes bleues sont apparues. Brusquement, j'ai eu une idée, et au lieu de retourner en ville, j'ai tourné vers la route qui conduisait au continent. L'île est presque entièrement plate, à l'exception de quelques coteaux, talus et dunes, et d'un rappel proéminent du passé des lieux – un tumulus sous lequel se trouve un vaste cimetière. Sans doute l'emplacement avait-il été choisi pour le point d'observation qu'il offrait sur d'éventuelles menaces en provenance de la mer du Nord, ou des deux chenaux qui encerclaient l'île, ou encore du continent. Aujourd'hui, c'était une exception recouverte d'herbe dans ce paysage par ailleurs monotone.

Je me suis garée et j'ai gravi la pente. Ce n'était guère plus qu'un large tertre, mais il offrait une vue sur presque toute l'île et, au-delà de la mer, sur les rivages de l'Angleterre. Je voyais la ville à l'extrême ouest puis le camping, et ensuite les marécages et les prairies sur presque deux kilomètres, jusqu'à la chaussée surélevée, qui surplombait l'eau et la vase puisque la marée n'était qu'à moitié remontée. Autrefois, un sentier faisait le tour complet de l'île, mais dix ans auparavant, lors de terribles tempêtes, la digue avait cédé sous les assauts des vagues. Aujourd'hui, en contrebas de l'endroit où je me tenais, se trouvait une enfilade périlleuse de criques et de marais salants, ponctuée d'anciennes dalles à canon, de blockhaus et de chemins qui ne conduisaient nulle part. J'ai pivoté dans le sens des aiguilles d'une montre, et la terre a semblé se raffermir ; le chemin entre le marécage et la vase a réapparu. L'autre extrémité de l'île était difficile à distinguer avec cette brume hivernale et la côte sud, elle, était invisible, cachée par des rangées de pins, plantés pour quelque obscur motif dans les années soixante-dix et aujourd'hui laissés à l'abandon, invendables.

J'ai inspiré à pleins poumons et j'ai senti la morsure du vent sur mon visage. Soit ma fille avait traversé cette chaussée et elle était loin, soit elle se trouvait quelque part sur l'île, dans le périmètre de mon champ de vision. Mais où ? Que devais-je faire ? J'ai relevé la tête. Au loin, très haut au-dessus de moi, j'ai vu un sillage blanc qui fendait le ciel, et j'ai aperçu l'avion, aussi minuscule qu'une tête d'épingle, qui filait loin de l'Europe, vers l'Extrême-Orient, ou l'Australie. À l'intérieur de cette tête d'épingle, des passagers se voyaient déjà sur la plage ou sur les pistes enneigées. Je me suis souvenue que nous aurions pu être parmi eux et cette pensée m'a coupé le souffle, comme si j'avais reçu un coup de poing dans l'estomac.

Au-delà de l'avion aux reflets argentés, le bleu gagnait du terrain dans le ciel ; j'ai songé aux étoiles, aux années-lumière, et j'ai fermé les yeux pour prier Dieu, en qui je ne croyais pas. « Rends-moi ma fille, ai-je supplié. Rends-moi ma fille, laisse-moi mon fils, et Tu pourras tout avoir. Je ferai n'importe quoi. » J'avais le souvenir désagréable d'un prof qui nous serinait qu'on ne devait pas marchander avec Dieu. Mais plus tard, en lisant l'Ancien Testament, j'avais découvert que le texte regorgeait de marchandages. Je me suis souvenue d'une récente promenade le long de la mer avec Charlie et Sludge, un jour exactement comme celui-là, venteux, froid, éclairé d'une lumière crue. J'ai revu Charlie, le regard exalté, son corps d'adolescente infléchi face au vent, tandis que Sludge bondissait vers elle et la léchait avec bonheur. Charlie m'avait regardée, les cheveux rabattus en désordre sur le visage. « Rends-moi cet instant. Je ferai ce que Tu veux. J'irai en enfer pour l'éternité si Tu me rends ma fille saine et sauve. »

Une autre image d'elle m'est revenue, une image du précédent mois d'août et de ses journées caniculaires. Un samedi en fin d'après-midi, j'étais allée la récupérer après – que faisait-elle, déjà ? du kayak ? du canoë ? de la voile ? Je l'avais repérée de loin, dans un groupe de jeunes gens de son âge que la distance m'empêchait d'identifier. Mais le profil de Charlie, lui, je l'aurais reconnu à n'importe quelle distance. Elle devient une femme, avais-je pensé à ce moment-là. Elle a des amis dont je ne sais rien. Sur le moment, cela m'avait rendue heureuse, parfaitement heureuse. Je me suis souvenue qu'elle avait éclaté de rire en rejetant sa tête en arrière. Et c'était cette explosion que, à plusieurs mois de distance, j'entendais à nouveau, debout sur ce tumulus, dans le silence glacé de l'hiver : un éclat si clair, si vivant que j'ai scruté frénétiquement les environs comme si Charlie allait soudain surgir devant moi, comme si je pouvais courir à sa rencontre, prendre son corps mince dans mes bras pour la protéger et la serrer contre moi. Naturellement, rien ni personne n'apparut alentour. Il n'y avait que moi, sur une butte isolée de tout.

Et maintenant ? Devais-je rentrer et attendre que le téléphone sonne ? Oui, sans doute, mais j'en étais incapable. Il restait une dernière chose à tenter.

Je regagnais la voiture en courant quand mon portable a sonné. Là encore, une vague d'espoir s'est soulevée en moi, aussitôt suivie par une lame de désespoir. Ce ne serait pas Charlie. Je le savais.

— Oui ?

— C'est moi. Rory. Je suis presque arrivé.

— Toujours pas de Charlie. Écoute. Quand tu seras à la maison, tiens compagnie à Jackson. Essaie de le réconforter. De l'occuper. Je vais bientôt revenir. Je dois encore vérifier un truc.

— Je suis là pour retrouver ma fille, pas pour faire du baby-sitting ! s'est énervé Rory.

— Je sais. Écoute, je te rappelle plus tard.

J'ai raccroché pour couper court à d'autres récriminations, et j'ai essayé de rassembler mes pensées avant de regagner la grand-rue, sur laquelle se concentraient la plupart des commerces. Je me suis garée devant chez Walton, le marchand de journaux.

— Bonjour, je suis Nina, la mère de Charlie, ai-je dit en me collant contre le comptoir, doublant les autres clients. Je vous ai appelé tout à l'heure pour vous demander si elle avait fait sa distribution.

— Une minute, m'a répondu la femme à la caisse.

Elle était en train de compter des pièces de dix pence qu'elle rangeait dans un sachet en plastique.

— Je ne peux pas attendre. C'est important.

La femme n'a pas répondu tout de suite. Elle a refermé soigneusement le sachet, puis m'a interrogée d'une voix glaciale et réprobatrice :

— En quoi puis-je vous aider ?

— Il me faut les noms des abonnés auxquels Charlie distribue les journaux. Tout de suite.

— Et pourquoi ça ?

— Oh, bon sang ! Elle a disparu, voilà pourquoi ! Il me faut ces noms.

— Nous ne communiquons pas les noms de nos clients. À personne.

— Qu'est-ce qui vous en empêche ? Vous n'êtes ni médecin ni prêtre.

— Ah, inutile de le prendre sur ce ton ! Vous êtes nouvelle dans le coin, pas vrai ?

— Désolée. Désolée. Je m'y prends mal. C'est parce que je suis morte d'inquiétude. Alors, s'il vous plaît – s'il vous plaît –, pouvez-vous me donner ces noms ?

— Faut que je voie ça avec mon mari.

J'ai serré les dents pour me retenir de lui hurler : « Très bien. J'attends. » La femme, cependant, n'avait pas l'air décidée à bouger.

— Il est dans l'arrière-boutique ? ai-je repris.

— Non, il est parti faire des livraisons.

— Quoi ? Parti !

— Je lui demanderai à son retour. Il ne devrait pas tarder.

— Mais il me faut ces noms *tout de suite* !

— J'ai bien peur qu'il ne vous faille patienter.

— Vous ne comprenez pas…

— Excusez-moi, mais j'ai du travail.

Elle s'est éclipsée dans l'arrière-boutique. J'ai regardé le rideau de perles s'écarter sur son passage, puis se remettre en place. De désespoir, j'ai assené un grand coup de poing sur la cloche posée sur le comptoir, mais la femme n'a pas réapparu.

Que me restait-il à faire, sinon repartir ? J'ai bousculé les clients et j'ai trébuché sur le seuil, comme une pocharde. Je sentais la peur monter inexorablement en moi et je savais que si je ne la contrôlais pas, elle allait m'envahir tout entière. Je suis restée un instant devant la porte, j'ai fermé les yeux et appuyé le bout des doigts sur mes tempes battantes. Dans cette obscurité, j'ai cherché quelle route prendre, un quelconque point lumineux que je pourrais suivre.

« Où es-tu ? ai-je chuchoté. Où es-tu, ma chérie ? »

— Tiens. Voilà ce que tu cherchais.

J'ai rouvert les yeux et le monde a réapparu.

— Joel ? Qu'est-ce que…

— Les noms que tu cherchais.

Il a brandi une feuille.

— Tu étais dans le magasin ? Je ne t'ai pas vu – comment les as-tu obtenus ?

— Je connais Janet. Tout est dans la façon de demander. Tam m'a raconté ce qui s'est passé hier soir. (Il a posé ses mains sur mes épaules et m'a regardée dans les yeux.) Je suis affreusement désolé, Nina. Et mort de honte. Je ne sais pas quoi te dire…

— Peu importe pour le moment.

Ensemble, nous avons consulté la liste. Elle comportait dix-neuf noms, assortis des titres des journaux et des adresses. Malheureusement, celles-ci étaient éparpillées dans les quartiers est de la ville, et en périphérie, vers la côte.

— Quel itinéraire Charlie a-t-elle suivi ? C'est où, Pleshey Road ?

— Montre. (Sourcils froncés, il a fait glisser son index calleux le long de la page.) Il nous faut un plan. Une seconde, Nina.

Il est de nouveau entré dans la boutique, mais en est ressorti cette fois les mains vides.

— Plus de plan en stock. Il va falloir qu'on le dessine nous-mêmes. Viens, entrons là.

Sans attendre ma réponse et en me tenant fermement le bras, il m'a entraînée dans le *coffee-shop* voisin.

— Assieds-toi.

Je me suis installée à la table proche de la vitrine, afin de surveiller qui passait dans la rue. Veste boutonnée jusqu'au cou, assise sur le bord de la chaise, je me tenais prête à bondir à n'importe quel moment. Joel a retourné la liste d'adresses et a sorti un stylo de la poche de sa salopette, qu'il m'a tendu.

— Commence. Je vais nous chercher des cafés.

— Je ne veux pas de café.

— Je vais t'aider, Nina. C'est le moins que je puisse faire. Tu n'es pas seule.

À ce moment-là, j'ai su que Joel était toujours amoureux de moi, qu'Alix avait des raisons d'être jalouse et amère. Mais je m'en fichais, si cela signifiait qu'il allait m'aider.

— Merci, Joel.

Il m'a souri, a posé un instant sa main large et tiède sur ma tête, puis s'est éloigné. J'ai dessiné approximativement la forme de l'île, une botte mal fichue qui pointait ses orteils vers le large, puis j'ai tracé la grand-rue, qui courait de la chaussée jusqu'à la côte ouest, avant de virer vers l'intérieur des terres.

— Bois ça. Donne, laisse-moi faire. (Il m'a pris le stylo des mains.) Celle-là, c'est Low Road et ici, dans cette direction, Barrow Road.

— Les routes par lesquelles devait passer Charlie sont… attends… (J'ai retourné la feuille.) Tippet Road, East Lane, Lost Road et Pleshey Road.

— Pleshey Road, c'est la petite route qui relie East Lane et Lost Road. Plus ou moins comme ça.

— Bien.

— Bon, regarde. (Il a tracé le long des différentes routes un trait qui ondulait.) Charlie a probablement suivi ce circuit : d'abord Tippet Road, puis elle a remonté Cairm Way, East Lane, Pleshey Road, pour finir par la maison de Martin Vine, tout au bout de Lost Road, ici. C'est le circuit le plus logique.

— D'accord. Merci, Joel.

Je me suis levée et j'ai pris la feuille.

— Tu n'as même pas touché à ton café ! De toute façon, je t'accompagne. On va retrouver Charlie.

Je n'avais pas de temps à perdre en politesses.

— J'espère. Et je t'en suis reconnaissante.

— Mais je t'en prie. Je me sens responsable, et de toute façon…

Il a laissé sa phrase en suspens.

J'ai poussé la porte et sitôt dans la rue, le vent est venu nous mordre les joues, me rabattre les cheveux sur le visage, obstruant à moitié ma vision.

— On devrait commencer par là, a dit Joel en posant un doigt sur notre plan.

— D'accord.

— Ou… attends… non, j'ai une meilleure idée. On va laisser tomber les premières… voyons… les six ou sept premières qui sont très éloignées les unes des autres. Commençons ici, chez les Gordon. Je les connais. Je leur ai débité leur vieil orme le mois dernier. On peut prendre ma camionnette. Elle est à quelques pâtés de maisons d'ici. S'ils n'ont pas eu leur journal, on repartira en arrière.

Il a passé son bras sous le mien et m'a attirée contre lui.

— Où allez-vous, tous les deux ?

Alix s'est soudain dressée devant nous, un chapeau enfoncé sur la tête, les yeux brillants à cause du vent.

— J'ai vu ta camionnette et je me demandais où tu étais passé.

— On essaie de retrouver Charlie, c'est tout. Nous allons refaire son circuit de distribution.

— Ah oui ?

Je n'avais pas de temps pour ce genre de scène, mais Alix a posé sa main sur le bras de Joel.

— Tu as promis à Tam de l'emmener en ville faire son shopping de Noël.

— Tu trouves vraiment que Tam mérite d'aller faire du shopping ? Non, je ne l'y emmène pas.

— Si, tu vas le faire.

— Je vais aider Nina. C'est une urgence.

— Non, c'est moi qui vais accompagner Nina. Toi, tu restes ici.

— Je ne crois pas.

L'espace de quelques secondes terribles, ils se sont mesurés du regard, mais l'identité du vainqueur de ce bras de fer ne faisait aucun doute. Alix s'est tournée vers moi.

— Viens, Nina. Ce serait mieux qu'on prenne ma voiture. Je vais conduire, et tu vas me guider.

En n'importe quelles autres circonstances, je les aurais laissés en plan, empêtrés dans leur discorde conjugale.

Mais là, c'était impossible. J'ai dévisagé Joel et, avec un haussement d'épaules, j'ai tourné les talons et je l'ai abandonné sur le trottoir. Alix et moi nous sommes empressées de rejoindre sa voiture. Le froid me faisait venir les larmes aux yeux ; je tenais la liste de noms qui voletait au vent. Je me suis installée sur le siège du passager, buste tendu vers l'avant, sans attacher ma ceinture. J'ai indiqué à Alix la première adresse, et ensuite, nous n'avons plus rien dit.

Sitôt arrivées devant chez les Gordon (23, East Lane, *Daily Mail*), j'ai sauté de voiture et je suis allée sonner. Un son métallique a résonné dans les profondeurs de la maison. Puis j'ai entendu des pas et la porte s'est ouverte. Une jeune femme est apparue, serrant contre sa poitrine un minuscule bébé emmailloté dans une couverture blanche et dont on n'apercevait que le visage rouge et chiffonné. Il avait une croûte de lait sur la lèvre. Des odeurs de lessive et de pâtisserie s'échappaient de la cuisine. La vie continuait.

— Madame Gordon ? Je m'appelle Nina Landry et je voulais juste vous demander…

— Entrez. Je ne veux pas rester dans le froid avec Eva. Elle n'a que quelques jours et…

— Je voulais juste savoir si vous aviez bien eu votre journal ce matin.

— Mon journal ?

— Oui, le *Daily Mail*. Vous l'avez eu ?

— Pourquoi ?

— Ma fille… (Je me suis interrompue pour me reprendre.) Nous avons eu quelques réclamations à propos des journaux, ce matin, et nous vérifions simplement s'ils sont tous arrivés à bon port.

— Il est là. Je ne l'ai pas encore ouvert. Pas eu le temps. Nous sommes rentrés de l'hôpital il y a à peine…

— Merci, ai-je lancé en m'empressant de m'éloigner.

J'ai entendu la fin de sa phrase en marchant dans l'allée.

La cliente suivante était Sue Furlong, que je connaissais vaguement parce que son labrador noir était la sœur de Sludge. Les deux se livraient parfois à des courses poursuites effrénées le long de la digue. D'ailleurs, à l'instant où j'ai frappé à la porte de sa maison assez décatie, j'ai entendu à l'intérieur des aboiements frénétiques. Mais personne n'est venu ouvrir. J'ai poussé le rabat de la boîte aux lettres pour jeter un œil à l'intérieur, et j'ai vu, sur le paillasson, son journal mâchonné et boueux, à côté d'un tas de courrier.

Les Gunner, à Honey Hall, avaient reçu leur *Guardian* ; Bob Hutchings, sur East Lane, avait eu son *East Anglican Daily Times*. J'ai entendu la radio marcher dans sa cuisine ; le bulletin d'infos venait de se terminer. Plus loin, sur Pleshey Road, Meg Lee elle aussi avait eu son journal. Elle avait même aperçu Charlie en train de pédaler le long de sa courte allée. Chez les Dunne, c'est le fils qui a répondu. Non, il ne savait pas si ses parents avaient reçu leur journal. Sur mon insistance, l'adolescent, avec un soupir excédé, est allé vérifier dans la cuisine. Il en est revenu en disant que le journal était bien là, ouvert sur la table.

Dans ce coin, les habitations étaient assez disséminées. Charlie venant tout juste de commencer ce job, elle avait hérité du circuit le moins convoité, qui lui prenait deux fois plus de temps que ceux qui couvraient le centre-ville. À partir de Lost Road, nous

nous sommes engagées le long de la route côtière qui conduisait à la digue. Ni Alix ni moi ne parlions. La marée continuait d'avancer avec régularité, des filets d'eau ruisselaient dans les rigoles creusées dans la vase. Les herbes hautes scintillaient au loin comme un mirage dans la bise glacée. Cette route plate, qui s'étirait devant nous et semblait ne mener nulle part, donnait l'impression que nous étions échouées dans une monotonie de broussailles, de marécages et de bourbiers. Un rai de lumière blafarde soulignait l'horizon, et je gardais les yeux rivés sur cette ligne. J'essayais de chasser de mon esprit l'idée que nous étions probablement en train de perdre notre temps, de chercher dans la mauvaise direction, de nous éloigner de Charlie. J'avais toujours pensé que si elle ou Jackson avaient besoin de moi, je le sentirais et saurais où les trouver, comme si chacun pouvait envoyer des signaux de détresse que moi seule, leur mère, étais capable de capter. Mais maintenant, je ne le pensais plus.

Christian a appelé, mais je n'ai pas pris son appel. Rory a rappelé lui aussi, et a commencé à prétendre que c'était ma faute si Charlie avait fugué. Je lui ai raccroché au nez. Finalement, nous sommes arrivées chez les Wigmore. Ils habitaient une maisonnette délabrée, avec d'antiques murs tachés, un toit qui s'affaissait. Une guirlande de lumières blanches décorait l'arbre planté près de la porte d'entrée. J'ai frappé. Un monsieur d'un certain âge est venu ouvrir, vêtu d'un tablier de cuisine, les manches retroussées, hirsute, la peau du visage luisante, il semblait agacé par cette visite intempestive.

— C'est pour quoi ?

— Avez-vous eu votre journal ce matin ? ai-je demandé, sans préambule.

— Hein ?

— Votre journal – vous l'avez eu ?

— Mon journal ? Je suis en train de faire le gâteau de Noël, là. De mettre les cerises confites. Vous auriez pu vous manifester avant.

— Pardon ?

— C'est pas grave.

J'ai échangé un regard découragé avec Alix.

— Avez-vous eu votre journal aujourd'hui, monsieur Wigmore ? a-t-elle répété d'une voix forte en articulant très distinctement.

L'homme s'est renfrogné.

— J'entends aussi bien que vous. Oui, je l'ai eu, mais il manquait les pages sportives. Or j'aime bien lire les pages sportives le samedi.

— Merci, ai-je dit en reculant le long d'un tas de grillages et de vieilles portes.

La maison suivante se trouvait quelque six cents mètres plus loin. C'était une maison de ville en brique rouge qui n'aurait pas déparé dans une rue résidentielle d'une ville du nord de l'Angleterre, mais qui semblait hors contexte et comme vulnérable dans ce paysage désolé où régnaient le vent et la pluie. Ses fenêtres carrées ouvraient d'un côté vers l'océan, de l'autre vers les prairies.

Tandis qu'elle se garait, Alix a dit, de la même voix avec laquelle elle s'était adressée à M. Wigmore :

— Tu n'étais pas la première, tu sais.

— De quoi parles-tu ?

— J'ai dit : Tu n'étais pas la première… (C'était presque un cri.)… avec Joel.

J'ai ouvert la portière et balancé les jambes à l'extérieur.

— Ah. Non, je ne savais pas.

— Il aime les femmes. Mais en général plus jeunes que toi.

— Je suis désolée, ai-je déclaré, tout en n'en pensant pas un mot.

Ce qui s'était passé entre Joel et moi était le cadet de mes soucis, et je me fichais pas mal qu'il y en ait eu d'autres avant moi.

Alors que nous nous dirigions vers la porte, Alix a marqué un temps d'hésitation.

— Tu crois que ça sert à quelque chose ? Apparemment, Charlie a distribué les journaux. Qu'est-ce que tout ça nous apprend de plus ?

— Je ne sais pas. On reconstitue son trajet. Elle aura peut-être parlé à quelqu'un. Que puis-je faire d'autre ?

Alix a hoché la tête et sonné. Une fois. Deux fois. Nous avons patienté, le visage transi de froid. Une femme est apparue, vêtue d'une blouse bleue, un balai à la main.

— Oui ?

Tout cela ne semblait que comédie vaine, insensée. Je n'arrivais même plus à me résoudre à parler. J'ai regardé ma liste de noms.

— Bonjour. Vous êtes madame Benson, n'est-ce pas ? Avez-vous eu votre journal ce matin ?

Elle a eu l'air déroutée.

— Mon journal ? Parfois, je le reçois plus tard, le samedi, donc en général, je ne m'en fais pas trop.

— Vous voulez dire qu'il vous a été livré en retard ?

— Les jeunes, ils font la grasse matinée le samedi, pas vrai ? Une fois, je l'ai reçu le lendemain, avec le journal du dimanche.

— Donc, il est arrivé en retard ?

— Vous me l'avez apporté ? a-t-elle demandé.

— Non.

— Ah, je croyais que vous l'apportiez.

— Non.

— Vous le leur signalerez, au magasin ?

— Vous voulez dire que vous n'avez pas reçu votre journal ?

— Exactement.

— Vous en êtes sûre ?

Mme Benson eut l'air perplexe.

— Ça fait du bruit quand il arrive. J'entends le volet de la boîte aux lettres. Je le récupère ici, sur le paillasson.

— Vous auriez pu oublier.

— Nina, on y va, a dit Alix.

Je me suis obligée à remercier Mme Benson, à lui dire au revoir comme le fait toute personne normale, et nous nous sommes empressées de rejoindre la route. J'avais l'impression que le sol se dérobait sous moi.

— Et maintenant ? a demandé Alix, une fois dans la voiture.

— Maintenant, nous savons que le journal a été distribué chez M. Wigmore mais pas chez Mme Benson.

— On devrait vérifier. Quel est le suivant sur la liste ?

Quelques centaines de mètres plus loin, Andrew Derrick lavait sa voiture de sport devant chez lui. Non, il n'avait toujours pas reçu son journal, et il en était très contrarié.

Alix et moi avons échangé un regard.

— Il faut réfléchir, ai-je dit. On sait quelque chose. Charlie a fait les premières… douze maisons. Elle a distribué son journal à M. Wigmore, là-bas. La maison suivante sur son trajet, c'était celle de Mme Benson. Elle n'a jamais été livrée.

Je sentais le sang s'activer dans mon corps, courir le long de mes bras, pulser dans mes veines. Si je me laissais aller, j'allais m'évanouir. Mais c'était hors de question. Je devais garder mon sang-froid. Cela m'aidait d'avoir un interlocuteur : à mes côtés, Alix gardait l'esprit rationnel.

— Bon, si tu avais quinze ans et que tu sois sur le point de faire une fugue le jour où tu es censée partir en vacances, tu pourrais décider de laisser tomber ta distribution de journaux, parce que c'est vraiment le cadet de tes soucis. Ou, si tu as un sens aigu du devoir, tu la termines et tu pars ensuite. Mais faire la tournée à moitié et fuguer ensuite, ça n'a pas de sens.

Nous nous sommes dévisagées, concentrées sur toutes les éventualités.

— Un accident, peut-être ? a hasardé Alix.

— Tu as vérifié auprès de l'hôpital.

— Elle pourrait… être encore là – quelque part entre les maisons.

— Vite. Retournons chez les Benson.

Une fois là-bas, nous sommes descendues de voiture pour longer le chemin et scruter les bas-côtés. La route était revêtue de goudron noir, maculé de plaques de terre tombées des roues de tracteurs. D'autres véhicules y avaient imprimé la trace de leurs pneus, mais je n'ai vu aucune marque de bicyclette. À gauche, le fossé était hérissé par endroits de broussailles rabougries et déformées par des années de vent marin. Au-delà, des herbes rêches comme des algues sèches descendaient en pente douce vers l'estuaire et ses étendues de vase. Sur la droite, il y avait une haie et quelques arbres délimitant un grand champ labouré de frais, qui évoquait une mer brune, agitée et gelée.

— On va pousser jusqu'à la maison des Wigmore et ensuite…

Je me suis tue parce que je ne savais pas quoi dire. Et ensuite quoi ? Pour l'instant, l'idée m'était insupportable. Il serait temps d'y penser plus tard.

On découvre des tas de choses sur une route déserte lorsqu'on marche lentement, en scrutant chaque centimètre carré. Des restes de feuilles mortes, un paquet de cigarettes, des bouteilles de bière, un sachet de magasin déchiré, un vieux mouchoir détrempé, un journal gorgé d'eau, une boîte en polystyrène avec un reste de nourriture à l'intérieur.

— Qu'est-ce que vous cherchez, cette fois ? Vous avez perdu quelque chose ? a lancé une voix.

C'était M. Wigmore, coiffé d'un curieux couvre-chef en tweed d'où dépassaient ses cheveux gris.

Je n'avais pas le temps de me lancer dans des explications détaillées. J'ai agité la main dans sa direction et dit :

— Ma fille. Elle vous a livré votre journal, mais pas les Benson. Je dois la retrouver.

— Moi non plus je n'ai pas été livré.

Je me suis redressée.

— Quoi ?

— Je n'ai pas reçu mon journal, a répété M. Wigmore.

— Mais vous nous avez dit…

— Je pensais que vous aviez compris. Comme il n'arrivait pas, je suis allé le chercher moi-même. Mais il manquait les pages sportives.

— Pourquoi ne pas nous l'avoir dit avant ?

— Vous m'avez demandé si j'avais eu mon journal. Oui, je l'ai eu. Parce que je suis allé le chercher moi-même.

— D'accord, d'accord, c'est ma faute.

M. Wigmore s'est éloigné en radotant dans sa barbe.

— Si j'ai bien compris…, a commencé Alix.

— Ça veut dire qu'on ne cherche pas au bon endroit, l'ai-je coupée. C'est entre la maison des Wigmore et celle des Dunne qu'elle a disparu.

J'ai empoigné Alix par la manche et je l'ai entraînée en courant à moitié jusqu'à la voiture.

Nous sommes revenues sur nos pas et garées juste après la maisonnette décatie de M. Wigmore et sa guirlande de Noël qui clignotait sous le ciel d'hiver. Une fois de plus, nous avons arpenté chacune un côté de la route, sans savoir ce que nous cherchions. La journée avançait et la lumière commençait à changer. La mer montait de plus en plus.

Quelque chose a accroché mon regard. Un journal. J'ai hélé Alix, qui m'a rejointe en courant. C'était un *Daily Mail* tout mouillé, éclaboussé de boue et abandonné dans l'herbe. Quand je l'ai ramassé, un magazine protégé par un film plastique a dégringolé d'entre ses pages, en même temps qu'un tas de cartons publicitaires.

— Voilà qui explique peut-être l'affaire, a dit Alix. Il a pu tomber sans que Charlie s'en aperçoive. Avec un vent comme aujourd'hui, les journaux ont pu aisément glisser de sous son bras.

— Il n'y en a qu'un ici, ai-je souligné. Et l'autre maison ?

Alix a semblé moins sûre d'elle-même.

— Elle a peut-être lâché le reste aussi. Ils ont pu être emportés par le vent.

— C'est possible.

Je me suis agenouillée et j'ai examiné attentivement le sol. Sur le bord de la route, là où le goudron s'arrêtait, le sol était boueux, accidenté.

— Avant de partir, arpentons l'endroit dans un périmètre d'une vingtaine de mètres, d'accord ?

J'ai senti de la part d'Alix une hésitation d'une fraction de seconde. J'étais quelqu'un pour qui Alix éprouvait des sentiments mitigés – pour dire les choses gentiment – et en cette journée libre dans son emploi du temps bien rempli de médecin, elle se retrouvait à errer sur cette route, dans le vent et le froid, et ce sans doute en vain. Il devait y avoir un million de choses qu'elle aurait préféré faire. J'ai cru deviner qu'elle poussait *in petto* un soupir de résignation.

— D'accord, a-t-elle répondu, fataliste.

Comme Alix était chaussée de grosses bottes, je lui ai désigné l'endroit où la végétation était la plus dense.

— Jusqu'où dois-je aller ? a-t-elle demandé.

— Parcours une vingtaine de mètres. Je vais en faire autant en face.

J'ai traversé la route très lentement, en avançant centimètre par centimètre, ployée en avant, presque à quatre pattes pour ne rien laisser passer. Mais Alix, elle, devait enjamber le fossé et en dépit de ses bottes son jean était au contact des hautes herbes mouillées.

J'ai examiné la moindre brindille, la moindre tige arrachée, mais il n'y avait rien. Je me suis écartée de la route en direction du littoral. Explorer ces herbes folles et hautes sur une distance de vingt mètres, ce n'était pas une mince affaire. Comment allais-je m'y prendre ? Cela servait-il à quelque chose ? Cet acharnement n'était-il pas névrotique ? Tandis que je soupesais ces questions, j'ai entendu Alix qui m'appelait. Je me suis retournée, mais elle était invisible. Elle se trouvait de l'autre côté de la haie. J'ai aperçu un passage dans les buissons, celui qu'elle avait dû emprunter.

— Viens ici ! Vite, lança-t-elle.

— Qu'y a-t-il ?

— Viens. Tout de suite.

J'étais soudain paralysée. Ma peau s'est mise à brûler. Un poids me comprimait la poitrine, l'estomac. J'ai cru que j'allais vomir. Et puis lentement, comme un zombie, je me suis forcée à poser un pied devant l'autre, comme si je n'avais jamais fait ça auparavant. J'ai enjambé le fossé en chancelant. Dans le champ, quelques mètres plus loin, Alix agitait les bras. À ses pieds, à moitié appuyée contre la haie et invisible depuis la route, il y avait la bicyclette de Charlie. Et le sac orange dans lequel elle transportait les journaux. J'ai couru rejoindre Alix mais celle-ci m'a interceptée avant que j'arrive à hauteur de la bicyclette.

— Il ne faut toucher à rien. Il faut appeler la police. Tout de suite.

— Oui. Oui, la police.

Elle a sorti son téléphone portable de sa poche mais il a glissé de ses mains. Elle l'a ramassé. Ses doigts tremblaient.

— Je suis désolée. C'est idiot, je n'y arrive pas.

— Donne, ai-je dit en lui arrachant l'appareil pour composer le numéro d'urgence.

Alix voulait attendre dans la voiture, mais moi, je ne pouvais pas rester enfermée. J'ai fait les cent pas sur la chaussée, tête renversée face au ciel. Un ciel maussade, chargé. Alix était restée à côté de moi, mains enfoncées dans les poches, le visage rougi par le froid.

— Nina…

— Ne dis rien.

J'ai pivoté vers la vaste étendue d'eau grise et inhospitalière. La marée gagnait du terrain ; l'île se ratatinait.

J'ai aperçu la voiture de police, avec ses bandes réfléchissantes orange, alors qu'elle était encore à plusieurs centaines de mètres ; elle avançait vers nous comme une voiture miniature. Alix et moi, mal à l'aise, presque gênées l'une vis-à-vis de l'autre, avons attendu qu'elle vienne se ranger devant nous. L'agent Mahoney s'était déplacé seul. Il n'y a pas eu d'échange de civilités quand il est descendu. C'était inutile.

— Où est le vélo ?

D'un mouvement de tête, j'ai indiqué la claire-voie dans la haie. Nous ne l'avons pas suivi, sachant que nous ne devions pas piétiner le périmètre.

— Avant que vous me posiez la question, ai-je lancé, je suis certaine que c'est le vélo de Charlie et le sac qu'elle utilise pour livrer les journaux.

J'ai vu Mahoney observer un moment la bicyclette. Quand il est revenu vers nous, il semblait presque dérouté.

— Se peut-il qu'elle ait prêté son vélo à quelqu'un d'autre ? À une amie ?

À cet instant, j'ai dû contrôler mes émotions : me mettre en colère n'aurait conduit qu'à faire empirer la situation.

— Non, ai-je répondu avec un calme forcé. Nous en sommes certaines. Nous avons parlé à la responsable de la maison de la presse. Charlie est venue chercher les journaux pour sa tournée. C'est elle qui les distribuait.

Le plus brièvement possible, j'ai expliqué comment nous avions refait son trajet et ce que nous avions trouvé. Une fois de plus, Mahoney a semblé déconcerté, et j'ai dû me retenir de lui déclarer que nous faisions le travail qu'il aurait dû faire. Mon récit terminé, il a hoché la tête. Il nous a priées de patienter un instant, et il a regagné sa voiture pour parler dans sa radio. Je n'arrivais pas à distinguer ce qu'il disait, mais la conversation a duré plusieurs minutes ; à l'évidence, il y avait beaucoup à dire des deux côtés. Par moments, Mahoney se taisait, hochait la tête. Puis il a dit « au revoir », ou « terminé » – j'ignore les usages des communications radio – et il est resté assis quelques secondes avant de nous rejoindre.

— J'ai parlé au patron. Ça dépasse mon champ de compétences. Des renforts vont venir du continent.

— Mais que fait-on maintenant ?

— Je voudrais que vous alliez dans votre voiture. Je dois boucler le périmètre.

— Nous sommes très bien là où nous sommes, ai-je répondu.

— En ce cas, je dois vous demander de vous écarter.

— Nous écarter d'où ?

— Il est capital de ne toucher à rien.

Au milieu de tout ça, un souvenir de ma petite enfance m'est revenu. Celui d'une fête foraine, dans un parc près de chez nous. Toute la semaine, en allant et rentrant de l'école, j'avais observé l'édification de la grande roue, des manèges, des stands. Je brûlais d'impatience d'y aller, mais alors que nous étions sur le point de nous y rendre, ma mère avait brusquement annoncé qu'elle devait se changer ; puis, elle m'avait préparé un sandwich à emporter, et ensuite, avait dû ranger la cuisine. Moi, pendant ce temps-là, je dansais d'un pied sur l'autre près de la porte en songeant à toutes les occasions de m'amuser que je ratais tandis que ma mère inventait une chose après l'autre pour poursuivre son train-train.

Mahoney se comportait exactement pareil. Tant qu'il avait été certain qu'il n'était rien arrivé à Charlie, il avait pris des notes, m'avait donné des conseils et m'avait dit de ne pas m'inquiéter. Maintenant que nous étions confrontés à l'horrible réalité, cela le sécurisait de retomber dans toutes ces procédures qui consumeraient un temps précieux.

Du coffre de sa voiture, il a sorti des balises de circulation, empilées les unes sur les autres comme les gobelets en carton destinés à un goûter d'enfants. Avec une solennité ostentatoire, il les a disposées en demi-ellipse sur la route, à côté de la haie à claire-voie. Ensuite, il est retourné chercher dans sa voiture un énorme rouleau de ruban adhésif et ce qui ressemblait à un bouquet de tuteurs. Il a traversé la haie, enfoncé les tuteurs un à un dans la terre à intervalles réguliers, puis il a disparu de notre vue. Quand il a émergé de nouveau, nous avons constaté qu'il était en train de dérouler le ruban adhésif et de relier les tuteurs entre eux afin de former une barrière symbolique autour de la zone où gisaient la bicyclette et le sac de Charlie.

Je me suis approchée d'Alix.

— Tu crois que c'est indispensable ? ai-je sifflé entre mes dents. Comme si une foule de gens allaient venir piétiner l'endroit ! Avons-nous vu une seule voiture depuis que nous sommes ici ?

Alix a tourné la tête vers Mahoney, qui s'était rassis au volant de sa voiture, pieds posés sur la route. Il semblait remplir un formulaire.

— Je suis certaine qu'il fait ce qu'il doit faire, a répondu Alix. Les choses sont prises au sérieux. Ce qui importe, c'est que des officiers vont venir, eux savent comment traiter ce genre d'affaire. Ils vont tout élucider rapidement, j'en suis certaine.

Je ne partageais pas la foi d'Alix dans les autorités. Je me suis dirigée vers la voiture de police. Mahoney était en train d'écrire et, absorbé par ce qu'il griffonnait d'une grande écriture presque enfantine, il ne m'a pas remarquée de prime abord. Quand il m'a vue, il a semblé gêné. Peut-être redoutait-il que je puisse lire ce qu'il avait écrit.

— Excusez-moi, mais on dirait qu'on est au point mort. Rien n'avance ! ai-je lâché d'une voix brisée tandis que je désignais la route déserte, le ciel vide.

— Comme je l'ai dit, madame Landry, des inspecteurs sont en route.

— Bon sang, regardez ce que nous avons trouvé ! Non seulement ma fille a disparu, mais on a caché son vélo derrière une haie. Ce qui suggère que quelqu'un l'a mis là et qu'elle est avec ce quelqu'un contre sa volonté. Auquel cas le temps presse terriblement. Vous êtes d'accord avec moi ?

— Madame Landry, si je pouvais faire quelque chose, là, tout de suite, qui puisse nous aider à retrouver votre fille, je le ferais. Mais au point où nous en sommes, nous devons attendre l'arrivée des inspecteurs. À partir de maintenant, c'est leur affaire.

— Vous auriez dû les appeler immédiatement.

— Madame Landry…

— Non, taisez-vous. Ne dites rien. Dans combien de temps seront-ils là ?

— Pas longtemps. Pas plus d'une demi-heure.

J'ai regardé l'heure sur mon portable. 13 h 40. Comment savoir précisément ce que recouvrait ce « pas longtemps » ? Car ils en mettaient, du temps. Chaque seconde était un interminable calvaire : j'essayais de ne pas penser tout en réfléchissant en même temps, j'essayais de ne pas me représenter le visage de Charlie et je ne voyais que lui, de ne pas entendre sa voix, et je l'entendais qui m'appelait sans que je puisse l'aider, sans que je puisse aller vers elle. Je sentais les secondes qui passaient, se transformaient en minutes. J'étais consumée par le besoin d'agir et l'impossibilité de le faire.

13 h 45. Poings serrés, ongles enfoncés douloureusement dans les paumes, j'arpentais la route, le visage fouetté par ce vent glacial aussi abrasif que du papier de

verre. J'ai essayé de penser à tout ce qui s'était passé, à tout remettre en ordre pour être fin prête à l'arrivée de la police : non pas l'ordre dans lequel j'avais eu connaissance, par bribes, des événements, mais celui selon lequel les choses avaient dû se dérouler. La veille, Charlie était partie dormir chez une camarade. Ces filles qui l'avaient auparavant tyrannisée à l'école lui avaient fait boire de l'alcool à son insu, et elle avait été affreusement malade ; le matin venu, elle était partie faire sa distribution de journaux vers 9 heures, mais n'était pas allée plus loin que cet endroit désolé.

Et puis il y avait le fait, incontestable mais inexplicable, que ses affaires avaient disparu, et ce sans doute au moment où se déroulait la fête, soit deux bonnes heures plus tard après qu'elle s'était trouvée là, sur cette route. Qu'est-ce que cela signifiait ? Qu'est-ce que cela pouvait signifier ?

J'ai appelé Renata à la maison, qui m'a annoncé ce que je savais déjà : il n'y avait rien de nouveau. J'ai parlé à Jackson, j'ai essayé de me montrer rassurante, mais à mi-conversation, je me suis mise à pleurer : il n'y avait rien que je puisse dire pour le réconforter. Je lui ai demandé de fouiller dans sa mémoire et de noter tout ce que Charlie avait pu évoquer récemment, ou tout ce qu'il avait entendu, susceptible de fournir un indice. Je n'avais guère d'espoir qu'il trouve quelque chose, mais je savais que je devais lui donner une tâche, un but.

J'ai appelé Jay, et ce faisant j'ai remarqué que ma batterie était presque à plat. Je lui ai dit que j'avais absolument besoin de le voir et que je le rappellerais dès que je serais libre. À sa voix, il m'a paru nerveux, mais m'a assuré qu'il resterait sur l'île et attendrait mon appel. Puis j'ai appelé Ashleigh et je lui ai demandé de m'aider en alertant tous leurs amis, à elle et Charlie, pour les mobiliser. Je voulais qu'ils contactent d'autres gens, qui s'investiraient à leur tour dans les recherches. Je voulais jeter un filet aussi vaste que possible sur l'île. Peut-être quelqu'un l'avait-il vue, ce matin-là, ou avait-il entendu parler d'elle, ou pourrait nous donner une piste dont nous ignorions tout.

13 h 50. Je suis allée demander à Alix, réfugiée dans la voiture, si son chargeur de batterie était compatible avec mon téléphone, pour recharger le mien. Chaque minute de batterie supplémentaire pouvait aider. Alix a mis le contact et branché mon téléphone, puis elle a dit quelque platitude réconfortante, mais j'étais incapable de répondre. Je l'ai dévisagée brièvement, des picotements dans les yeux, avant de me détourner. Que faire, maintenant ? Je n'avais plus de téléphone, plus rien pour m'occuper, et l'horizon était vide. Je n'avais pas de gants, mes mains étaient transies, mes doigts ankylosés.

Un tracteur est passé. Le conducteur, un type corpulent, m'a fixée de sa cabine. Une femme à vélo nous a dépassées, cheveux noués avec un foulard, les pans de son manteau flottant au vent. Il m'a semblé qu'elle mettait une éternité à s'éloigner. Mahoney, lui, n'avait pas bougé de sa voiture. J'ai scruté les environs pour essayer d'apercevoir cette voiture de police censée arriver du continent, mais je ne voyais rien venir. C'était encore trop tôt. Il n'était que deux heures moins cinq.

J'ai entendu mon téléphone sonner et Alix m'a appelée, mais ce n'était que Christian, qui fulminait. Il était toujours coincé dans le ralentissement. J'ai écourté la conversation. Je me représentais Charlie étendue dans un fossé, ou prisonnière dans une camionnette, en train de hurler à l'aide. J'ai essayé de faire barrage à ces images cauchemardesques qui m'assaillaient. Peut-être était-elle tout simplement sur le bord d'une route, sur le continent, épaules un peu voûtées, bassin déhanché, pouce tendu, ou bien assise au chaud dans un café en compagnie de quelqu'un que je ne connaissais pas, quelqu'un dont elle ne m'avait jamais parlé.

Un bateau de plaisance est apparu et a commencé les manœuvres de contournement de la pointe de l'estuaire. Gonflée par le vent, sa grande voile blanc et bleu ressemblait à une joue rebondie. J'avais pensé que tous les bateaux de plaisance étaient en cale pour l'hiver ; celui-ci avait presque la mer pour lui seul, si on exceptait ce petit smack bosselé, le long de la côte, et au large, indistinct à l'horizon, ce cargo qui faisait route vers Harwich ou Felixstowe. D'où venait-il ? De Chine, sans doute. Le dentiste que je consultais sur l'île avait collé des cartes postales sur son plafond, qu'on pouvait contempler, allongé, histoire de penser à autre chose. Lors de ma dernière visite, je les avais observées attentivement une par une, comme si mon attention allait tromper la douleur. Des vues archiconnues du port de Hong Kong, de l'Opéra de Sidney, celles d'un temple sur un lac en Thaïlande, de Manhattan sans les Twin Towers et de la tour Eiffel.

Je faisais exactement pareil avec ce voilier. Je le scrutais aussi attentivement que possible, je comptais ses voiles (il y en avait trois), j'essayais d'identifier les cordages, la forme des nœuds, leur fonction. J'ai observé les deux personnes qui se trouvaient à bord, l'une en jaune, l'autre en bleu. Sur le flanc de la coque étaient peints des chiffres et un nom, mais le bateau était trop loin pour que je puisse les déchiffrer. Si je pouvais me concentrer suffisamment, me laisser absorber par le plus de détails possible – la silhouette en bleu postée devant le grand gouvernail en acier, celle en jaune en train de manœuvrer un cordage –, peut-être arriverais-je à m'interdire de penser à ces idées insoutenables, peut-être ce temps mort passerait-il plus vite. J'ai regardé la petite flamme verte claquer au sommet du grand mât, j'ai observé les hublots et je me suis demandé si on pouvait dormir à bord. Il me semblait que je retenais ma respiration et que, tout d'un coup, j'étais au bord de l'asphyxie. Je me suis tournée vers Alix.

— Tu as l'heure ?

Elle a consulté sa montre.

— Deux heures passées de quelques minutes.

— Tu devrais y aller.

Elle a pris un air gêné.

— Tu sais, je suis désolée…

— Bien sûr.

— C'est juste qu'il y a des choses…

— Tout à fait.

— Tu as mon numéro ?

— Oui.

— Si je peux faire quoi que ce soit…

— Tu as déjà fait beaucoup, l'ai-je coupée.

— Je suis sûre que Charlie va…

Alix n'a pas terminé sa phrase. Que pouvait-elle savoir avec certitude ? Quel réconfort pouvait-elle m'offrir ? Elle a haussé les épaules dans un geste d'impuissance et m'a tendu mon téléphone.

— Je peux t'emprunter le chargeur ?

— Oui, bien sûr.

Puis elle a démarré. J'ai regardé la voiture rapetisser, et disparaître. Je suis allée demander à Mahoney, toujours réfugié dans sa voiture, s'il pouvait brancher le chargeur pour moi. Il m'a proposé de venir m'asseoir avec lui, au chaud, mais j'ai décliné poliment son offre. Je préférais rester dehors. Je lui ai tourné le dos et j'ai scruté la route déserte. D'un lointain passé me sont revenus quelques vers dont j'ignorais avoir gardé le souvenir, et je m'y suis accrochée, me les récitant en boucle.

D'une hutte en branches de saule,
[bâtie à votre porte,
j'invoquerais mon âme enclose dans la demeure[1]*...*

J'ai essayé de me concentrer sur la métrique.

Je forcerais l'aérienne commère,
[la bavarde, à crier...

J'ai revu des doigts tachés d'encre, et de larges rayons de soleil qui semblaient se dissoudre en traversant les fenêtres. Ils allaient sûrement arriver maintenant. Sûrement. J'ai recommencé à faire les cent pas. L'air glacial me brûlait les yeux, l'horizon ondulait et se gauchissait dans la lumière blafarde. Le soleil amorçait déjà sa courte descente en direction des eaux grises qui se soulevaient, qui enflaient tandis que des perles d'embruns couraient à leur surface.

1. William Shakespeare, *La Nuit des rois*, acte I, scène 5, trad. Victor Bourgy, Robert Laffont, 2000.

Tel un point au loin, un véhicule est apparu sur la route qui venait du continent. Il se dirigeait vers nous. Je l'ai regardé approcher en retenant ma respiration. Si c'était une voiture de police, alors c'était un véhicule banalisé. Il n'y avait ni gyrophare ni sirène. Et à présent je distinguais deux occupants dans l'habitacle.

La voiture s'est rangée derrière celle de Mahoney. Celui-ci s'est levé avec raideur et a soufflé sur ses mains pour les réchauffer. Une femme encore jeune et un homme d'un certain âge sont sortis de la voiture. Je les ai observés intensément, ces nouveaux venus qui étaient censés retrouver Charlie. L'homme était grand, filiforme. Son crâne dégarni luisait, et une épaisse barbe grise ourlait son menton ; une fraction de seconde, il m'a semblé voir une tête posée à l'envers.

— Madame Landry ?

Il s'est avancé vers moi, bras tendu. Il avait une poignée de main vigoureuse, des yeux gris et des pattes-d'oie marquées. De profonds sillons barraient son front, et les deux rides en parenthèses autour de sa bouche lui donnaient un air lugubre. Mais ce visage raviné, marqué par le temps, m'a insufflé un sentiment d'espoir.

— Oui, c'est moi. Ma fille…

— Je suis l'inspecteur principal Hammill. Et voici l'inspecteur Andrea Beck.

La femme était trapue et plus petite que moi. Son épaisse chevelure châtain clair était retenue en queue-de-cheval et sa frange, qui recouvrait ses sourcils, la faisait loucher. Ce détail m'a agacée. Elle m'a serré la main à son tour, avec un sourire de sympathie. J'ai dégagé ma main, et j'ai reculé.

— Dieu merci, vous êtes là. Une chose terrible est arrivée à ma fille.

— Un agent va venir dans une minute pour sécuriser le périmètre, a annoncé l'inspecteur principal Hammill. Ensuite, nous vous accompagnerons au poste et vous pourrez nous dire tout ce que vous savez.

— J'ai déjà tout dit. Tout. Deux fois. Tout a été noté. Mais c'est son vélo, là. Regardez. Abandonné avec les journaux. Elle est en danger et vous devez la retrouver sans perdre de temps. Vous n'avez pas des chiens ? des hélicoptères ? quelque chose ?

— Nous sommes ici pour vous aider, madame Landry. Je sais à quel point vous devez être angoissée. Voici l'agent Fenton qui arrive.

Manifestement, il y avait une façon de procéder pour tout. L'inspecteur principal s'entretenait avec Mahoney, et l'inspecteur avec l'agent, un jeune gars à la coupe en brosse et au visage mal dégrossi, qui semblait à peine plus âgé que Charlie. Ils sont tous allés examiner la bicyclette, pendant que je frappais des pieds, me frictionnais les mains, essayant de contenir le hurlement que je sentais monter dans ma gorge.

— Madame Landry, la police scientifique sera là dans quelques minutes. Kevin va rester les attendre ici et nous, nous allons aller au poste. Vous n'êtes pas en voiture, n'est-ce pas ?

— Ma voiture ? Non. Je suis venue avec une amie qui est repartie chez elle.

L'inspecteur Beck conduisait lentement en clignant sans cesse des yeux, comme si elle veillait à ne pas dépasser les limitations de vitesse. Son supérieur était assis à côté d'elle ; sourcils froncés, il se taisait et semblait absorbé dans ses pensées. De temps à autre, il pianotait sur son genou de ses longs doigts osseux. Buste tendu vers l'avant, je scrutais le paysage.

— Vous allez mobiliser beaucoup de personnes pour les recherches ? ai-je demandé.

Je pensais aux images des reportages télévisés, à ces longs cordons de policiers qui avançaient pas à pas, à un mètre de distance les uns des autres, tête baissée, en quête d'indices.

— Eh bien, madame Landry – puis-je vous appeler Nina ? a demandé l'inspecteur Beck. Nina, d'abord, nous devons évaluer…

— Évaluer ? *Évaluer ?* Qu'entendez-vous par là ? Qu'y a-t-il à évaluer ? Vous ne comprenez pas ? Il n'y a rien à évaluer, il faut agir. Charlie a disparu. Elle n'a pas fugué, elle n'est pas chez une amie, elle n'est pas à l'hôpital. Son vélo est abandonné dans un champ à mi-parcours de sa tournée. Nous étions censés partir en vacances aujourd'hui, vous m'entendez ? Cette idée l'emballait ! Et elle avait organisé une fête d'anniversaire pour moi !

L'inspecteur Beck a coulé un regard inquiet vers son supérieur, qui a continué à fixer imperturbablement la campagne.

— Nina…, a repris la jeune policière.

— Ne me parlez pas comme à un enfant. Je connais ma fille et je sais qu'elle endure en ce moment une chose affreuse. En cet instant – pendant que vous parlez d'évaluer la situation et que vous vous concentrez sur les limitations de vitesse et les ornières de la route.

— Tout d'abord, nous devons recueillir toutes les informations qui nous permettront…

Elle s'exprimait mécaniquement et j'ai senti qu'elle attendait une approbation de son chef. Lui gardait le silence.

— Et je sais autre chose, ai-je dit. J'ai lu assez de journaux et regardé souvent la télévision. Les premières heures sont toujours cruciales, n'est-ce pas ?

— Chaque situation est différente. Votre fille n'est pas une enfant.

— J'ai raison, ne me dites pas le contraire ! Si on ne retrouve pas la personne disparue rapidement, les chances d'une issue favorable décroissent très vite ! Répondez-moi.

— Oui, tout à fait, a lâché brusquement l'inspecteur principal.

— Merci.

— Nous allons faire tout ce qui est en notre pouvoir pour retrouver Charlie, a-t-il ajouté. Pour commencer, nous avons besoin de votre aide, d'accord ?

— D'accord. Mais demandez à votre collègue d'accélérer un peu, voulez-vous ?

Au poste de police, on m'a introduite dans la même pièce que celle où m'avait reçue Mahoney. La même guirlande, la même photo de sa femme et lui, et de sa fille adolescente qui avait le même âge que la mienne. Mais sur le bureau se trouvait à présent une autre photo : celle que je lui avais donnée un peu plus tôt – Charlie et Jackson côte à côte, souriants. Je l'ai regardée un instant, puis j'ai détourné les yeux.

L'atmosphère du bureau était lourde, confinée, et le sang dans mes mains engourdies a commencé à pulser tandis qu'elles recouvraient leur sensibilité. L'inspecteur-chef Hammill m'a posé des questions, l'inspecteur Beck prenait des notes et, parfois, me demandait de répéter ou de clarifier un point. Ils se montraient insistants sur la précision des heures. Mahoney était assis à côté du bureau, sur une chaise trop petite pour lui. Des filets de transpiration ruisselaient sur son visage. J'entendais le crissement de son stylo sur le papier, le froissement des pages qu'on tourne, le ronronnement du radiateur et, dehors, les branches des arbres qui craquaient.

Tous ces mots, toutes ces phrases, je les avais déjà rabâchés trop de fois. Ils sonnaient à mes oreilles comme les répliques d'un mauvais spectacle. J'étais une comédienne qui répétait un rôle, qui s'écoutait parler, qui notait les effets de son discours en observant le visage de ses interlocuteurs. Même mon angoisse et ma terreur me faisaient l'effet d'émotions de seconde main. Je savais qu'elles étaient là, en moi, mais je n'arrivais plus à les ressentir vraiment. Les événements de la journée s'étaient transformés en un récit que je contais devant un public captif : la maison vide ; la chambre en désordre ; la surprise-partie ; les affaires disparues ; la nuit que Charlie avait passée chez une camarade, une soi-disant amie de chez qui elle était partie titubante, avec une gueule de bois, pour faire sa tournée ; la bicyclette laissée en rade ; la chronologie incompréhensible de certains événements. Je parlais vite, clairement, décrivant tout : non seulement le déroulement des faits, mais aussi le contexte, les circonstances. Je savais ce qu'ils voulaient me demander avant même qu'ils formulent leurs questions. Je leur ai parlé du père de Charlie, de ma liaison avec Christian et du fait que Charlie l'avait d'abord désapprouvée, des moments difficiles qu'elle avait connus à l'école. J'ai décrit ma relation avec ma fille aussi honnêtement que je le pouvais. Je me suis entendu dire que ma fille était rebelle, versatile, émotive, romantique, sérieuse. J'ai vu les regards qui s'échangeaient en face de moi lorsque j'ai évoqué Jay, Rory. Il fallait que je leur fasse comprendre que cette histoire était singulière et ne ressemblait en rien à celles qu'ils avaient pu connaître au cours de leur carrière.

Ce sentiment de dissociation et ma docilité me glaçaient de terreur. Comme si, pendant ces quelques instants, j'avais à moitié renoncé à retrouver Charlie. En tempérant mon empressement à la secourir, je lui consentais en quelque sorte la possibilité de s'éloigner encore un peu plus de moi. Ma fille, ma belle, mon adorable et précieuse fille se trouvait quelque part à la merci du froid et du vent dans ce paysage sauvage et inhospitalier où la terre allait à la rencontre de la mer, et moi j'étais là, assise dans cette pièce surchauffée, une tasse de café à laquelle je n'avais pas touché dans la main, en train de relater l'enchaînement précis des événements qui avaient conduit à sa disparition, d'essayer de décrire sa personnalité et son comportement, comme si cela avait un rapport avec mon sentiment de perte absolu.

Brusquement, je me suis penchée en avant, renversant à moitié le café.

— Le dispositif de surveillance vidéo, ai-je dit.

— Pardon ?

— Il n'y a pas un dispositif de surveillance vidéo, sur la chaussée ? Ça nous permettrait de voir si on a emmené Charlie hors de l'île.

L'inspecteur Hammill a pris l'air dubitatif.

— Mahoney ? Vous savez quelque chose ?

Mahoney a réfléchi un instant, puis a secoué la tête.

— Non, il n'y a pas de dispositif de surveillance vidéo.

— Mais pourquoi ?

— Ce genre d'installation, c'est pour les centres-villes, les centres commerciaux, a expliqué l'inspecteur principal.

— Pour les endroits importants, ai-je ajouté.

— Non, ce n'est pas une question d'importance. C'est un système conçu pour les lieux où il y a de la criminalité… pour les lieux que l'on sait propices à la criminalité, s'est-il repris en prenant conscience de ce qu'il venait de dire.

— Donc, elle pourrait être n'importe où.

J'ai entendu une fêlure dans ma voix. Charlie pouvait être n'importe où, avec n'importe qui, aussi loin qu'il était possible de s'éloigner d'ici en cinq heures. Je me suis forcée à intégrer cette idée, et j'ai cru que mon cœur s'arrêtait de battre. Mes pensées sont allées vers de terribles images : Charlie violée, Charlie torturée, Charlie en train de hurler, de mourir. J'ai vu ses boucles cuivrées étalées sur une prairie boueuse, ses doigts tendus pour implorer de l'aide, et une fois de plus, je l'ai entendue m'appeler. J'ai agrippé le bord de la table.

— C'est tout ? ai-je demandé.

Ma voix était à présent forte, posée – la voix d'une autre femme.

— Vous nous avez beaucoup aidés, a dit l'inspecteur principal.

— Et maintenant ?

— Nous sommes ici pour apprécier la situation.

— Je croyais que vous étiez là pour retrouver ma fille.

Il a consulté la pendule fixée au mur. 14 h 40.

— Cela ne fait guère plus de cinq heures que votre fille a été vue pour la dernière fois. L'option la plus vraisemblable demeure qu'elle va bien, et qu'elle vous contactera.

— C'est ce que les gens se sont acharnés à me dire. J'essayais de m'en convaincre également jusqu'à ce que je retrouve le vélo. Si Charlie avait huit ans, vous ne seriez pas en train d'« apprécier la situation ». Il y aurait des hélicoptères, des barrages sur les routes et des gens en train de marcher en rangs dans les champs.

— Huit ans et quinze ans, cela fait toute la différence, a dit Hammill.

— Et la bicyclette ?

— J'essaie de n'écarter aucune possibilité.

— Il n'y a qu'une possibilité.

— Non, pas nécessairement.

— Qu'a-t-il pu se passer, sinon un enlèvement ?

L'inspecteur principal s'est rencogné dans sa chaise.

— Chaque cas est différent, naturellement, mais j'ai souvent à faire avec de jeunes gens. Un rapt tel que vous le décrivez est extrêmement rare. Des adolescents qui fuguent, c'est relativement commun. Dans le cas qui nous occupe, il se pourrait que votre fille ait rencontré quelqu'un qu'elle connaît, et qu'elle ait abandonné son vélo pour partir avec lui. Ou elle. Que cela ait été convenu à l'avance, ou qu'elle ait agi sur l'impulsion du moment.

— Mais qui aurait suscité cette décision ? ai-je demandé.

L'inspecteur Hammill n'a pas répondu tout de suite. Il a pianoté sur le bureau.

— Une possibilité évidente, c'est que ce soit la personne qui a emporté les affaires de sa chambre. Votre fille a peut-être projeté de partir avec quelqu'un. Elle aura demandé à cette personne d'aller récupérer dans sa chambre ce dont elle avait besoin.

— Pourquoi n'est-elle pas venue les prendre elle-même ?

— Sans doute parce qu'elle redoutait de vous croiser. Je suis désolé. C'est une chose douloureuse à dire, mais c'est peut-être la vérité.

— Il y avait une fête chez moi, ai-je protesté. Charlie le savait. C'est elle qui a tout organisé.

— Elle a pu solliciter cette personne parce qu'elle savait que vous seriez à la fête. C'est le genre d'hypothèse que nous avons besoin d'éliminer de notre enquête.

— Le problème, avec cette manière de voir les choses, ai-je dit en faisant un énorme effort pour garder une voix calme, c'est que lorsque vous serez enfin convaincu qu'elle a vraiment disparu, il sera peut-être trop tard. Ou, du moins, on aura perdu un temps précieux.

L'inspecteur Hammill m'a considérée d'un regard empreint de gravité. L'inspecteur Beck, elle, arborait une expression de sympathie intense qui me donnait envie de la gifler. Sans doute avait-on envoyé une femme parce que les femmes sont censées faire preuve de sensibilité dans de telles situations. Sauf que je ne voulais pas qu'on traite la situation avec sensibilité. Peu m'importait qu'on m'envoie la femme la plus sympathique de Grande-Bretagne ou le flic le plus mufle. Je m'en fichais tant qu'on me ramenait Charlie.

— Nous n'allons pas perdre de temps, a dit Hammill. Sitôt que nous en aurons terminé avec cette conversation, nous contacterons les personnes dont vous nous avez donné les noms, pour nous assurer de l'état d'esprit de votre fille au cours des derniers jours.

— En ce cas, nous ferions mieux d'en finir au plus vite, non ?

— Tout à fait. Mais d'abord, je voudrais que vous fassiez une esquisse de votre fille. Pas seulement de son apparence. Également de son caractère.

— C'est-à-dire ?

— Décrivez-la-moi.

— Mais pourquoi ?

— Je vous demande encore un peu de patience, madame Landry. Je dois savoir qui je cherche.

« C'est comme une notice nécrologique, ai-je songé. Les grands moments de la vie de Charlie, en quelques phrases choisies. » J'ai pris une profonde inspiration.

— Comme vous le savez, ai-je commencé d'un ton assez formel, Charlie a quinze ans, presque seize. Vous savez à quoi elle ressemble. Cette photo est bonne et très récente. Elle a été prise dimanche dernier. Elle a pas mal grandi au cours des derniers mois et elle a presque la même taille que moi. Elle est mince, svelte. Peut-être parce qu'elle est l'aînée de mes enfants, je me suis toujours fait du souci pour elle. Elle était sujette à de grosses crises de colère quand elle était plus jeune, et elle avait souvent des ennuis à l'école, pas pour des choses bien graves, mais elle était querelleuse. Elle déteste l'injustice, et elle tenait tête à ses professeurs si elle trouvait qu'ils avaient été injustes. Elle a de bonnes amies, mais également des ennemies.

Elle se dispute avec les gens, elle a des opinions tranchées. Dans son nouveau collège, elle a été tyrannisée, peut-être parce qu'elle est nouvelle. Je ne crois pas qu'elle ait pour sa part jamais tourmenté ses camarades. Elle s'est toujours montrée protectrice envers Jackson, son petit frère. Elle aime…

Je me suis interrompue pour m'éclaircir la voix. J'étais assaillie de souvenirs : Charlie bébé en train de pleurer ; Charlie petite fille, adorable et ronchon ; Charlie apprenant à parler, à marcher, à faire de la bicyclette ; Charlie lors de son premier jour d'école. Mais il fallait que je me concentre sur les éléments pertinents aux yeux de l'inspecteur Hammill.

— … elle aime des groupes de musique bizarre dont je serais bien incapable de vous citer les noms, et les modes un peu excentriques. Elle aime les films japonais. Elle lit des romans contemporains. Elle est douée pour les arts plastiques et le théâtre. Elle passe beaucoup de temps à communiquer avec ses amies par textos. Elle adore la voile, le kayak, tout ce qui lui procure un sentiment de liberté. Elle s'intéresse assez à la politique, mais sur des sujets précis, comme l'environnement. Elle tient beaucoup à ne pas se ranger du côté de l'opinion publique. Elle se dessine des tatouages sur la peau. Au cours du trimestre dernier, j'ai remarqué qu'elle s'était un peu coupée. Rien de sérieux, quelques petites éraflures. Je lui en ai parlé et elle m'a dit que ce n'était qu'un truc idiot. Elle semblait un peu gênée de l'avoir fait, et je ne pense pas qu'elle recommencera.

« En vous racontant tout ça, je me rends compte que je pensais tout savoir de Charlie et, maintenant, je découvre qu'elle a sans doute des tas de secrets. Bon, évidemment, c'est une adolescente. Je ne crois pas qu'elle fume, une cigarette à l'occasion, mais je peux me tromper. Je ne pense pas qu'elle prenne des drogues, mais c'est peut-être le cas. À ma connaissance, elle ne boit pas beaucoup, bien qu'elle ait été affreusement ivre à une ou deux reprises. J'imagine qu'elle n'a pas eu d'expériences sexuelles, mais je serais peut-être la dernière à le savoir. J'ose croire que nous sommes proches, bien que nous nous querellions. Je la crois également proche de son père, mais elle est devenue très critique à son égard depuis qu'il est parti, et elle peut se montrer très méprisante à son égard. Elle a été un peu perturbée, ou peut-être serait-il plus juste de dire qu'elle a réagi avec colère, quand j'ai commencé à fréquenter Christian, mais ces derniers temps elle semble mieux l'accepter. Ils s'entendent bien apparemment.

Je me suis interrompue pour regarder la photo de ma fille, sur le bureau.

— Quoi d'autre ? Elle était épouvantée lorsque nous avons quitté Londres pour nous installer ici, mais quand Rory est parti, elle craignait que nous ne partions nous aussi, donc je crois que finalement elle se plaît bien ici, même si elle dit que la vraie vie n'a lieu qu'en ville. Parfois, elle donne l'impression d'être très adulte, d'avoir bien plus de quinze ans, mais à d'autres moments, on croirait voir une petite gamine. Je ne pense pas qu'elle serait capable de monter en voiture avec un inconnu. Et je crois que si quelqu'un essayait de l'emmener de force, elle résisterait. Elle déteste l'attente et l'inaction. C'est une battante. Ça vous suffit ?

— Merci, a dit l'inspecteur principal en notant un dernier point. Nous vous tiendrons informée en permanence. (Il a sorti son portefeuille de sa poche et en a retiré une carte de visite.) Vous y trouverez mon numéro de portable. N'hésitez pas à m'appeler. Et maintenant, nous allons vous reconduire chez vous.

— Non, non, s'il vous plaît, occupez-vous de votre travail. J'aurai aussi vite fait de rentrer à pied.

— J'insiste, a-t-il dit en hochant la tête en direction de l'agent Mahoney.

Le retour a pris un temps infini. Mahoney a dû fouiller dans un tiroir pour retrouver les clés de la voiture, m'a escortée jusqu'au minuscule parking, derrière la poste de police. Il a fallu qu'il fasse demi-tour, puis qu'il contourne plusieurs pâtés de maisons du quartier résidentiel pour rejoindre la grand-rue, à la hauteur de notre point de départ, et ensuite, il a dû longer le front de mer pour arriver jusque chez moi. Il s'est garé et m'a ouvert la portière.

— N'hésitez pas à nous appeler si vous souhaitez une information.

— C'est à vous de me tenir informée. Prévenez-moi dès que vous trouvez quoi que ce soit. N'importe quoi…

— Vous êtes entre de bonnes mains.

— Ça, on verra. Désolée, c'était vraiment grossier, ai-je ajouté, saisie de culpabilité.

Je suis descendue et Mahoney est reparti pour son trajet de deux minutes jusqu'au poste. Nous aurions dû être tous les deux inculpés pour avoir gaspillé le temps de la police. Tandis que j'engageais la clé dans la serrure, une main s'est posée sur mon épaule. Quelque chose dans ce contact était familier et avant même de me retourner, j'ai su qui était derrière moi.

— Rory, ai-je dit d'un ton las.

— Tu vas m'inviter à entrer ?

Quelque chose en lui semblait différent, depuis notre dernière rencontre. Ses cheveux cuivrés, coupés plus court, se dressaient en brosse sur sa tête. Il n'était pas rasé et avait des cernes sombres sous les yeux, comme s'il avait passé une nuit blanche. Il portait une veste trois quarts en cuir, un jean à l'ourlet retourné et des chaussures en daim marron éraflé. J'ai pris une profonde inspiration. Il était le père de Charlie et de Jackson. Quand ils étaient nés, cet homme avait été à mes côtés, il m'avait tenu la main, il m'avait essuyé le visage avec un linge frais. Mais maintenant, quand je le regardais, je n'avais plus confiance en lui. Je n'avais plus confiance en personne.

— Rory, je sais tout ce qui s'est passé entre nous. C'est pas joli. Et Dieu m'est témoin que j'ai ma part de fautes dans l'histoire. Mais si tu as fait quelque chose pour me blesser, ou si tu sais quoi que ce soit, dis-le-moi, je t'en implore à genoux. Dis-le-moi et je te promets que je ne ferai rien. J'essaierai de te protéger…

— Nina, m'a-t-il coupée de ce ton éploré qui avait le don de me faire sortir de mes gonds, comment peux-tu imaginer une chose pareille ?

— Et si jamais il s'avère que tu es impliqué de quelque façon que ce soit, je te jure que je veillerai à ce que tu ailles en prison !

— On commence bien, tu ne trouves pas ? Notre fille a disparu et tu es en train de m'accuser. Je suis venu pour aider. Aussi vite que j'ai pu ! Pourquoi je devrais rester là, à écouter tes insultes ? Dis, on gèle. On peut entrer, s'il te plaît ? C'est encore ma maison, d'une certaine façon.

Après tout, il avait raison. Sitôt que j'ai eu ouvert la porte, Rory s'est précipité à l'intérieur. En l'espace de quelques secondes, j'ai eu l'impression de souffrir à la fois d'une migraine et d'une crise cardiaque. Jackson s'est précipité vers son père et il a enfoui sa tête contre son ventre, en reniflant, tandis que Sludge, hystérique, bondissait à leurs côtés et galopait dans la pièce en aboyant. Renata était assise dans un coin, un pied posé sur un tabouret. Alors qu'elle la tenait en laisse dehors, m'a-t-elle expliqué, Sludge avait vu un autre labrador, s'était élancée et l'avait entraînée.

— C'est ma cheville, a-t-elle dit.

Je me suis excusée. J'allais lui préparer du thé, ai-je annoncé en battant en retraite dans la cuisine. J'ai rempli la bouilloire électrique, je l'ai branchée. Après quelques secondes, j'ai plongé le bout du doigt dans l'eau. Elle était encore froide. Combien de temps passons-nous à attendre dans notre vie ? Que l'eau bouille ? Que l'ascenseur arrive ? Que les gens répondent au téléphone ? Que Charlie revienne ?

Je me suis obligée à examiner posément la situation. La police était arrivée. Les professionnels avaient pris l'affaire en main. Ce que je devais faire, en bonne citoyenne, c'était attendre qu'ils mettent en œuvre leurs compétences de spécialistes. Quand j'ai de nouveau tâté l'eau, qui n'était que tiède, j'avais déjà décidé que je n'allais pas rester les bras ballants. Je devais agir. De n'importe quelle façon.

Je me suis souvenue d'un conseil que j'avais entendu ou lu quelque part : quand on perd ses clés en rentrant chez soi la nuit, on devrait regarder si elles ne sont pas sous un réverbère, non pas parce qu'elles seraient tombées là plutôt qu'ailleurs, mais parce que si par hasard elles y sont, c'est le seul endroit où l'on pourra les voir.

Il me fallait réfléchir avec méthode. Quelles étaient les possibilités ? Où étaient les réverbères ? Ou plutôt où n'y avait-il pas de réverbères ? Charlie était peut-être morte. Cette pensée m'a coupé le souffle. Elle pouvait être partie avec quelqu'un et avoir quitté l'île, s'être enfuie loin de moi, pour aller là où elle désirait être. Et si elle avait été emmenée contre son gré, elle avait pu être embarquée à bord d'une camionnette jusque sur le continent. Et dans un cas comme dans l'autre, il n'y avait rien que je puisse faire.

Je devais agir en partant du présupposé qu'elle se trouvait encore sur l'île, et qu'elle était encore en vie.

L'eau s'est mise à bouillir.

Rory avait dans l'idée que s'il faisait sentir à Sludge un vêtement de Charlie, elle pourrait, à l'instar d'un chien policier, retrouver sa trace. Je suis allée ramasser un tee-shirt abandonné par terre dans sa chambre. Un tee-shirt jaune, à manches courtes. Lorsque je l'ai pressé contre mon visage, j'ai humé l'odeur de transpiration, de déodorant et de parfum de notre fille. Rory l'a donné à Sludge, qui a bavé consciencieusement sur le tissu et s'est mise à galoper dans la cuisine, le tee-shirt coincé entre ses mâchoires dégoulinantes d'enthousiasme, persuadée que c'était un jeu. Quand Rory a tenté de récupérer le tee-shirt, il s'est déchiré.

— Je crois qu'on est prêts, a décrété Rory.

Il a enfilé sa veste et ramassé la laisse.

— Emmène Jackson.

— D'accord. Jackson, Sludge, allons-y. On va descendre en voiture jusqu'à la plage et on marchera à partir de là. Tu n'as pas besoin de ta Game Boy.

— Je veux la prendre.

— Non, laisse-la ici.

— Je veux la prendre avec moi.

— Jackson…

— Rory, laisse-le faire.

Rory m'a lancé un regard courroucé et a haussé les épaules.

— Est-ce que je peux m'allonger un instant sur ton lit ? a demandé Renata tandis qu'ils refermaient la porte. Je ne me sens pas très bien. Je crois que je couve quelque chose. À moins que tu n'aies besoin de moi.

— Non, non, va t'allonger.

Je voulais qu'elle ne soit plus dans mes pattes.

Le téléphone a sonné.

— Oui ?

— Nina, c'est Ashleigh. J'ai ce que vous m'aviez demandé, j'ai appelé plein de copains, qui sont en train de joindre à leur tour d'autres copains.

— Merci, ai-je dit, d'un ton las.

— Il y a une fille…, a poursuivi Ashleigh. Bon, c'est pas vraiment une de nos copines. Elle est une classe en dessous de nous. Bref, elle a une amie qui habite sur Grendell Road, et elle a dormi chez elle, cette nuit. Ou du moins je pense qu'elle a dormi chez elle, elle ne l'a pas dit, c'est moi qui ai supposé que…

— Oui ? Continue.

— Elle croit avoir vu Charlie, ce matin.

— À quelle heure ? Où ?

— Elle a été assez vague. Je ne savais pas si ça valait le coup de vous embêter avec ça. Vous voulez son numéro de téléphone ? Elle attend votre appel. Elle s'appelle Laura.

— Merci, oui.

Ashleigh m'a dicté le numéro, et je l'ai répété à voix haute pour m'assurer de l'avoir bien noté. Sitôt que j'ai raccroché, j'ai appelé.

— Laura ?

— Oui.

— Je suis Nina Landry. La mère de Charlie.

— Charlie ? Ah oui, Charlie.

— Ashleigh m'a dit que tu avais vu Charlie ce matin.

— Oui, c'est exact.

— À quelle heure était-ce ? Et où ? Laura, c'est très important.

— Charlie a des problèmes ?

— À quelle heure était-ce ?

— Ben, je sais pas trop…

— Approximativement ?

— J'avais pris mon petit déjeuner.

— Oui. (Ma main s'est crispée sur le combiné. J'ai essayé de garder mon calme.) À quelle heure as-tu pris ton petit déjeuner ?

— C'est les vacances, alors on n'avait pas besoin de se lever…

— 9 heures ? 10 heures ?

— Ouais, genre. Entre les deux. Non, je sais, c'était vers 9 h 30 ou 9 h 40, parce que la mère de Carrie a dit qu'elle avait des courses à faire avant 10 heures. Ils allaient déjeuner chez la grand-mère de Carrie et il fallait qu'elle achète un truc. On était sur le point de partir avec elle pour aller chercher des frites, mais ensuite, Carrie a dit qu'on devrait plutôt se balader à vélo du côté des parcs à huîtres, parce qu'il y a ce garçon qui lui plaît et qui habite dans le coin, et elle se disait qu'on pourrait l'apercevoir.

Elle a gloussé.

— Continue.

— Et il m'a semblé voir Charlie. On est au collège ensemble.

— Et où t'a-t-il semblé la voir ?

— C'était peut-être quelqu'un d'autre, mais je crois que c'était elle. C'était loin, vous comprenez, et nous on était en haut de la grande côte. Sur Lost Road – un nom bizarre comme ça. Elle, elle était en bas de la route. Elle avait un vélo.

— Elle pédalait ?

— Non, elle le tenait à la main, et elle parlait avec quelqu'un dans une voiture.

— Laura, écoute-moi. As-tu vu à qui elle parlait ?

— Non.

— As-tu vu de quel genre de voiture il s'agissait ?

— Peut-être une camionnette.

— De quelle couleur ?

— Rouge. Ou bleue, peut-être. Mais pas blanche, ça j'en suis sûre.

— Rouge ou bleue ?

— Ou alors gris métallisé, comme le sont toutes les voitures maintenant.

— Rouge, bleue ou gris métallisé ?

— Franchement, je sais pas. J'ai pas fait gaffe.

— Mais tu penses qu'il s'agissait de Charlie ?

— Sur le moment, j'y ai pas vraiment pensé, mais quand Ashleigh a appelé Carrie et que Carrie m'a raconté l'histoire, j'ai cru m'en souvenir.

— Carrie l'a vue aussi ?

— Non, elle était en train de parler, elle ne faisait pas attention. C'était peut-être quelqu'un de plus âgé.

— La personne avec qui Charlie parlait ?

— Oui, c'est possible. Le conducteur avait passé la tête à la fenêtre. Il avait pas l'air jeune.

— C'était un homme ?

— Vous posez trop de questions. Je ne me rappelle pas. Oui, peut-être un homme. Ils étaient loin. Et peut-être que ce n'était pas Charlie, de toute façon. Je ne savais pas que j'étais supposée faire attention, sinon, j'aurais remarqué plus de détails. On ne remarque pas les choses, si on ne fait pas l'effort de les remarquer.

— D'accord. Écoute-moi. Je vais te donner un numéro de téléphone. Tu vas appeler, demander à parler à l'inspecteur principal Hammill et lui dire ce que tu viens de me dire. Tu m'entends ?

— Inspecteur principal Hammill.

— Tout de suite. Tu me le promets ?

— Ouais, d'accord.

— Tu lui dis tout ce dont tu te souviens. N'attends pas. Et s'il est occupé, patiente.

Elle a promis et a laborieusement noté le numéro que je lui ai dicté, mais n'étant pas trop sûre qu'elle s'en sorte, j'ai appelé moi-même l'inspecteur pour lui rapporter cette conversation. À lui de découvrir ce qu'il en était.

Je suis retournée dans la chambre de Charlie. Ma tête bourdonnait. Charlie en train de parler à un homme. Cela semblait une information importante, mais au moment où je parlais avec Laura, je m'étais dit qu'il devait y avoir un os. Je pensais que Charlie avait été enlevée par un homme et voilà qu'un témoin l'avait justement vue parler avec un homme. Et l'heure ne paraissait pas coïncider. Pour avoir passé la matinée à parcourir l'île, j'avais la carte de Sandling Island en tête et je visualisais très bien l'endroit précis où se tenait Laura quand elle avait vu Charlie. Celle-ci n'en était alors qu'au début de sa tournée. Charlie avait ensuite distribué une demi-douzaine de journaux. Qui était cet homme ?

Le réveil de Charlie indiquait 15 h 20. Dans deux heures, nous aurions dû nous envoler pour la Floride. Je me suis assise par terre, au milieu du capharnaüm, et une fois de plus, j'ai scruté la pièce. Allais-je trouver un signe, dans ce désordre ? J'ai commencé par vider un par un les tiroirs de son bureau, pour examiner en détail leur contenu.

Une ampoule électrique, un petit coussin en velours en forme de cœur, plusieurs crayons de couleur de tailles variées, des aiguise-crayons en métal, en plastique, des carnets, dont toutes les pages étaient vierges, des diplômes de natation et de course de haies, un certificat de tableau d'honneur que je n'avais jamais vu, décerné par le principal du collège pour un excellent essai sur *De grandes espérances*, un flacon de parfum, vide ; une pastille de sels de bain effervescents à moitié désagrégée, plusieurs colliers entremêlés, une boîte de pastels émiettés, des cartouches d'encre, des serviettes périodiques, des tampons, de vieux catalogues, des cartes envoyées par ses amies pour son dernier anniversaire – que j'ai toutes lues –, des bâtons de colle desséchés, son vieux mobile sans sa carte SIM, une boîte d'épingles à nourrice, un paquet à moitié vide de Marlboro light, deux petites boîtes d'allumettes, un marque-page qu'elle avait réalisé à l'école primaire, avec des broderies au point de croix, quelques vieux magazines de mode, un gros coquillage, un exemplaire en piteux état de *Sa Majesté des Mouches*, un autre de *L'Homme en dehors*[1], une lampe électrique de poche qui ne fonctionnait pas, des bougies parfumées, des élastiques à cheveux, un petit bracelet blanc sur lequel était écrit « Abolissons la pauvreté », un kit de couture de voyage, quelques culottes (propres), des stylos de gamine, des cartouches d'imprimante, une montre qui ne fonctionnait plus depuis des années, une écharpe en coton de couleur vive et dont les franges, d'un côté, étaient tachées d'encre. Il y avait des classeurs remplis de devoirs du brevet des collèges, et j'ai examiné chaque copie en quête d'une nouvelle direction, parmi les formules d'algèbre, les données scientifiques, les graphiques et les cartes, les dates et les notes.

J'ai fouillé une fois de plus sur tout ce qui se trouvait sur le bureau, et brusquement, je suis restée en arrêt : son ordinateur portable.

J'ai tiré la chaise, balancé le sweat à capuche et le vieux jean par terre et je me suis assise. L'engin a émis un petit son métallique quand je l'ai allumé puis j'ai

1. *Sa Majesté des Mouches* est un roman de William Golding. *L'Homme en dehors* est un roman de C. Wilson.

attendu qu'il démarre. Rory et moi avions offert cet ordinateur à Charlie pour son dernier anniversaire. Je ne savais pas trop comment m'y repérer : il était différent du mien et utilisait d'autres logiciels. À l'instar de sa chambre, le bureau de son ordinateur était un vrai fouillis de devoirs en tous genres – histoire, anglais, sciences, français, arts plastiques –, de tests et d'articles qu'elle avait téléchargés. Il y avait aussi une icône de messagerie instantanée. Mais ce que je voulais, c'était accéder à ses mails. Je savais qu'elle avait une adresse hotmail et sans doute son nom d'usager était-il Charlie, mais j'ignorais quel pouvait être son mot de passe. J'ai essayé « Charlie1 », « Charlie2 », « Charlie3 », « Charlie4 ». J'ai essayé Landry, puis Oates, puis Landry Oates. J'ai essayé le nom de la rue où nous habitions à Londres (Wiltshire), auquel j'ai rajouté ensuite notre ancien numéro de téléphone. Rien. J'ai tenté « Sludge », puis « Bertie » (du nom de son lapin adoré, mort quand elle avait huit ans). En désespoir de cause, j'ai essayé différents noms de groupes de musique qu'elle aimait. J'ai appelé Ashleigh pour lui demander si elle connaissait le mot de passe de Charlie. Non, elle l'ignorait.

J'ai failli renoncer. J'ai entré « Hope » (le nom de jeune fille de ma mère) puis « Falconer » (celui de la mère de Rory). Et puis je me suis souvenue qu'un ou deux ans auparavant, Charlie avait voulu se donner un second prénom : Sydney – rien que ça. J'ai essayé.

C'était le bon.

Charlie protégeait farouchement son intimité. Je devais toujours frapper à la porte de sa chambre et attendre qu'elle me dise d'entrer. Si jamais je jetais un œil à ce qu'elle lisait ou écrivait, elle le masquait aussitôt de la main en me décochant un regard agacé. Si elle recevait une lettre, elle partait s'isoler dans sa chambre pour la lire. Et là, j'avais tous ses mails devant les yeux. Une fois écartés les spams et les messages de maintenance technique, il ne restait pas grand-chose. Charlie communiquait la plupart du temps par messagerie instantanée, ou par texto. Mais il y en avait assez pour me permettre d'entrer brièvement dans sa vie privée. Pour commencer, il y avait plusieurs messages de son père. Et si je n'avais pas su qui était « Rory », j'aurais pu m'imaginer qu'il s'agissait d'un petit ami : il écrivait à Charlie qu'elle était belle, qu'elle était une fille à part, qu'elle ne devrait pas grandir trop vite, qu'il l'aimerait toujours. Je les ai parcourus et refermés.

Quelques mails d'Ashleigh étaient écrits comme des textos, presque impénétrables. L'un d'eux comportait l'intégralité des paroles de *My Favorite Things*.

Un certain Gary lui avait envoyé plusieurs messages, assez formels et facétieux, accompagnés de fragments d'articles sur des sujets d'actualité, récupérés sur des sites Web. Il y en avait un à propos des connexions de George Bush avec les compagnies pétrolières, et un autre sur les énergies fossiles. Je n'ai pas pris le temps de les lire.

Je lus un message de Eamonn, succinct : « Les parents, c'est nul. Voici l'article dont je te parlais. » Suivait un article incompréhensible à propos d'un musicien dont le nom ne me disait rien.

Et un message de Jay, bref lui aussi : « Mon tel déconne, donc ce mail pour confirmer qu'on se retrouve au même endroit que d'habitude à 2 heures. J'apporte le truc. JXXX »

Quel truc ? Quel endroit ? J'ai pris ma tête dans les mains et fermé un instant les yeux.

En entendant la porte d'entrée claquer et les aboiements étouffés de Sludge, je me suis levée et j'ai rabattu l'écran de l'ordinateur.

— Sludge ne voulait pas rester dehors, a lancé Jackson tandis que je descendais l'escalier. Elle arrêtait pas de pleurer et de tirer sur la laisse. Et puis elle a fait caca sur la pelouse de ces gens qui ont une jolie maison, à côté du pub, et on n'avait pas de sac en plastique.

— Où est papa ?

— Il a dû aller chercher la voiture là où on l'a laissée. Il va revenir vite.

Jackson avait les yeux brillants et les joues rouges. Avait-il de la fièvre ? J'ai posé la main sur son front, et il a cillé, agacé.

— Dis, maman, tu te souviens que tu m'as demandé de faire cette liste ?

Il m'a fallu un instant pour me remémorer les instructions que je lui avais données pendant que j'attendais au poste de police.

— Oui. Tu l'as faite ?

— Tu veux que j'aille la chercher ? C'est pas très long. J'ai pas pensé à grand-chose. J'ai noté : Est-ce que tu as pensé à regarder dans son ordinateur ?

— Je viens de regarder ses mails.

— Et son agenda, t'as regardé ?

— Quel agenda ?

— Oh, mais tu sais bien…

— Non.

— Il est sans doute dans son sac de l'école. C'est là qu'elle le range, en général.

— Son sac à dos ? Je ne l'ai pas regardé non plus. Je n'y avais même pas pensé. Où est-il ?

— Elle l'a mis en bas, en rentrant hier.

Il y était toujours, pendu à une patère avec son vieux manteau. Je me suis empressée de l'ouvrir, sous le regard attentif de Jackson : un carnet de croquis, la boîte qui contenait les restes de son déjeuner de la veille, la trousse, deux ou trois cahiers, un bouquin de maths. L'agenda (un petit carnet à spirale) se trouvait dans la pochette avant. J'ai commencé à le feuilleter, mais mes mains tremblaient tellement que j'avais du mal à ne pas sauter de page. Au début de l'année, elle avait presque tout noté, les dates de début et de fin de chaque trimestre, les week-ends à venir avec Rory, les visites chez le dentiste, les rendez-vous avec ses amies, les fêtes, les concerts, les jours d'activités optionnelles, mais peu à peu, les pages étaient de moins en moins chargées. De temps à autre, des initiales apparaissaient, suivies de points d'interrogation. Et puis, il y avait des griffonnages. Et des numéros de téléphone, notés dans les coins. Les pages de l'automne et de l'hiver étaient presque vierges à l'exception, ai-je remarqué, d'une petite croix dans le coin gauche de certains jours. Je suis revenue en arrière. Il y avait une croix à la page du lundi 26 juillet, du vendredi 2 août, puis du jeudi 16 septembre, du mercredi 13 octobre, du jeudi 9 novembre. Puis plus rien.

— C'est quoi, maman ? Qu'est-ce que tu regardes ?

— Rien, rien, ai-je marmonné en continuant à feuilleter les pages et à regarder ces croix, sourcils froncés.

Elles revenaient environ tous les mois. Brusquement, une idée m'a traversé la tête. J'ai compté les jours entre chaque croix. Vingt-cinq, vingt-sept, vingt-sept, vingt-sept.

Les dates de ses règles. Évidemment. Aussitôt, j'ai senti un filet de transpiration glacée glisser le long de mon dos. J'ai feuilleté à nouveau les pages du mois de décembre. Rien. Pas de croix. Nous étions le 18 décembre ; trente-neuf jours s'étaient écoulés depuis le 9 novembre, date de la dernière page marquée d'une croix. Cela signifiait-il que Charlie avait un retard de règles ? Peut-être était-elle enceinte ?

J'ai refermé le journal et fixé Jackson d'un regard absent.

— Maman ! Qu'est-ce qu'il y a ?

— Rien. (Il a hoché la tête, sans un mot.) Tiens, je crois que ton père arrive. Pourquoi n'irais-tu pas lui demander de te préparer un de ses fameux croque-monsieur ?

— Tu en veux un, toi aussi ?

— Non, je dois passer un coup de fil.

J'ai filé en haut dans ma chambre, pour éviter Rory. Renata, toujours allongée sur le lit, fixait le plafond d'un regard vide. La ligne d'Hammill était occupée, et je ne pouvais pas communiquer cette information par message interposé. Du coup, j'ai appelé le poste de police et demandé à parler à l'inspecteur Beck. On me l'a passé tout de suite.

— Ici Nina Landry. Il est possible que ma fille soit enceinte, ou croie l'être, ai-je attaqué sans préambule.

— Comment vous…

— Son agenda, ai-je indiqué sèchement. Vous avez donné suite à ce qu'a dit Laura ?

— Je crois qu'elle s'entretient avec l'inspecteur principal en ce moment même.

— Rien de neuf, alors ? ai-je demandé, tout en connaissant la réponse.

— Nous poursuivons nos investigations. Si nous découvrons quoi que ce soit, nous vous préviendrons aussitôt. Pour être franche, j'ai moi-même une fille et j'imagine très bien votre désespoir…

— Parfait.

J'ai raccroché le téléphone avec brusquerie, j'ai tiré les rideaux, au cas où Renata voudrait dormir, et je suis sortie en fermant la porte derrière moi.

Rory et Jackson étaient dans la cuisine. Rory avait vraiment mauvaise mine, avec ses yeux injectés. Il s'exprimait sans discontinuer, et ce flot de paroles fébrile ne trompait personne, et certainement pas Jackson, qui le considérait d'un air inquiet.

— Rory ? Il faut que je te parle.

— Que se passe-t-il ? Charlie ?

— Seul. Jackson, mon chéri, tu peux aller un moment dans ta chambre ? Je dois discuter d'un truc avec ton père.

Jackson m'a dévisagée d'un air de chien battu avant de quitter la cuisine. Nous l'avons entendu monter l'escalier d'un pas lourd, traînant.

— Je viens de regarder dans son agenda.

— Et ?

— C'est là qu'elle note tout ce qui concerne son emploi du temps, mais le truc, c'est que…

Je me suis interrompue en entendant la sonnerie du téléphone et j'ai couru répondre.

— Nina ? Ici l'inspecteur principal Hammill.

Une bouffée d'espoir m'a traversée avec une telle violence que j'ai failli en perdre l'équilibre.

— Aucune nouvelle encore, hélas, a-t-il enchaîné, mais nous tenons à parler à votre mari le plus vite possible. Est-il arrivé ?

J'ai appelé Rory et je lui ai tendu l'appareil. Il était livide ; de la transpiration perlait sur sa lèvre supérieure et sur son front.

— Oui. Très bien. Oui, naturellement, a-t-il dit avant de raccrocher. Je dois me rendre au poste, a-t-il ajouté en se retournant vers moi. Ils veulent que je fasse une déposition. (Il a eu une sorte de rictus.) C'est dingue comme ils ont le don de culpabiliser un père.

J'ai attendu. Mon estomac était noué.

— Le poste de police est sur Miller Street, c'est ça ? a-t-il demandé.

— C'est ça.

Il a marqué une hésitation. Je ne disais toujours rien.

— Bon, à tout à l'heure.

Sitôt qu'il a eu refermé la porte derrière lui, je me suis précipitée sur mon portable. J'ai composé un numéro, puis j'ai patienté.

— Allô ? a dit une voix juvénile.

— Jay ? C'est Nina.

— Ça y est ? Vous l'avez retrouvée ?

— Non, toujours pas.

— Les flics m'ont appelé. Ils veulent me parler.

Il y avait de la peur dans sa voix. Rory lui non plus n'était pas rassuré de se présenter au poste.

— Ils veulent entendre tout le monde, Jay – tous ceux qui connaissent bien Charlie. Dis-moi, est-ce que je peux venir te rencontrer ?

— Oui, si vous voulez. (Il a marqué une pause.) Je veux aider.

— Parfait. Je passe te voir à la ferme, tu es d'accord ?

— D'accord. (J'ai perçu une infime hésitation dans sa voix.) Mais ne dites pas à mon père de quoi il s'agit.

— Le temps de prendre ma voiture et je suis là dans quelques minutes. Dix maximum.

— Je vous attends à côté des écuries. Ça vous évitera d'aller jusqu'à la maison.

— Parfait.

Pour commencer, je devais trouver quoi faire de Jackson. Il était évident que je ne pouvais pas le confier une fois de plus à Renata. Elle avait besoin de s'occuper d'elle. Je n'avais aucune envie de l'emmener avec moi pour qu'il m'entende évoquer la vie sexuelle de Charlie, mais je répugnais à le laisser seul à la maison. Il n'avait que onze ans, et il était paniqué.

J'ai appelé Bonnie, au cas où elle serait rentrée plus tôt que prévu de ses courses de Noël, mais je suis tombée sur le répondeur. J'ai essayé d'appeler les parents de Sandy, même si je savais que Jackson et Sandy s'étaient récemment disputés lors d'un match de foot – scrupules inutiles : personne n'a répondu. À quelques jours de Noël, tout le monde était par monts et par vaux, à faire des emplettes, aller chercher un sapin ou rendre visite aux grands-parents, ou encore à attendre dans un aéroport un avion à destination du soleil.

Je suis montée rejoindre Jackson dans sa chambre. Il y faisait froid, car j'avais éteint le chauffage en prévision du départ. Jackson, debout devant la fenêtre, les épaules voûtées, contemplait la mer. Quand il s'est tourné vers moi, son visage était pâle, hagard.

— Mon chéri, je dois sortir et je crois que tu devrais venir avec moi. Prends ton anorak, veux-tu ? Il faut qu'on aille chercher la voiture. Je l'ai laissée devant la maison de la presse.

Sans piper mot, il s'est exécuté et il m'a emboîté le pas.

Dehors, le vent était aussi tranchant que de l'acier. Le ciel avait blanchi, il était chargé, bas. Un ciel de neige, ai-je songé. Je serrai la main de Jackson dans la mienne et l'obligeai à presser le pas. Je l'encourageai :

— Ça va aller, mon chéri. On va la retrouver.

Je me suis souvenue qu'il n'avait rien mangé. En arrivant dans la grand-rue, je l'ai traîné à la boulangerie.

— Tu veux un roulé au fromage ou au jambon ?

— Ça m'est égal.

Ils ne coûtaient qu'une livre pièce. J'en ai pris un de chaque. J'ai essayé de me souvenir à quand remontait mon dernier repas – en vain. Avais-je grignoté quelque chose pendant ma fête d'anniversaire ? Je ne savais plus. De retour dans la rue, j'ai tendu le roulé au fromage à Jackson, et j'ai mordu dans celui au jambon. Le feuilleté était épais, mal cuit. Le jambon n'avait aucun goût. J'ai mâché et avalé la bouchée au prix d'un gros effort. Peu importait. Je devais juste me remplir l'estomac pour éviter de m'effondrer ou m'évanouir. J'ai attrapé la main de Jackson et nous avons traversé la rue, en direction de la voiture. Près de nous, j'ai entendu un crissement de freins et de pneus. Comique. Ma fille avait disparu, je courais partout comme une dératée, et pour couronner le tout, mon fils et moi étions sur le point de nous faire renverser par une voiture. Charlie serait toujours portée disparue, Jackson et moi serions à l'hôpital. L'idée était presque reposante. Quelqu'un d'autre prendrait en main la situation.

Mais la voiture ne nous a pas écrasés. J'ai pivoté et vu un capot gris immobilisé à quelques dizaines de centimètres de nous. De la vapeur s'échappait de la calandre, comme si le véhicule était en colère. Les reflets sur le pare-brise m'empêchaient de distinguer le conducteur, mais le véhicule m'était familier. J'ai contourné la voiture et j'ai vu Rick, en état de choc. Il a descendu sa vitre.

— Je… euh… Ça va ? a-t-il demandé, l'air ébranlé.

Comme si je ne lui en avais pas assez fait voir pour aujourd'hui.

— Excuse-moi, Rick. J'avais la tête ailleurs. J'ai traversé sans regarder. C'est entièrement ma faute. Je suis désolée.

Quelqu'un a klaxonné. Une file de voitures se formait derrière celle de Rick. Un homme est sorti de l'une d'elles. Ses cheveux étaient coupés si ras qu'on voyait la peau de son crâne. Il portait un treillis et un gilet pare-balles vert.

— Ça va ! Ça va ! ai-je hurlé.

— Sale conne ! Tu vas dégager du passage, oui ?

J'ai eu la brève tentation de continuer de riposter sur le même ton, mais j'ai ravalé ma rage. Ça m'a coûté un effort, mais je l'ai fait.

— Désolée, ai-je dit au mauvais coucheur. On s'en va.

J'ai demandé à Rick s'il pouvait se ranger le long du trottoir. Il me fallait lui parler, lui ai-je dit. Il a remis le contact, car il avait calé, et il s'est garé devant le café.

— Comment va Karen ?

Il s'est frotté les yeux. Je ne savais pas s'il était épuisé ou s'il retenait ses larmes.

— Elle s'est endormie. Ils lui ont donné un remède de cheval. Elle a besoin de se reposer. Elle était ivre, chez toi. Je suis désolé.

— Ça n'a aucune importance.

— Si, ça en a une.

— Elle est toujours à l'hôpital ?

— Oui. Ils ne veulent pas qu'on la déplace. Elle va y rester quelques jours.

— Quelqu'un est avec elle ?

— Eamonn a dit qu'il allait y faire un saut. Mais entre ce qu'il dit… Les gosses, pas vrai ?

— Et toi, tu fais quoi maintenant ?

— Pas grand-chose. Je dois m'occuper de deux ou trois trucs sans importance. Plus pour tuer le temps qu'autre chose. Mais à quoi je pense ? Tu as des nouvelles de Charlie ?

— Elle n'a pas réapparu.

— Ah bon ? Tu n'as aucune nouvelle ?

— Aucune.

— Tu es sûre qu'elle n'a pas filé avec une copine ? J'ai bien peur que ce ne soit de son âge.

— C'est ce que je me suis dit au début. Mais on a retrouvé son vélo et son sac. Elle était en train de faire sa distribution de journaux.

— Oh, mon Dieu ! a lâché Rick en me regardant, choqué. C'est affreux. Tu as prévenu la police ?

— Oui, bien sûr. Ils ont commencé à interroger les gens. Je ne suis pas certaine qu'ils aient bien capté l'urgence de la situation.

— J'ai été accaparé par Karen, mais si je peux faire quoi que ce soit, Nina, tu sais qu'il te suffit de demander.

Soudain, une pensée m'est venue. J'ai regardé Jackson, qui mâchonnait son roulé au fromage et avait l'air de s'ennuyer. Il connaissait suffisamment Rick pour être à l'aise avec lui.

— Tu pourrais faire quelque chose, ai-je dit. Je dois aller voir quelqu'un qui connaît Charlie. C'est terriblement urgent. Pourrais-tu garder Jackson un petit moment ? J'ai essayé de demander à d'autres gens mais…

— Ah…, a fait Rick en consultant sa montre – il était presque 15 h 45.

Je voyais bien qu'il regrettait déjà sa proposition. À n'importe quel autre moment, en n'importe quelles autres circonstances, je n'aurais pas insisté, mais là, j'étais sans pitié.

— Rick, je t'en prie, tu me rendrais un énorme service.

— Je, euh…

— Donne-moi ton numéro de portable et je t'appelle dès que j'ai vu… cette personne. J'en ai pour vingt minutes, une demi-heure maximum. Tu sais que je ne t'embêterais pas si ce n'était pas important.

Rick a lâché un soupir. Ma voiture. Ma fête d'anniversaire. Et maintenant, mon fils.

— Bon, d'accord, a-t-il dit. Allez, Jackson. On rentre se mettre au chaud.

Jackson s'est engouffré sur la banquette arrière avec un certain enthousiasme. Sans doute était-il content de s'éloigner de moi. J'ai enregistré le numéro de portable de Rick dans mon téléphone et ils ont filé. Je voyais Jackson parler en gesticulant tandis que Rick demeurait stoïque, le visage sans expression. Je me suis installée dans ma voiture, mais je n'ai pas démarré tout de suite ; je ne réfléchissais pas vraiment, j'essayais plutôt de mettre de l'ordre dans mes pensées, de me calmer. Tant qu'à remuer ciel et terre, je devais avoir les idées claires. Sinon, ce serait une perte de temps pour tout le monde. Quelques inspirations profondes, puis j'ai mis le contact. Le moteur a lâché un hoquet sonore et calé. J'ai essayé de nouveau. Cette fois, le hoquet a été plus bref.

« Non, s'il te plaît, ne cale pas. »

J'ai tourné la clé encore une fois. Un faible déclic s'est fait entendre et rien ne s'est passé.

J'ai bondi hors de la voiture et galopé jusqu'au coin de la rue pour voir si Rick et Jackson étaient encore en vue. Leur voiture disparaissait au carrefour.

J'ai regagné la mienne à toute allure, et j'ai essayé à nouveau de démarrer. Le moteur semblait décidé à ne pas réagir. J'ai sorti mon portable. Rory était encore au poste de police ; Renata pleurait dans mon lit ; Christian était coincé sur la M25, sans doute jusqu'à la fin de ses jours ; Bonnie faisait ses courses de Noël ; Rick était dans sa voiture avec mon fils. Et si j'essayais Joel ? Il viendrait, à moins que ce ne soit Alix qui décroche.

Et puis j'ai eu une autre idée.

— Allô ?

— Jay ? C'est Nina. Écoute, je suis en ville, à côté de la maison de la presse, et je m'apprêtais à venir te rejoindre mais ma voiture refuse de démarrer. Tu n'aurais pas un moyen de venir, par hasard ? Tu conduis ?

— J'ai une moto.

— Tu peux venir alors ?

— Pourquoi pas ? Laissez-moi une minute.

— Merci.

Encore attendre. Je me suis réinstallée dans ma maudite voiture et j'ai pianoté sur le volant. À deux ou trois reprises, j'ai tenté de mettre le contact, mais chaque fois, il s'est produit un déclic, et rien d'autre. Dans la rue, j'ai aperçu Tom, le pasteur, qui avançait dans ma direction. Il transportait un gros sac de courses et un journal roulé sous son bras. On aurait dit qu'il se parlait à lui-même. À moins qu'il ne parlât à Dieu. Il s'est arrêté à ma hauteur et j'ai ouvert la portière.

— Nina ! Je vous croyais en Floride à l'heure qu'il est.

— Changement de plans, ai-je fait, d'une voix lasse.

C'était au-dessus de mes forces d'en dire plus.

— Des soucis mécaniques ?

— Oui. Au moment où j'en ai le plus besoin, elle refuse de démarrer.

— Puis-je jeter un œil ?

Il a posé son sac et son journal sur le siège du passager et, sans me demander la permission, il a tiré la manette d'ouverture du capot. Il a retiré ses gants en laine et s'est penché au-dessus du moteur, l'air d'être à son affaire. « Ah, les hommes et les bagnoles », ai-je songé.

Puis j'ai entendu une moto ralentir à côté de nous. Tom s'est redressé au moment où le motard mettait pied à terre. Il a retiré son casque noir et j'ai ouvert la portière.

— Bonjour.

— Tu veux venir t'asseoir dans la voiture ? J'ai un truc important à te demander. La situation m'a tout l'air d'être grave.

— Grave ? Pour Charlie ?

— Oui.

Il m'a regardée, puis a jeté un œil sur Tom, qui avait replongé la tête sous le capot.

— On pourrait pas aller discuter ailleurs ? a-t-il dit. Je me sens exposé, ici. On se croirait dans un aquarium. Surtout avec lui à côté.

— Il n'y a que des lieux assez publics dans le coin, ai-je observé.

Il m'a dévisagée, puis brusquement a souri.

— Et si vous montiez à l'arrière avec moi ? On pourrait aller dans un endroit plus tranquille.

— En moto ?

— Pourquoi pas ? Sauf si vous avez peur.

J'ai cru entendre là comme un défi. J'ai étudié son visage pâle, mince, ses yeux gris-vert. Ce garçon – ou ce jeune homme, plutôt – appartenait à la vie secrète de Charlie. Il savait peut-être quelque chose, voire tout, de ce qui s'était passé. Il pouvait être un adolescent ordinaire, ou bien un garçon violent, perturbé. J'ai haussé les épaules.

— Je n'ai plus peur de rien, au point où j'en suis, sinon de ce qui est arrivé à ma fille, ai-je dit en descendant de voiture. (J'ai claqué la portière derrière moi.) Mais n'allons pas trop loin. Je n'ai pas le temps. (Je me suis tournée vers le pasteur qui essayait sans succès de dissimuler sa curiosité.) Tom, je n'ai pas le temps de vous expliquer, mais je dois y aller. C'est très gentil à vous d'avoir essayé de m'aider.

— Je viens à peine de commencer !

— Ce n'est pas grave. Ça n'a aucune importance.

— Si vous me laissez la clé, je vais continuer à bricoler encore un peu. C'est peut-être un truc tout bête.

— Si vous voulez, mais rien ne vous y oblige, vous savez.

— J'aime bien réparer les choses.

J'ai détaché la clé de contact de mon porte-clés et je la lui ai tendue.

— Bon, allons-y, ai-je dit en me tournant vers Jay.

— Vous avez un casque, là, a-t-il indiqué en pointant le doigt derrière la selle.

Je l'ai enfilé, j'ai ajusté la sangle sous mon menton, rabattu la visière, et lancé la jambe par-dessus la selle pour m'asseoir derrière lui.

— Posez vos pieds sur les repose-pieds. (J'ai fait ce qu'il m'indiquait.) Et passez vos bras autour de ma taille. Suivez la moto, n'essayez pas de faire contrepoids. Et détendez-vous. (Il a tourné la tête.) C'est pas vraiment comme ça que j'imaginais ma première rencontre avec vous, a-t-il lâché avant de rabattre sa visière.

Une minute après, nous nous élancions dans un grondement le long de la grand-rue. Nous filions à si vive allure que les maisons étaient devenues floues. La route semblait avoir fondu, s'être transformée en une rivière grise. À l'amorce d'un virage, Jay a accéléré et nous nous sommes retrouvés quasi couchés contre l'asphalte, aussi aplatis que nos ombres. Si j'avais tendu la main, j'aurais pu m'écorcher. Tout s'est liquéfié dans mon estomac. L'espace de quelques secondes, je ne pensais plus à Charlie, je ne pensais qu'à mourir. Puis la moto s'est redressée, et le monde avec elle. Nous avons dépassé les hangars à bateaux, le camping, nous avons longé la plage, avec ses dinghies retournés comme des carapaces de tortues sur le sable, puis les cabines de plage. Les maisons s'espaçaient de plus en plus ; la route devenait plus étroite.

Agrippée à Jay, je penchais quand la moto penchait. Charlie avait fait ça, ai-je songé. Elle s'était assise là, à ma place, elle avait serré dans ses bras la taille de ce jeune homme, posé sa joue contre le cuir de son blouson noir en regardant le monde défiler à toute allure. Et puis elle était rentrée à la maison, et ne m'avait rien raconté de tout ça.

— Ici, ça va aller, a-t-il dit.

Nous nous sommes arrêtés sur un chemin qui reliait la route côtière au rivage. Derrière nous, il y avait la ville, avec ses commerces, ses cafés, ses rues, des voitures et des gens. En face, il n'y avait qu'une lande désolée et sauvage, des marécages et des levées qui conduisaient vers la mer. Des vaguelettes fouettaient la bande de vase qui se rétrécissait de plus en plus. C'était un aspect de Sandling Island que j'adorais et qui m'effrayait à la fois. Il me semblait que Jay et moi étions les seuls habitants de ce monde plat et gris : on ne pouvait dire où l'eau se terminait, où le ciel commençait. Le vent m'a fouetté le visage au moment où j'enlevais mon casque, et quand j'ai mis pied à terre, je me suis aperçue que mes jambes flageolaient.

— Vous ne vous en êtes pas trop mal sortie, a dit Jay en retirant son casque.

— Charlie a vraiment disparu. À chaque minute qui passe, c'est pire. La police questionne les gens, mais je ne peux rester à la maison sans rien faire. Je vais te poser des questions qu'aucune mère ne devrait jamais poser au petit copain de sa fille.

Il a soutenu mon regard sans broncher. Et pourtant, c'était difficile de conserver un visage impassible avec ce vent. Je sentais mon propre visage se crisper sous ses assauts.

— Peu importe ce que tu vas m'apprendre. Je ne vais pas te juger. Je m'en fiche, maintenant. Je me fiche de ce que vous avez pu manigancer tous les deux. Je me fiche que vous me l'ayez caché. Je veux retrouver Charlie. C'est tout. Et ensuite, on oubliera tout.

Il a regardé vers le large, et j'ai étudié son visage, en quête d'un signe. Un frémissement a parcouru ses traits, comme quand le vent balaye les vagues.

— Je veux vous aider à la retrouver, a-t-il dit. Évidemment. Je suis sûr qu'elle va réapparaître. Et tout s'expliquera. Les gens ne disparaissent pas comme ça.

« Qu'en sais-tu ? ai-je pensé. Y es-tu pour quelque chose ? »

— D'abord, tu dois me dire ce que tu sais, n'importe quoi, qui pourrait m'aider. Est-ce que tu sais où elle est ?

— Non, a-t-il répondu, sans ciller.

— Jure-le.

— Si vous voulez. Je le jure.

— D'accord. Est-ce que tu es le petit copain de Charlie ?

— On peut dire ça.

— Depuis combien de temps ?

— Quatre, cinq mois. Depuis cet été.

« Si longtemps, ai-je songé. Tant de jours à me le cacher, à me tromper, à prétendre qu'elle se trouvait ailleurs. J'ai pensé à toutes les choses insignifiantes que me confiait Charlie – et ça, elle me l'avait caché. »

— Pourquoi ne m'en a-t-elle rien dit ?

— Je ne sais pas. C'était entre nous. On aimait bien que ça reste un secret. Quand les gens sont au courant, ça change tout. Ça donne l'impression…

Il s'est interrompu.

— Oui ?

— On préférait que ce soit comme ça. Les adultes s'imaginent toujours qu'ils peuvent vous donner des conseils, ils croient qu'ils peuvent se souvenir de ce que c'est d'être jeune. Nous ne voulions pas de ça.

— C'était sérieux ?

— Sérieux ?

— Oui. Vous étiez un couple ? (J'ai étouffé un cri en réalisant que je parlais au passé.) Tu l'aimes. Et elle, elle t'aime ?

— *Aimer ?*

— Putain, Jay ! Arrête ! Tu ne comprends pas qu'elle court peut-être un grave danger ?

— On n'emploie pas ce mot.

— Lequel alors ?

Son visage s'est empourpré.

— D'autres trucs…

— Vous prenez des drogues ?

— Pas vraiment.

— Ne te fous pas de moi.

— On fume. Pas grand-chose de plus. Ectasy une fois, mais elle n'a pas aimé.

— Elle ne t'a pas confié un secret, quelque chose qui pourrait fournir un indice ?

Il a enfoncé le bout de sa botte dans le sol.

— C'est curieux.

— Que t'a-t-elle dit ?

— Elle m'a parlé un peu de son père.

— Continue.

— Elle n'aime pas trop la façon qu'il a d'être gaga devant elle. Elle disait que ça la mettait mal à l'aise, et pas seulement vis-à-vis de Jackson. Elle n'avait pas envie d'en parler avec vous parce que… Bon, vous êtes sa mère, ce serait trop bizarre.

— Mais elle ne t'a rien confié de précis ?

— Comme quoi ?

— Comme, par exemple, un abus sexuel, ai-je énoncé d'une voix forte et claire.

Il a cillé.

— Non. Mais elle m'a dit que selon elle tous les hommes d'un certain âge étaient des pervers.

— Pourquoi ? Pourquoi le pense-t-elle ?

— J'en sais rien. Sur le moment, j'ai juste pris ça pour une de ses déclarations à l'emporte-pièce. Vous savez bien comment elle est.

— Vous couchez ensemble ?

Il a marmonné quelques paroles indistinctes.

— Je sais que la réponse est oui, Jay, mais j'ai besoin de l'entendre de ta bouche.

— Comment le savez-vous ?

— Charlie a peur d'être enceinte.

On aurait cru que je l'avais giflé.

— Quoi ?

— Elle a un retard de règles.

— Non.

— Vous n'avez pas utilisé de préservatif ?

— Non… On n'a pas…

— Je pense que sa disparition pourrait être liée au fait qu'elle soit enceinte, ou qu'elle ait peur de l'être. Alors, j'ai besoin de savoir.

— On n'a jamais couché ensemble, a-t-il marmonné.

— Je ne te crois pas.

— Ça, c'est votre problème. (Il a relevé le menton, d'un air de défi, et m'a jeté un regard mauvais. Ses joues pâles étaient marbrées de rose.) Mais c'est la vérité.

— Tu es train de me dire que vous n'avez jamais eu de relation sexuelle ?

— Non, pas vraiment.

— Ça veut dire quoi « pas vraiment » ?

— Vous savez bien.

— Non, dis-moi.

J'avais envie de le gifler, de le battre.

Le vent lui rabattait les cheveux sur le visage et ses yeux brillaient d'un éclat vert. Il a serré les poings, et un instant, j'ai cru qu'il allait me frapper.

— Ça veut dire que, quoi que j'aie pu faire avec votre fille – et vous voyez très bien ce que j'entends par là –, je n'ai pas *vraiment* couché avec elle. D'accord ?

— Ce n'est pas possible.

Il a haussé les épaules et s'est détourné pour regarder vers le large.

— Comme vous voudrez.

— Tu me promets de dire la vérité ?

— Si je le promets ? Oui, je vous le jure, croix de bois, croix de fer, si je mens je vais en enfer. De toute façon, si je mentais, je vous promettrais quand même de dire la vérité, n'est-ce pas ? Elle voulait d'abord prendre la pilule.

J'ai pensé à Alix. Charlie était sa patiente.

— Donc, elle prend la pilule ?

— Je n'en sais rien.

Et si ces croix sur son journal avaient une tout autre signification ? me suis-je demandé. Et si j'étais sur une mauvaise piste ?

— Mais si tu me dis la vérité, Jay, pourquoi redouterait-elle d'être enceinte ?

— C'est à elle que vous devriez poser la question. Pardon, pardon, je sais, ce n'est pas ce que je voulais dire. Écoutez, j'en sais rien. Peut-être…

— Peut-être ?…

— J'en sais rien.

— Qu'est-ce que tu ne me dis pas ?

— Putain !

— Dis-moi. Dis-moi à quoi tu penses.

— Elle a eu une aventure d'un soir, il y a quelques semaines.

— Avec qui ?

— Je ne sais pas.

— Tu n'as pas une petite idée ?

— Non. Vous croyez qu'en me posant cent fois la même question, je vais finir par vous donner la réponse ? Elle ne me l'a pas dit. Elle m'a juste raconté qu'elle avait fait un truc qu'elle regrettait, qu'elle se détestait de l'avoir fait et elle m'a demandé si je voulais bien lui pardonner.

— Et tu lui as pardonné ?

— C'était une sorte de revanche pour elle.

— Tu veux dire que tu avais fait la même chose ?

— Ça ne vous regarde pas, n'est-ce pas ?

— Quand cela s'est-il passé ?

— Il y a quelques semaines.

— Quand ? ai-je insisté.

Il a réfléchi un instant.

— Vers la fin du mois dernier. Je ne connais pas la date exacte. Elle ne me l'a pas dite. J'étais en France, en séjour linguistique. Elle me l'a annoncé à mon retour.

J'étais en train de faire le calcul dans ma tête. La dernière croix notée sur son carnet était en date du 9 novembre, donc cette aventure d'un soir devait avoir eu lieu une quinzaine de jours plus tard. Ce qui lui ferait presque deux semaines de retard.

— Je vois…

— Vous avez d'autres questions ?

— Qu'y a-t-il encore que j'ignore ? ai-je demandé, désespérée. Si je n'étais pas au courant de ton existence, je pourrais ignorer des tas d'autres choses. Je croyais connaître Charlie intimement et, tout d'un coup, elle s'est transformée en mystère. Elle est devenue comme une inconnue. Je ne sais plus qui elle est.

— Elle dit qu'elle est proche de vous. Elle dit que vous la laissez être qui elle est. Pas comme son père. Elle allait vous parler de nous, en Floride. C'est ce qu'elle a dit, du moins.

— Je veux juste la retrouver. Si tu lui as fait quoi que ce soit, je jure…

— Non.

— Où vous retrouviez-vous ?

— Dans toutes sortes d'endroits. Sur le continent. Parfois chez moi, quand il n'y avait personne, et dans les écuries de mon père. Ou au village flottant, mais là ça fait au moins une semaine qu'on n'y est pas allés. Trop froid, par ce temps.

— Tu veux parler des vieilles barges près de la pointe ?

— Oui.

Il a souri, et ma peau s'est hérissée. J'étais glacée, terrifiée.

— Personne ne va là-bas. C'est trop glauque. Mais à Charlie et moi, ça nous plaît bien, justement.

Le village flottant était un ensemble de garages à bateaux et de vieilles barges qui avaient connu des jours meilleurs. À l'origine, dans les années soixante, ces barges avaient été habitées par des artistes et des hippies. J'en avais vu des photos d'époque dans la minuscule bibliothèque qui jouxtait la librairie. Certaines étaient petites, dotées de cabines cubiques et de gouvernails ronds à l'arrière, en dépit du fait qu'elles ne quittaient jamais le rivage et qu'à marée basse, elles étaient échouées dans la vase. D'autres étaient plus grandes et avaient accueilli sur le pont des chiens attachés, des plantes en pots, des tables et des chaises, et parfois même d'ironiques nains de jardin. Elles étaient en fer et en bois, peintes dans des couleurs primaires, et des passerelles les reliaient aux larges pontons de bois. Je crois qu'elles avaient même des boîtes aux lettres. Rick m'avait raconté qu'un des couples qui habitaient sur ces barges fabriquait des poteries qu'il vendait au café, que d'autres cuisinaient des pralines, des salades de haricots, des gâteaux de carotte.

Mais cette époque-là était révolue et, depuis bien des années, ces maisons flottantes étaient à l'abandon. Les hippies et les artistes s'en étaient allés ; la peinture s'était écaillée sur les coques bosselées et rongées par la rouille ; les bateaux s'étaient écartés de leur point d'amarrage à force de dériver sur la vase, et les passerelles s'étaient effondrées. Des années de pluie et de vent avaient dévasté les cabines. Les vandales avaient fait le reste, ils avaient fracassé les hublots à coups de pierre, arraché les gouvernails, les sièges, les tables, les lits, peint des graffitis sur les ponts détrempés, jeté des ordures dans les cales. J'étais passée quelquefois devant le village flottant en promenant Sludge : même par une belle journée d'été, cet endroit me donnait des frissons.

— Emmène-moi là-bas.

Jay m'a regardée comme si j'avais perdu la tête.

— Pour quoi faire ?

— Si c'est un de vos lieux de rendez-vous secrets, Charlie est peut-être allée là.

— Non, je ne veux pas.

— De toute façon, tu vas devoir me ramener en ville en moto. Accompagne-moi.

— Vous n'y trouverez rien. Vous perdez votre temps.

— En ce cas, autant nous en assurer.

— C'est idiot.

J'ai enfilé le casque et bouclé la sangle. Mais Jay ne faisait toujours pas mine de bouger.

— Il y a quelque chose que tu ne me dis pas ?

— Non, rien.

— Alors on y va.

Sans ajouter un mot, il a mis son casque et démarré. J'ai grimpé derrière lui et passé mes bras autour de sa taille. J'essayais de réfléchir : où était Charlie la dernière semaine de novembre ? Impossible de m'en souvenir. Le paysage défilait en une bande floue devant mes yeux, l'air iodé m'emplissait les narines. Je me rappelais qu'elle s'était rendue à une fête avec Ashleigh, et que j'étais partie les chercher à minuit ; elle m'avait semblé aller bien. Allait-elle réellement bien ? Je la revoyais monter dans la voiture, avec sa jupe grise riquiqui, ses longues jambes et ses bottines, sa torsade de cheveux brillants. J'ai fermé les yeux tandis que le vent me fouettait le visage.

La dernière fois que j'étais passée devant le village flottant, ç'avait été avec Christian, début octobre. Je gardais un souvenir précis de cette journée d'automne. C'était marée basse, et les barges étaient blotties les unes contre les autres sur la vase. Des nuées de mouettes criardes et joyeuses étaient perchées sur les ponts défoncés. Là, c'était marée haute, et de petites vagues vicieuses assaillaient les embarcations. Le vent sifflait entre les planches disjointes. Il devait y avoir huit ou neuf barges en tout. Depuis ma dernière visite, l'une d'elles avait été incendiée et n'était plus qu'une épave carbonisée.

— Laquelle ? ai-je demandé en descendant de moto.

— Hein ?

Jay semblait sonné ; l'air glacé avait laissé comme des hématomes sur son visage.

— Sur quelle barge Charlie et toi alliez-vous, Jay ?

Au ton impérieux de ma voix, il s'est mis à regarder alentour comme s'il découvrait les lieux.

— Celle-là, a-t-il dit en indiquant l'une des plus petites.

Pour l'atteindre, il fallait grimper sur d'autres, plus imposantes et amarrées près du rivage ; en des temps plus fastes, et à en croire les croûtes de peinture écaillée sur ses flancs, la barge avait été vert bouteille. La trappe menant à la cabine était sortie de ses gonds. L'embarcation oscillait doucement au gré de la marée montante.

J'ai lâché le casque à côté de la moto.

— Tu passes le premier.

— Vous voulez aller voir ?

— Pourquoi crois-tu qu'on est venus jusqu'ici ?

Il a déposé soigneusement son casque sur la selle.

— Bon, si vous y tenez.

Nous avons dû emprunter une passerelle pour grimper à bord de la première barge. Le bois était visqueux, fendu par endroits, j'ai bien cru que nous allions glisser dans l'eau qui clapotait contre les garde-boue. Pour passer à bord de l'autre bateau, j'ai grimpé sur le pont à la suite de Jay, et je l'ai traversé en évitant de heurter des pots de plantes brisés, une roue de bicyclette rouillée, une carcasse desséchée de mouette et une bouteille de vin vide.

— Charlie ? ai-je appelé. Charlie, tu es là ? C'est moi. Nina. C'est maman.

J'ai entendu ma voix en écho, qui ricochait sur ces lieux crasseux et s'engouffrait dans les profondeurs sombres de la cabine.

J'ai appelé de nouveau, plus fort.

Je me suis avancée jusqu'à l'entrée de la cabine et me suis retournée pour m'engager sur l'étroite échelle aux barreaux cassés qui descendait dans la cabine. En dépit du froid, l'atmosphère y était moite, et il flottait une odeur d'ammoniac et de tabac. Tout à l'intérieur semblait graisseux, vieux, à l'abandon. Les matelas disposés sur les bat-flanc étaient déchirés, de la mousse s'en échappait ; le plafond était humide, taché. Une couverture gisait par terre.

— Ici ? Vous veniez ici ?

Jay, qui me regardait d'en haut depuis le pont, a esquissé une grimace.

— C'était bien, a-t-il dit. Surtout l'été. Parfois, on venait avec des bières. Une fois, Charlie a même apporté du chocolat chaud dans une thermos.

Ah, voilà donc où était passée ma thermos !

J'ai poussé la porte des toilettes, un réduit qui empestait. J'ai ouvert les portes des placards.

— Charlie ? ai-je appelé encore, sachant pourtant qu'elle n'était pas là.

Cet endroit puait la désolation.

— C'est bon ? s'est enquis Jay.

— Je veux voir les autres.

— Mais pour quoi faire ?

— Pour retrouver Charlie.

— Elle n'est pas ici.

— Ça ne prendra qu'une minute.

Lorsque j'ai refait surface, j'ai compris que ce serait difficile. La barge voisine avait versé sur le côté et emporté la suivante dans le mouvement. Les deux étaient retournées dans la vase et l'eau montante, passerelles brisées.

— Vous ne pourrez pas inspecter celles-là, a dit Jay.

— Charlie aurait pu traverser en marchant dans la vase.

— Il y aurait des traces.

— La marée a pu les effacer.

— Il n'y a rien, là. Les bateaux sont complètement déglingués. Pourris. Qui se rendrait ici ?

— Vous veniez bien.

— C'était pour nous planquer. Cette île est petite.

La barge suivante, imposante en taille, semblait avoir été retapée par un fou. Tout un bric-à-brac hétéroclite – planches, cuvettes en fer, pots de peinture, panneaux de clôture, plaques de tôle ondulée, pneus de voiture – avait été cloué ou boulonné sur le pont. La passerelle qui y conduisait était bringuebalante, et elle a tangué quand je m'y suis engagée.

— Elle n'a pas l'air sûre, a observé Jay.

C'était à peine une simple planche, sans garde-fous. Du coup, j'ai étendu les bras, comme un funambule sur sa corde raide et j'ai avancé, précautionneusement. Une fois arrivée sur ce qui servait de pont, j'ai trouvé une porte à moitié ouverte qui conduisait dans la cabine caverneuse. J'ai aperçu un reflet d'eau stagnante qui oscillait lentement. Il flottait là une odeur d'algues et de décomposition. J'ai pris une profonde inspiration et j'ai descendu quelques marches. Il n'y avait rien d'intéressant. Je me suis hâtée de remonter et j'ai inspiré goulûment l'air glacé comme si j'avais nagé sous l'eau.

— Je vais devoir y aller bientôt, a annoncé Jay en dansant d'un pied sur l'autre, mal à l'aise.

— J'ai presque terminé, ai-je dit une fois revenue sur la terre ferme.

La dernière barge était presque respectable en comparaison de ses voisines. Sa coque semblait intacte. Je l'imaginais très bien, dans une vie antérieure, avoir été une péniche industrieuse qui transportait du charbon ou toute autre marchandise qu'il fallait acheminer depuis les cargos jusque dans l'estuaire. Celui qui l'avait convertie en habitation flottante, une ou deux générations plus tôt, avait fait un bon boulot. Mis à part les fenêtres défoncées, le toit effondré et le conduit de cheminée métallique couché en travers du pont, ce qu'il en restait expliquait ce qui avait incité les gens à venir s'installer ici, dans ce coin sauvage isolé et éloigné de tout. Avec une flambée dans l'âtre quand la tempête faisait rage, ce bateau avait dû être un refuge douillet.

Je me suis approchée de la passerelle, puis arrêtée.

— Jay, viens voir. (Il s'est approché et je lui ai désigné le chemin boueux qui semblait foulé de frais.) Quelqu'un est venu ici.

— C'est possible, a dit Jay, l'air dubitatif. Les gens viennent promener leur chien.

— Oui, mais regarde, là, ai-je insisté en pointant la passerelle maculée de boue. Quelqu'un est monté là-dessus.

Jay a haussé les épaules et j'ai commencé à appeler Charlie à tue-tête, à lui dire qu'elle n'avait pas à s'inquiéter, que je voulais juste la voir, mais ma voix s'est perdue dans le vent. Personne, en dehors de Jay, ne pouvait m'avoir entendue.

— Écoute, je monte jeter un œil et ensuite tu pourras me ramener en ville.

— Vous voulez que je vienne regarder avec vous ?

Je me suis engagée sur la passerelle et, une fois sur le pont, assaillie par le vent, je me suis sentie aussi exposée que si j'étais en pleine mer. Je me suis retournée vers Jay. Ses lèvres remuaient, mais je ne distinguais pas ses paroles. J'ai dressé deux doigts, pour lui signifier que j'en avais pour un instant, puis j'ai fait volte-face. Où était l'entrée de la cabine ? Ce n'était pas vraiment une cabine, plutôt un genre de cabane bâtie sur le pont. Elle possédait de petites fenêtres. Je n'aurais su dire si elles étaient occultées ou si l'intérieur était juste sombre. J'ai contourné le pont jusqu'à dénicher la petite porte. J'ai tourné la poignée en laiton, poussé le battant, et quand je me suis avancée j'ai été assaillie par une multitude de sensations. Comme si j'avais fait un pas de trop au bord d'un précipice et que je chutais dans le vide. Des flashes ont fusé dans ma tête, j'ai entendu un bourdonnement, des larmes m'ont picoté les yeux, mon corps est devenu brûlant, puis glacé, puis brûlant de nouveau. Pourtant, je n'ai pas perdu mon sang-froid. J'ai reculé, je suis ressortie sur le pont et j'ai hélé Jay avec frénésie. J'ai crié, aussi, mais je savais qu'il ne pouvait pas entendre ce que je disais.

Ce que j'avais vu en pénétrant dans cette cabine, se détachant de l'ombre, c'était un pied et une jambe de fille. Nus. J'ai inspiré plusieurs fois de suite, profondément. « Respire, respire. Ne pleure pas. Ne vomis pas. » C'était la dernière chose que je pouvais faire pour mon bébé, pour Charlie. J'ai inspiré une dernière fois et pénétré dans la cabine. D'abord, j'ai détourné la tête.

— Charlie, ai-je murmuré, tout en sachant que ma voix ne lui parviendrait pas.

La blancheur cireuse et l'immobilité de ce pied et de cette jambe indiquaient que ce corps était aussi mort que le bois sur lequel il était allongé. J'ai dégluti péniblement et je me suis obligée à regarder ce pied sale.

— Charlie, ai-je répété, en me rapprochant.

Mes yeux s'accoutumaient à l'obscurité. Je me suis forcée à approcher davantage. Et là, une fois de plus, j'ai senti comme une décharge électrique, avec l'impression que le sol se dérobait sous moi : je regardais le corps d'une jeune inconnue. Avec calme, je suis ressortie sur le pont, j'ai pris le téléphone dans ma poche pour appeler le poste de police. J'ignorais à qui appartenait la voix qui m'a répondu. Ça n'avait aucune importance.

— C'est Nina, ai-je annoncé.

— Qui ? a questionné la voix.

— Nina. (Sur l'instant, je n'arrivais presque plus à me souvenir de mon nom.) Landry. Nina Landry. Je suis au village flottant, au sud-est de l'île. J'ai découvert le corps d'une jeune fille.

La voix a dit quelque chose. Ça ressemblait à des parasites dans mon oreille.

— Non, ai-je répondu. Non. Ce n'est pas ma fille. C'est quelqu'un d'autre. Elle a la peau blanche, des cheveux bruns, raides, et elle ne ressemble pas du tout à Charlie, mis à part le fait qu'elles ont à peu près le même âge. Je ne la connais pas. Je vais rester là et vous attendre.

Il y avait un bidon de lait sur le pont et je me suis assise là-dessus. J'ai parlé à ce Dieu en lequel je ne crois pas, et je lui ai demandé pardon, j'ai imploré son pardon. Parce qu'à l'instant où j'avais contemplé le visage de la fille, avec ses yeux grands ouverts, j'avais senti un élan de bonheur : ce n'était pas Charlie, et c'est comme si sa vie m'avait été enlevée puis rendue. J'ai pensé à cette autre mère, quelque part. Était-elle en train de chercher sa fille elle aussi ? Qu'aurait-elle pensé, si elle avait su qu'une femme avait retrouvé son corps et que la première émotion de cette femme avait été un sentiment de soulagement, de gratitude ?

La marée continuait son inexorable avancée et venait secouer la coque sur laquelle je me tenais ; la lumière déclinait. Le poste de police n'était pas loin ; ils seraient bientôt là, dans quelques minutes. Entre-temps, je devais surveiller un cadavre dans ce monde crépusculaire. Autour de moi, le paysage plat et morne était enseveli sous une palette imprécise de gris ; toutes les couleurs avaient pâli, le ciel et la terre se confondaient. Qui était cette jeune fille ? Qui l'avait abandonnée là ? J'ai été saisie d'une appréhension glaçante, qui m'a coupé le souffle et paralysée. L'espace de quelques instants, je m'étais abandonnée à penser que parce que ce corps n'était pas celui de Charlie, ma fille était saine et sauve, comme si une vie avait été échangée contre la sienne. Naturellement, il était improbable que cette enfant soit morte là de façon naturelle. Quelqu'un l'avait tuée. J'ai revu le visage boursouflé, les lèvres bleuies. Quelqu'un l'avait étranglée.

Dos tourné au vent et main en coupe autour de l'allumette, Jay essayait d'allumer une cigarette. Est-ce que sa main tremblait ? Je l'ai observé un instant, puis je me suis levée et je l'ai appelé ; il ne m'a pas entendue : le vent emportait ma voix au loin. J'ai fini par aller le rejoindre, et quand j'ai crié son nom, d'un ton sec, il a fait volte-face, comme si je l'avais giflé. Il a jeté une autre allumette et a glissé la cigarette qu'il n'avait pas réussi à allumer derrière son oreille.

— Vous avez fini ?

— J'ai trouvé quelque chose.

Rien n'a changé dans son expression, mais le vert de ses yeux a semblé s'intensifier, les muscles autour de sa bouche ont tressailli.

— Quelque chose en rapport avec Charlie ?

— J'ai trouvé un cadavre, ai-je annoncé sans ménagement.

Là encore, j'ai scruté son visage. Il a pâli, a commencé à porter une main à sa bouche, mais son mouvement est resté en suspens et s'est figé un instant, comme en un geste de salut, ou de protection, pour m'empêcher d'approcher davantage. Immobile, j'ai attendu, le regard rivé sur son visage.

— C'est Charlie ? a-t-il finalement demandé, d'une voix qui s'est brisée.

— Non.

Sa main est arrivée sur sa bouche. Il a fermé les yeux. Il avait de longs cils.

— Mais… (Il s'est interrompu pour fouiller précipitamment dans sa poche et chercher son téléphone. Ses mains tremblaient.) Il faut appeler la police.

— C'est fait. Ils arrivent. Mais avant, je veux que tu m'accompagnes, pour voir si tu la connais.

— La ?…

— Oui, la fille qui se trouve là.

— Une fille ? Vous voulez que je… Non.

— Peut-être que tu la connais.

— Non. Non, je ne peux pas faire ça.

— Ce ne sera pas long.

— Je veux m'en aller. J'ai fait tout ce que je pouvais. Ce n'est pas juste.

— Tout va bien. On dirait qu'elle dort, c'est tout, ai-je menti.

— Pourquoi voulez-vous que je fasse ça ?

J'ai attrapé son avant-bras et je l'ai tiré en direction de la passerelle.

— Je passe la première. Tu me suis.

— Je veux rentrer chez moi. Je ne me sens vraiment pas bien. J'ai envie d'aider à retrouver Charlie. Mais ça, c'est trop dégueulasse.

— Attends que je sois arrivée sur le pont avant de t'engager, sinon on tombera tous les deux.

J'ai franchi la passerelle d'un pas assuré, mains sur les hanches, et une fois sur le pont, je me suis retournée.

Jay s'est engagé sur la planche. Son visage était chiffonné, il semblait au bord des larmes, et il battait l'air des bras comme s'il luttait pour trouver son équilibre. Arrivé à quelques pas de moi, il a glissé et trébuché. Son pied a fait une embardée, il a agité frénétiquement les bras et s'est retrouvé à plat ventre sur la planche, le visage collé contre le bois visqueux. Il s'est relevé précautionneusement et s'est accroupi en me fixant. Dans son visage pâle souillé de traces de boue, ses yeux étaient comme deux cavités noires. Son blouson de cuir noir était maculé de vilaines traînées grisâtres et ses bottes étaient recouvertes d'écume.

— Allons, tu y es presque, l'ai-je encouragé avec brusquerie en lui tendant la main.

Il y a mis la sienne, gracile et froide, et je l'ai halé sur le pont.

— Elle est là-dedans.

J'ai tiré la manche sur ma main, j'ai poussé la porte et je suis entrée. Dans mon dos, j'ai entendu Jay qui haletait. Je me suis accroupie à côté de la fille.

— Nous ne devons pas la toucher, l'ai-je prévenu.

J'en avais pourtant envie. Je voulais caresser ses longs cheveux bruns et sa joue blanche, cireuse. J'ai remarqué des traces rouge foncé sur sa gorge, comme des marques de coups.

J'ai entendu un bruit dans mon dos, celui que fait une porte qui n'a pas servi depuis des années quand on la pousse, et une ombre est passée sur le visage figé de la fille. Jay était plié en deux dans l'embrasure, une main sur l'estomac. Un étrange grognement s'est échappé de sa bouche entrouverte.

— Juste un coup d'œil, Jay. Tu la connais ?

Il a relevé la tête d'un mouvement brusque et a fixé le corps de ses yeux écarquillés.

— Non, a-t-il articulé avec peine, puis il a pivoté et est ressorti aussitôt.

Je l'ai entendu vomir. J'ai regardé une dernière fois la jeune fille, étendue, si calme dans la pénombre de la cabine ; ses longues jambes blanches, ses seins généreux, sa main qui pendait, le bracelet au poignet, ses cheveux bruns, ses yeux grands ouverts qui me fixaient sans me voir. J'ai retenu mon souffle.

Je suis allée rejoindre Jay dans l'air glacial. Accroupi d'un côté du pont, il se tenait à la rambarde et regardait vers le large. À mon approche, il a eu un mouvement de recul.

— Tiens, ai-je dit en lui tendant un mouchoir en papier.

Il l'a pressé sur ses lèvres. Il avait les yeux injectés, les cheveux humides, collés contre son front.

— Je n'avais jamais vu de mort.

— Tu es sûr que tu ne la connais pas ?

Il a fermé les yeux.

— Oui.

— Bon, voilà la police. Deux voitures.

— Que lui est-il arrivé ?

— Je ne sais pas, ai-je dit en pensant aux marques rouges sur sa gorge, aux lèvres bleuies.

— Je peux rentrer chez moi, maintenant ?

— Ils vont vouloir te parler à toi aussi. Tu ferais mieux d'appeler tes parents. De leur raconter ce qui se passe.

— Ouais, a-t-il dit sans esquisser le moindre geste.

Je me suis postée à côté de la passerelle et j'ai agité la main en direction des voitures qui approchaient. Leurs feux de position fendaient la pénombre.

— Par ici ! ai-je crié en voyant l'inspecteur Hammill s'extraire de l'un des véhicules, suivi par Andrea Beck.

Mahoney et un petit bonhomme au crâne dégarni, que je n'avais jamais vu avant et qui enfilait une paire de gants blancs, étaient en train de descendre de l'autre voiture.

J'ai regardé ces quatre silhouettes emmitouflées dans de grosses vestes et chaussées de solides chaussures traverser la lande dans le crépuscule hivernal. Tous arboraient un air grave, professionnel, sinistre ; toute trace d'affabilité et de sympathie avait disparu. Personne n'a rien dit ; on n'entendait que le vent dans les broussailles, le chuintement des vagues sur la grève, et les criaillements lugubres des mouettes. L'inspecteur Hammill s'est engagé avec assurance sur la passerelle, avec raideur, sans tanguer. Derrière lui, son adjointe trottait d'un pas moins assuré. Ils avaient glissé les pieds dans des chaussons en plastique.

— Voulez-vous tous les deux nous attendre à terre, s'il vous plaît ? a demandé Hammill. Je vous rejoins dans un instant.

Au loin, j'ai vu approcher les feux d'une autre voiture. Les quatre policiers étaient à présent sur le pont. L'un après l'autre, ils ont baissé la tête pour pénétrer dans la petite cabine. J'ai pensé à la jeune morte, étendue là, en train de les fixer de son regard aveugle tandis qu'ils se penchaient au-dessus d'elle, et j'ai été secouée d'un violent frisson.

Tout en ne quittant pas la scène des yeux, j'ai attrapé mon téléphone et sélectionné un numéro.

— Ashleigh ?

— Nina ! Vous l'avez retrouvée ?

— Non, mais…

— Qu'a-t-il pu se passer ? a-t-elle dit, d'une voix plaintive. Qu'est-ce que vous…

— C'est ce que j'essaie de découvrir.

— Vous avez parlé à Laura ?

— Oui. Écoute, je dois te demander quelque chose.

— Oui. Quoi ? Ah, ma mère a dit que si elle pouvait faire quoi que ce soit pour vous aider, vous ne devez pas hésiter. Et qu'elle était certaine que tout allait…

— Ashleigh, il y a quelques semaines de ça, Charlie et toi vous êtes allées à une fête.

— C'est possible. On va souvent à des fêtes…

— Celle-ci a eu lieu vers la fin du mois de novembre. Jay était parti en séjour linguistique et vous y êtes allées toutes les deux ensemble, tu te rappelles ?

— Oui, je crois. Mais je ne pourrais pas vous donner la date exacte.

— La fête avait lieu chez qui ?

— Chez Rosie. Chez Rosie et Graham, son grand frère.

— Où habitent-ils ?

— La deuxième maison après le pub, sur Sheldrake Road.

— Et tu es restée avec Charlie tout le temps ?

— Plus ou moins.

— Avec qui était-elle ?

Une ombre est passée au-dessus de moi. Jay m'avait rejointe. Il écoutait. Je me suis à moitié détournée, mais j'étais consciente de sa présence.

— Comment ça, « avec qui » ? a repris Ashleigh. Vous voulez parler d'un garçon ?

— Oui. Raconte-moi.

— Je n'ai pas passé toute la soirée collée à elle.

— Toi aussi tu étais avec quelqu'un ?

J'ai entendu le son de ma voix : froid, cassant, autoritaire, brutal.

— Ce n'est pas vraiment… Non, je n'étais avec personne.

— Ashleigh, je te jure que je m'en fiche totalement. Je veux juste… j'ai *besoin* de savoir avec qui Charlie a pu être ce soir-là.

— Oui, je crois qu'il y avait quelqu'un, a-t-elle marmonné. Enfin, peut-être… Mais je ne sais pas qui. Charlie ne me l'a pas dit. Si je le savais, je vous le dirais. Franchement. Vous devez me croire. Mais le truc, c'est que je n'étais pas avec elle la plupart du temps. J'étais un peu, bon… j'avais un peu bu, et il y avait plein de monde, c'était sombre, il y avait des stroboscopes, et une sono. Des tas de gens dansaient, se bousculaient, riaient et se parlaient en criant. C'est devenu un peu incontrôlable. Et flippant. Rosie était en larmes et disait que son père allait se mettre en rogne quand il verrait tout ce bazar. J'ai perdu Charlie de vue. Je ne sais pas où elle était passée. Mais après, elle était toute retournée. Elle pleurait. Elle ne pleure jamais. En général, c'est moi qui pleure et elle qui me console. Elle a dû aller se laver le visage et essayer de se calmer avant que vous veniez nous chercher.

— Que t'a-t-elle raconté ?

L'inspecteur Hammill est réapparu sur le pont. Il se tenait immobile, tête renversée en arrière, comme pour se gorger d'air salé.

— Elle a raconté qu'elle avait tout gâché.

— Et tu ne peux pas deviner avec qui elle était ?

— Je vous l'ai dit, je n'en sais rien. Je l'ai harcelée, au début, pour qu'elle m'explique, mais elle s'est murée dans le silence, ça l'a mise de mauvaise humeur. J'ai pensé qu'elle me mettrait au courant quand elle en aurait envie – si elle en avait envie.

— Qui pourrait savoir ce qui s'est passé, alors ?

— Graham, peut-être. Le frère de Rosie. Il s'est moqué d'elle quelques jours plus tard. Il a fait une réflexion sur le fait que ses goûts en matière de mecs étaient de plus en plus bizarres, que c'était de pire en pire, et Charlie s'est mise en rogne. Elle était vraiment déchaînée. J'ai cru qu'elle allait le frapper.

— Merci, Ashleigh.

— Mais pourquoi vous me demandez tout ça ?

— Elle n'a pas dit qu'elle s'inquiétait pour quelque chose en particulier, n'est-ce pas ?

— Non, je ne crois pas. (La panique a fait grimper sa voix dans les aigus.) Je ne sais pas. C'est ma meilleure amie. Je l'ai laissée tomber. Je devrais savoir comment la retrouver et ce n'est pas le cas.

— Non, Ashleigh, ne prends pas les choses de cette façon, ai-je dit, avec lassitude.

— Mais elle va s'en tirer, quand même, n'est-ce pas ? Nina ?

— Oui. (Ma voix s'est fêlée, alors j'ai répété, plus fort, plus fermement :) Oui. Et tu m'es d'une aide précieuse.

J'ai regardé l'inspecteur Hammill s'avancer vers moi mais, dans cette lumière déclinante, je ne distinguais pas son expression. J'ai commencé à faire quelques pas à sa rencontre, mais brusquement, mon corps est devenu aussi lourd qu'un bloc de granit. Chaque pas était gauche et me demandait un énorme effort. Mon regard a glissé vers la barge, et j'ai pensé au corps qui se trouvait à l'intérieur, puis j'ai reporté mon regard sur Hammill, qui retirait les chaussons de ses pieds.

— Alors ? ai-je dit au moment où il se redressait.

Il m'a ignorée et s'est tourné vers Jay.

— Vous êtes le petit copain de Charlotte ?

Jay a hoché la tête. Son visage était marbré de rouge, il semblait terrorisé. Il avait les larmes aux yeux.

— L'agent ici présent (il a penché la tête en direction de Mahoney qui venait vers nous) va vous conduire au poste, où vous ferez votre déposition. D'accord ?

Jay a hoché la tête une nouvelle fois.

— Vous avez prévenu vos parents ?

Il a secoué la tête.

— Pourquoi ne pas le faire tout de suite ? Dites-leur de vous rejoindre au poste. Vous déposerez en leur présence. Suivez-moi, a-t-il ajouté à mon intention.

Nous approchions de sa voiture quand Andrea Beck nous a rattrapés ; elle s'est penchée vers son supérieur et lui a chuchoté quelques mots à l'oreille. J'ai entendu

« Brampton Ford », et j'ai vu Hammill hocher la tête. J'ai répété mentalement ce nom que je n'avais jamais entendu pour le mémoriser.

— Qui est cette fille ? ai-je demandé.

— On va parler dans la voiture, a dit Beck. Il gèle. Et vous êtes en état de choc.

Ah bon ? J'étais en état de choc ? J'ai réfléchi. Ma conduite affectait-elle ma capacité à faire tout ce qui était en mon pouvoir pour retrouver Charlie ? C'était là tout ce qui m'importait.

— Je vais bien, ai-je répliqué, mais Beck a ouvert la portière arrière à mon intention.

Hammill s'est assis à côté de moi, et Beck a pris place derrière le volant.

— Vous avez découvert quelque chose ? ai-je insisté. Qui est cette fille ? Vous le savez ? Et comment elle est morte ?

Il y a eu un silence.

— Pouvez-vous me dire ce que vous fichez ici ? a demandé Hammill d'un ton dur que je ne lui avais pas entendu jusque-là.

— Comment ça ? Il y a un corps de jeune fille, là. Qu'est-ce que ça peut faire, ce que je fais ici ?

Nouveau silence. Quand Hammill a repris la parole, j'ai senti à sa voix qu'il faisait un immense effort pour demeurer calme.

— Madame Landry. Votre fille a disparu. Nous avons immédiatement entrepris des recherches. Et maintenant on découvre le cadavre d'une jeune fille, qui a environ l'âge de votre fille. Et c'est vous qui le découvrez. À mes yeux, tout cela est très bizarre.

— Mais c'est qui ? ai-je insisté. Vous le savez ? Elle est d'ici ?

— Cette histoire devient grave, a dit Hammill.

— Oui, grave. Très grave, a répété Beck en écho.

— Elle est grave depuis le début, ai-je souligné.

— Nous avons un autre corps et…

— Un autre corps ? Qu'entendez-vous par là ? l'ai-je coupé. Vous avez abandonné tout espoir de retrouver ma fille vivante ?

— Ce n'est pas ce que je voulais dire.

— Mais vous avez le sentiment de chercher un cadavre ?

— Non, ma langue a fourché. Ce que je veux dire, c'est que le fait que nous ayons trouvé une autre fille peut avoir un lien.

— Qui en douterait ?

— Ça suffit ! a lâché Hammill. Voyez-vous, je commence à me demander si vous nous dites bien tout ce que vous savez. Parce que si jamais vous nous cachiez quelque chose, laissez-moi vous prévenir que nous prendrions cela très au sérieux.

— Évidemment que je vous dis tout ce que je sais ! C'est de ma fille que l'on parle, et aussi de cette malheureuse, qui est la fille d'une autre femme. Et c'est moi qui ai essayé de vous intéresser à la disparition de ma fille quand vous n'en faisiez pas grand cas.

— Nous menons l'enquête. Et vous devriez être chez vous, et nous laisser procéder à nos investigations.

— C'est moi qui ai découvert ce corps. Je fais ce que vous auriez dû faire. Comment osez-vous m'accuser de vous cacher quelque chose ?

— Voilà où je veux en venir, a repris Hammill. Comment se fait-il que vous l'ayez découverte ? Pourquoi êtes-vous là ?

Je leur ai raconté que j'avais pris contact avec Jay, je leur ai résumé notre conversation et expliqué pourquoi nous étions venus ici.

— C'est un endroit où les jeunes viennent traîner entre eux. Cette île est petite. Il n'y a guère d'endroits où s'isoler. Et dès que j'ai vu les maisons flottantes, j'ai trouvé que c'était le lieu où quelqu'un viendrait aisément se cacher. Ou cacher un corps, apparemment.

Beck a marmonné un truc que je n'ai pas saisi.

— Je n'en crois pas un mot, a tranché Hammill. Je connais des collègues qui vous boucleraient pour votre conduite.

— Mais vous n'avez pas entendu ? Je suis une mère qui cherche désespérément à retrouver sa fille ! me suis-je récriée en luttant pour ne pas sortir de mes gonds.

— N'avez-vous pas songé que vous pourriez ne faire qu'empirer les choses ? Vous parlez à des témoins qui devraient nous parler à nous. Vous contaminez la scène de crime. Ce corps, là, est peut-être notre meilleure chance de retrouver votre fille, et vous êtes allée traîner autour.

— Je contamine la scène de crime ? ai-je répété, incrédule. Si vous en avez une, c'est grâce à moi qui l'ai découverte. Et mon sentiment, c'est que nous perdons du temps à être assis là. J'ai la tête qui tourne et je ne sais pas trop ce qui se trame, mais une chose est claire : il y a encore une demi-heure, j'espérais que ma fille avait fait une fugue. Et maintenant, on sait qu'une fille a été tuée sur cette île et j'ai l'impression que…

Bon Dieu ! Vous ne comprenez donc pas ce que je ressens ? On est là, assis au chaud dans cette voiture qui ne roule même pas, à regarder la marée qui monte, et on parle, on parle… Pendant ce temps, Charlie est peut-être tout près d'ici, en danger, en train d'attendre qu'on vienne la secourir. Regardez, ai-je dit en pointant la grosse montre au poignet d'Andrea Beck, il est plus de 4 heures. Il fait presque nuit. Il fait un froid de gueux. Et Charlie a disparu depuis des heures et des heures. Chaque minute compte, chaque seconde. En plus, on a retrouvé une jeune fille, morte. Il n'y a pas de temps à perdre. Vous ne le comprenez donc pas ?

Je me suis interrompue d'un coup et j'ai attendu leur réponse.

L'inspecteur principal Hammill a caressé sa barbe grise et regardé par la vitre. Ses yeux se sont étrécis, comme s'il fouillait la pénombre.

— Je ne sais plus trop ce qui se passe ici, madame Landry.

— Nous essayons de rassembler nos informations, a ajouté Beck en se retournant pour me dévisager derrière sa frange. (À son ton, on la sentait pénétrée de son importance, comme si elle récitait quelque leçon récemment apprise dans un manuel.) Nous tentons de définir les limites de cette enquête, mais ces limites ne cessent de se déplacer. Vous comprenez ?

— Rassembler des informations ! ai-jc ironisé, regrettant aussitôt mon emportement.

J'avais besoin d'eux plus que jamais ; ce n'était pas le moment de compter des points.

— Excusez-moi. Je suis désolée. Je ne sais plus quoi faire de moi. Je veux juste apporter mon concours.

— Je vais être franc avec vous, madame Landry, a repris Hammill, parce que je pense que c'est ce que vous attendez de nous. Dans les cas comme celui qui nous occupe, quand une jeune fille disparaît, nous interrogeons ses amis, nous cherchons à savoir si de mystérieuses camionnettes ont été aperçues dans le coin, et nous vérifions les casiers des délinquants sexuels de la région. Mais, guidés par nos statistiques et probabilités, ce que nous faisons surtout, dans l'écrasante majorité des cas, c'est interroger le petit ami, et plus important encore, la famille.

— Je sais. C'est pourquoi vous interrogez Rory.

— Il est au poste, a confirmé Hammill. Il fait une déposition en ce moment même.

— Tant que ça ne vous empêche pas de chercher ailleurs.

— Nous voulons également que vous fassiez une déposition complète, a-t-il repris.

— Mon impression, c'est que vous voulez ralentir les recherches alors qu'il faut les accélérer.

— Vous pouvez nous aider en nous suivant au poste et en faisant une déposition.

— Je l'ai déjà faite. Deux fois. Il n'y a plus rien à dire. J'ai tout dit. Tout ce que je sais. Je ne puis rien vous apprendre d'autre. L'heure tourne. Vous devez retrouver Charlie. Vous le devez !

— Allons-y, Andrea, a dit Hammill.

La jeune femme a mis le contact et nous sommes partis dans un grondement de moteur.

— On nage en plein délire, ai-je lâché en sortant mon téléphone et en composant un numéro. Allô, Rick ? C'est Nina.

— Du nouveau ? Jackson et moi venons juste de…

— Non, rien de neuf, l'ai-je coupé. Écoute, je ne peux pas récupérer Jackson tout de suite. Je dois repasser au poste.

— Pour quoi faire ?

J'étais sur le point de lui parler du corps découvert sur le bateau, mais je me suis ravisée.

— Une autre déposition, ai-je expliqué. Ce sera rapide, mais je ne vais pas pouvoir récupérer Jackson d'ici un petit moment.

— Mais…

— Je te suis vraiment reconnaissante, Rick. Je peux parler à Jackson ?

— Maman ? a dit celui-ci d'une petite voix vibrante d'espoir. Tu as retrouvé Charlie ?

J'ai retenu mon souffle et ma main s'est crispée sur le téléphone.

— Non, mon chéri. Pas encore. Mais il n'y en a plus pour longtemps. Et papa ou moi viendrons te chercher dans un petit moment chez Rick. D'accord ?

— Ma Game Boy est dans la voiture de papa. Je l'y ai laissée quand…

— On te la rapportera, ai-je dit pour couper court aux jérémiades.

— Je la veux maintenant.

— Jackson !

— Je veux ma Game Boy. Je m'ennuie ici et je veux ma Game Boy.

— Le moment est mal choisi, Jackson. Je te demande un peu de patience.

— Elle a tout gâché !

— Que veux-tu dire ?

— Charlie. Elle me gâche toujours tout. Il n'y en a que pour elle. Juste parce que c'est la plus grande et que toi et papa, vous vous faites du souci pour elle. Et maintenant, on peut plus partir en vacances parce qu'elle a fait une fugue. C'est juste pour faire l'intéressante. Et moi, je compte pour du beurre !

— Chéri…

— Je veux ma Game Boy.

— Tu l'auras. Je vais venir te l'apporter. Dès que je peux.

— Promis ?

— Oui, promis.

— Ah, les enfants ! a dit Beck tandis que nous nous garions devant le poste de police.

Je lui ai décoché un regard peu amène. Je l'aurais volontiers assommée. J'ai serré les poings sur mes genoux, m'efforçant de me concentrer sur les contacts à prendre sitôt que je sortirais du poste de police.

D'abord, trouver le frère de Rosie et découvrir avec qui Charlie était à cette soirée. Je me suis fait violence pour effacer de mon esprit l'image de la jeune morte. Une chose après l'autre. Dehors, la pénombre s'épaississait. Un flocon de neige s'est posé sur ma joue ; le vent sifflait entre les câbles électriques, au-dessus de nos têtes.

Mahoney est venu se garer derrière nous. Quand Jay est descendu de voiture, il m'a semblé plus mince et plus jeune qu'il n'était une heure plus tôt.

— Par ici, a indiqué Beck. Madame Landry, je vais vous demander de patienter ici.

— Vous voulez dire que je vais devoir attendre ?

— Quelques instants. Vous n'avez rien à lire ?

— Vous avez perdu la tête ?

— Je sais que vous êtes bouleversée, mais cela ne vous oblige pas…

— Il est hors de question que je poireaute ici ! Je dois retrouver ma fille.

— Ce ne sera pas long.

— Charlie a besoin de moi.

— Madame Landry. (Battement de paupières.) Ce dont Charlie a besoin en cet instant…

Juste à ce moment-là, un officier en uniforme est sorti d'une pièce avec Rory. Si Jay avait rajeuni, Rory, en revanche, avait pris un coup de vieux. L'épuisement creusait ses traits. Il semblait crasseux ; ses cheveux rebiquaient en mèches graisseuses. Sa veste, qu'il tenait à la main, balayait le sol derrière lui, et il marchait en traînant les pieds.

— Par ici, monsieur, a dit le policier en lui indiquant les toilettes.

— Que se passe-t-il ?

— Ils ont des soupçons sur moi parce que je suis son père. Incroyable ! Tu me crois, toi, Nina, n'est-ce pas ?

J'ai regardé son visage défiguré par la colère. J'ai pensé aux mails qu'il avait envoyés à Charlie. Je n'ai rien trouvé à répondre.

— Monsieur, s'est impatienté le policier en tenant la porte des toilettes.

— Nina ?

— Il me faut récupérer un truc dans ta voiture, ai-je dit poliment. La Game Boy de Jackson. Il l'y a laissée.

— Nina, tu as entendu ce que j'ai dit ?

— Les clés.

— Notre fille a disparu, ils me traitent comme un criminel et toi tu te préoccupes de la Game Boy de Jackson ?

— Par ici, madame Landry, s'est interposée Beck.

— J'arrive. Je vous rejoins dans une minute.

Beck a soupiré et est entrée dans la salle d'attente. J'ai aperçu deux chaises, une table basse sur laquelle trônait une grosse boîte de mouchoirs en papier. Sans doute versait-on pas mal de larmes dans ce poste de police.

— Rory, donne-moi tes clés, ai-je dit en tendant la main. Tu es garé là-devant, n'est-ce pas ?

— J'irai la chercher plus tard.

— Mais…

— Putain ! Je te dis que j'irai la chercher plus tard ! a-t-il crié, le visage écarlate.

Il a lâché sa veste par terre et est entré dans les toilettes. J'ai ramassé la veste, j'ai pris les clés et je suis sortie du poste. Entre les radios qui grésillaient, les téléphones qui sonnaient, personne n'a remarqué que je ressortais. Si j'étais contrainte d'attendre, au moins pouvais-je honorer ma promesse à Jackson.

J'avais repéré la voiture de Rory lorsque nous étions arrivés. Elle était garée quelques mètres plus bas, le long de la rue, une roue mordant sur le trottoir. J'ai déverrouillé la portière du conducteur et passé en revue le désordre familier : paquets de chips, cassettes au boîtier cassé, papiers de friandises, cartes routières déchirées, un trognon de pomme, une pelure d'orange, une tasse auréolée de traces de café, des vieux journaux, un sac en plastique qui contenait une paire de baskets boueuses. Pas de Game Boy. J'ai tendu le bras sous les sièges.

— Madame Landry.

L'inspecteur Beck m'avait suivie. Je l'ai ignorée, je me suis redressée en me tortillant, puis je suis allée ouvrir le coffre. Il y avait là le bazar habituel – un pneu de secours, une botte en caoutchouc, un rouleau de corde, deux clés à écrous, un sac en toile de jute. Et dans un coin, un flash de couleur ; j'ai tendu la main pour voir ce dont il s'agissait. Et j'ai bien cru que j'allais vomir. Je me suis pliée en deux, le sol tanguait sous mes yeux, j'avais la nausée. Puis le monde s'est redressé, et je me suis retrouvée debout à côté de la voiture de Rory, l'écharpe de Charlie à la main.

Une écharpe bleu pâle, rose et argenté avec de minuscules paillettes. Nous l'avions vue ensemble, dix-huit mois plus tôt lors de nos vacances en Italie. Charlie avait craqué sur elle et j'étais allée la lui acheter en douce, pour la lui offrir quelques mois plus tard, à Noël. Elle la portait tout le temps, autour du cou, en turban, ou nouée autour de sa queue-de-cheval. Elle l'avait avec elle lorsqu'elle avait passé la porte la veille au soir, quand elle m'avait souri et que je l'avais vue pour la dernière fois. Et maintenant, elle était là, dans le coffre de Rory.

J'ai soulevé le sac en jute, et trouvé son sac à bandoulière. Je l'ai pris entre mes doigts tremblants.

— Madame Landry ? a répété Beck d'une voix courroucée. Pouvez-vous me suivre, s'il vous plaît ? L'inspecteur principal vous demande et il est…

J'ai fait volte-face et je me suis mise à courir, le sac et l'écharpe à la main. Il est possible que j'aie crié, je ne sais plus. Et je me souviens qu'en grimpant le perron du poste de police et en fonçant à l'intérieur, j'ai aperçu sur mon passage des visages étonnés, des gens bouche bée. Je suis entrée en trombe dans la salle où l'on interrogeait Rory. Il était assis en face de l'inspecteur Hammill. Comme dans une séquence au ralenti, j'ai vu la tasse de café que tenait Rory glisser d'entre ses mains et se renverser au pied de sa chaise. J'ai vu son visage surpris, et son expression qui changeait tandis que je brandissais l'écharpe. Je l'ai vu se soulever à moitié de sa chaise, je l'ai vu entrouvrir les lèvres pour dire quelque chose mais en deux enjambées, j'étais devant lui et j'écrasais mes poings sur ses épaules pour le forcer à se rasseoir. Le sac est allé cogner contre son torse. Je me suis penchée vers Rory, et j'ai hurlé, à m'en écorcher la gorge :

— Où est-elle ?

J'ai senti qu'on me contenait, qu'on me tirait en arrière. J'ai essayé de me dégager, en vain. La personne qui me retenait avait de la poigne, et m'a forcée à m'asseoir. Je respirais difficilement. Un brouillard rouge m'enveloppait. Je n'arrivais pas à identifier les gens autour de moi, ni à comprendre ce qu'ils disaient. Après un moment, j'ai entendu quelqu'un prononcer mon nom, j'ai pensé à Charlie et je me suis obligée à recouvrer mon calme.

— Ça va. Vous pouvez me lâcher.

— Que signifie ce cirque ?

L'inspecteur Hammill avait l'air stupéfait, et très en colère.

— Ça, ai-je dit en désignant l'écharpe et le sac sur la table. Je suis allée chercher la Game Boy de mon fils dans la voiture de Rory, et j'ai trouvé ça dans le coffre. L'écharpe et le sac de Charlie. Elle les avait quand elle est partie hier soir dormir chez sa copine. C'est Rory.

Hammill et Beck ont dévisagé Rory, qui était plus livide que jamais. Son teint avait viré au bleu, tel celui d'un cadavre.

— Monsieur Oates, s'est enquis Hammill d'une voix égale, cette écharpe et ce sac appartiennent-ils à votre fille ?

Rory s'est humecté les lèvres.

— Nina, je suis désolé.

— Ordure !

— Oui, a repris Rory en tournant la tête vers l'inspecteur. C'est à Charlie.

— Vous l'avez vue aujourd'hui ?

— Oui.

— Où est-elle ?

— Pardon. Pardon. Je ne sais pas.

Il a posé la tête sur le bureau et s'est mis à pleurer – une chiffe molle qui mugissait dans le silence de la pièce.

Une douleur a enflé dans ma poitrine et s'est propagée dans tout mon corps. Si j'avais eu un objet lourd à portée de main, je l'aurais empoigné pour l'écraser sur le visage secoué de sanglots de Rory. Sur le visage de l'homme que j'avais autrefois aimé, de l'homme que j'avais épousé.

— Monsieur Oates, a repris Hammill, je veux vous donner une autre chance. Je ne suis pas certain que vous mesuriez pleinement la gravité de la situation.

— Oh si, a-t-il geint, pitoyable, en soulevant son visage. Oh que si.

— Je ne parle pas ici de votre fille, il va sans dire, a précisé Hammill. Je parle de vous. Avant que nous passions à autre chose, admettez-vous avoir vu votre fille aujourd'hui ?

— Oui.

— Est-elle montée dans votre voiture ?

— Oui.

— Qu'est-ce qu..., ai-je commencé, mais Hammill m'a rapidement intimé le silence.

— Restez en dehors de ça, madame Landry. Essayez de vous contenir. (Il a rapproché une chaise pour aller s'asseoir plus près de Rory.) Le temps est précieux, monsieur Oates. Avez-vous la moindre idée de l'endroit où pourrait se trouver votre fille à l'heure qu'il est ?

— Non.

— Où l'avez-vous vue ? Et quand ?

Rory a coulé un regard vers moi. Je sentais que mon visage était figé, comme un masque.

— Nina emmène nos enfants en vacances. J'étais dans le coin, ce matin. Je suis venu parce que je voulais les voir, passer un moment avec eux, leur dire au revoir.

— Tu veux dire que quand on s'est parlé ce matin au téléphone, tu étais déjà sur l'île ? ai-je dit d'une voix calme, presque étranglée.

— Quand je suis arrivé en ville, a poursuivi Rory en ignorant ma question, j'ai retrouvé Charlie. Elle faisait sa distribution de journaux. Elle s'est assise avec moi dans la voiture et on a bavardé un moment. Elle avait passé la nuit chez une copine, et elle a laissé quelques affaires dans la voiture pour éviter de les trimballer. En fait, ça me paraissait dangereux qu'elle porte son sac en bandoulière en plus de son sac de journaux. Et puis, elle avait l'air mal fichue, pas dans son assiette. J'avais l'intention de les déposer plus tard à la maison.

— À quelle heure était-ce ? a demandé Hammill.

— Je ne peux pas le dire avec précision. Dix heures moins le quart, dans ces eaux-là. Ç'a été bref, a-t-il ajouté.

— Et où ? Précisément ?

— Sur Lost Road. Elle devait commencer sa tournée. Son sac de journaux était presque plein.

— De quelle humeur était-elle ?

— Elle était surprise de me voir, mais nous avons eu une conversation assez normale. Elle a parlé des vacances.

— Qu'en a-t-elle dit ?

— Qu'elle était impatiente d'y être.

— A-t-elle ajouté autre chose ? A-t-elle mentionné ses projets pour la journée ?

— Non. Elle a juste dit qu'elle devait poursuivre sa tournée.

— Monsieur Oates, a dit Hammill avec une dureté nouvelle dans sa voix, pourquoi diable ne pas nous avoir dit ça avant ?

La mâchoire de Rory s'est crispée. Son expression maussade, vide, me rappelait son visage des pires jours, avant son départ de la maison.

— Ça ne semblait pas pertinent. Je n'avais aucune information à vous donner. Manifestement, j'ai vu Charlie avant sa disparition. Mais des gens l'ont vue après moi.

— Mais tu es malade ? me suis-je exclamée, sidérée. C'est de notre fille qu'on parle ! Tu as perdu la tête ? Tu es ivre ? C'est ça ?

Rory m'a décoché un regard mauvais et s'est retourné vers Hammill, en mimant l'exaspération.

— Non, a-t-il répondu d'un ton égal. Je ne suis pas ivre.

J'ai regardé Hammill.

— Je ne crois pas un mot de ces sornettes. Et vous ?

Hammill a froncé les sourcils. Tout son visage s'est creusé.

— Monsieur Oates, j'incline à penser comme votre ex-épouse. Pourquoi nous avoir caché que vous aviez vu votre fille ? Quelque chose m'échappe, là.

— Ça ne changeait rien, a marmonné Rory.

— Faux, ça changeait quelque chose, est intervenue Beck. Un témoin nous a dit avoir vu Charlie discuter avec un homme pendant sa tournée. Nous avons cherché à identifier cet homme. Et il semblerait que cet homme, ce soit vous.

— Nous attendons vos explications, a ajouté Hammill.

Rory a croisé les bras devant sa poitrine, comme pour tenir le reste du monde à distance.

— Je ne suis pas certain que ce soit le moment et le lieu de parler de ça, mais Nina vous a probablement dit des choses sur moi. En tous les cas, elle me les a dites ce matin, au téléphone. Elle me suspecte clairement d'être pour quelque chose dans la fugue de Charlotte. Voilà l'opinion qu'elle a de moi.

— Et alors ? a lancé Hammill, sans ménagement.

— J'ai traversé quelques difficultés, dernièrement. Liées à mes affaires, principalement. Et mon ex-femme s'est servie de ce problème comme d'une arme pour me séparer de mes enfants.

— Rory ! Je n'arrive pas à croire que nous ayons cette discussion alors que Charlie est Dieu sait où, peut-être vivante, peut-être morte. Oui, tu as raison, tu as eu des problèmes, de gros problèmes. Tu as fait une sorte de dépression nerveuse, tu as de sérieux soucis avec l'alcool et tu te comportes d'une façon qui me pousse à croire que les enfants ne sont pas en sécurité avec toi. Peut-on remettre cette discussion à plus tard ?

— J'essayais d'expliquer pourquoi je n'ai dit à personne que j'avais vu Charlie. (Il a lancé un regard implorant à Hammill.) Nina m'a menacé d'une ordonnance restrictive. Cela m'empêcherait de voir Charlie et Jackson. En venant les voir ce matin, j'ai brisé notre accord. Mais c'était plus fort que moi. Il fallait que je voie mes enfants avant leur départ en vacances, puisque je n'allais pas passer Noël avec eux. Mais j'avais peur que Nina ne l'apprenne et ne recommence ces procédures. Je suis désolé. J'ai paniqué.

— Tout ça, c'est des conneries ! ai-je lâché. Tu n'as pas encore réussi à faire entrer dans ta caboche que quelque chose de terrible est arrivé à Charlie ? Au vu de ce qui se passe, tu attends vraiment qu'on te croie ?

— Je suis désolé, a répété Rory. Je ne pensais pas à mal.

— Mal ? Peut-être n'en saura-t-on jamais rien.

— Ça suffit ! a tranché Hammill. Nous en sommes où nous en sommes. Et nous devons faire avec.

— Vous voulez dire que vous êtes satisfait par cette histoire à dormir debout ? me suis-je récriée, furieuse.

— Pas vous ?

J'ai basculé en avant et j'ai caché mon visage dans les mains. Brusquement, j'étais si malheureuse que je n'avais plus envie de parler. Je ne voulais même plus penser. Et quand je me suis décidée à parler, j'ai eu l'impression que j'essayais de marcher en traînant un énorme poids.

— Je ne sais pas. Rory n'a rien dit avant que je trouve les affaires de Charlie dans sa voiture. Et si je ne les avais pas trouvées, il n'aurait toujours pas reconnu l'avoir vue. Pourquoi brusquement devrions-nous le croire ?

— Qu'est-ce que tu insinues ? s'est emporté Rory en se soulevant de sa chaise. Que je suis un meurtrier ? Un pervers ? C'est ça que tu crois, Nina ?

— Je dis simplement que… Eh, attends ! Il y a un truc qui ne cadre pas.

— Nina, madame Landry…

— Non, non, écoutez. C'est important. Tu m'as appelée à dix heures et demie, ai-je dit en pointant un doigt vers Rory. Je m'en souviens parce que juste avant ton coup de fil, Karen a dit l'heure à Eamonn.

— Où voulez-vous en venir ? s'est impatienté Hammill.

— Tu nous dis que tu as vu Charlie vers dix heures moins le quart, et ensuite tu m'appelles à dix heures et demie pour me demander si tu peux la voir ?

Hammill s'est tourné vers Rory, le visage sévère.

— Monsieur Oates ?

— J'étais bouleversé, a marmonné Rory. Tout allait de travers. Charlie avait l'air de se ficher pas mal que j'aie fait toute cette route pour la voir. Elle ne pensait qu'à ses vacances, elle était folle de joie à l'idée de partir avec Nina et ce nouveau copain. Ça m'a retourné. Je voulais qu'on se voie plus que quelques minutes volées dans la voiture. Je voulais qu'on se voie paisiblement, avec Jackson, en famille.

— Que faisiez-vous entre dix heures et dix heures et demie ? a demandé Beck.

J'avais presque oublié sa présence.

— J'avais des bières dans la voiture. Je suis allé jusqu'à la chaussée et je m'apprêtais à rentrer chez moi mais, finalement, je me suis garé sur l'aire de stationnement. Je suis allé marcher dans les marais et j'ai bu un peu. Je réfléchissais. Quoi ? Ne me regardez pas comme ça ! C'est vrai ! Je sais que ça peut paraître bizarre, mais c'est vrai.

— Où est Charlie ? Où est-elle ?

— Je l'aime ! a hurlé Rory. Putain, c'est ma fille !

— Ça suffit, vous deux, s'est interposé Hammill. Je n'aurais jamais dû vous laisser ensemble dans cette pièce.

— Qu'est-ce que vous racontez ? me suis-je emportée à mon tour. (Ma voix était fêlée.) Si je n'avais pas trouvé les affaires de Charlie dans la voiture de Rory, vous seriez encore en train de perdre du temps à écouter ses sornettes. S'il refuse d'admettre la vérité, il vous faut agir.

— Non, attendez, a dit Hammill. Nous avons pas mal de points à clarifier. Je ne comprends pas très bien le rôle que vous avez joué, vous et le jeune homme, le petit copain, dans la découverte du corps. Et il me semble qu'il y a également pas mal de points à éclaircir dans votre relation avec votre ex-mari. Je conviens qu'il nous faut un compte rendu complet de ses allées et venues de la matinée, mais j'ai également besoin d'en savoir plus sur cette dispute à propos des enfants entre vous et M. Oates.

— Non, ai-je répondu. C'est de la diversion. Je vous ai dit tout ce que vous avez besoin de savoir à ce propos. Naturellement qu'il nous faut connaître les faits et gestes de Rory en détail. Et nous devons découvrir si Charlie est enceinte. (J'ai vu le visage de Rory tressaillir sous le choc.) Et de qui. C'est urgent. Vous n'avez pas besoin de m'interroger. Vous avez besoin de poursuivre les recherches. Je n'ai rien dissimulé. Trouvez Charlie. C'est tout ce que je vous demande. C'est urgent. Je vous en prie.

— Je vous prie de m'excuser, madame Landry, mais pour l'heure, j'aimerais que vous me laissiez juge de ce qui est urgent. En ce moment, le danger, c'est de se laisser distraire par un indice insignifiant, ou une fausse piste. Ce qui importe, c'est d'avoir une vue d'ensemble claire. Donc je propose de prendre une déposition complète et détaillée de M. Oates ici présent. (Il a décoché un regard aigu à l'intéressé.) *Complète*. Je peux vous dire qu'il est possible que des charges soient retenues contre vous, monsieur. Ce qui signifie que nous allons vous interroger sous mise en garde. Nous avons des motifs de croire qu'une infraction a été commise et que vos déclarations pourront être retenues contre vous. Par conséquent, je me dois de vous prévenir que cette conversation sera enregistrée, que vous n'êtes pas en état d'arrestation, que vous êtes libre de mettre un terme à l'interrogatoire à n'importe quel moment et que vous pouvez demander la présence d'un avocat. Vous avez compris ?

— Oui.

— Souhaitez-vous la présence d'un avocat ?

Rory a semblé hésiter. Allait-il chercher à ralentir la procédure, à jouer la montre ? J'ai bien vu qu'il soupesait la question.

— Non, a-t-il dit finalement. Je veux juste vous aider.

— Allez attendre dehors, a demandé Hammill en se tournant vers moi. Nous prendrons votre déposition sitôt que nous en aurons terminé avec M. Oates.

— J'ai passé la journée à faire des dépositions. Je vous l'ai déjà dit, je n'ai rien à ajouter.

— Je crois à l'inverse que nous pouvons apprendre encore pas mal de choses de vous. Plus vite vous coopérerez, plus vite nous serons efficaces.

D'un signe de tête, il a prié Beck de m'escorter dans la salle où un officier, une femme, parlait au téléphone. Beck m'a proposé de m'apporter du thé ou du café, que j'ai refusé machinalement avant de me raviser. Mon corps avait besoin d'absorber quelque chose, comme une voiture a besoin d'essence.

— Un café, s'il vous plaît.

Grâce au percolateur disposé dans un coin de la salle, j'ai été vite servie. J'ai ajouté du lait, deux sachets de sucre. Beck s'est éclipsée en disant qu'elle revenait dans deux minutes. J'ai vu un jeune agent en uniforme debout devant la porte – sans doute pour me garder à l'œil.

J'ai avalé une gorgée de café qui m'a brûlé la langue, mais le coup de fouet qui a accompagné la douleur m'a aidée à clarifier mon esprit.

Rory était-il coupable de quelque monstruosité ? Pour l'instant, tant qu'il était entre les mains de la police, je devais supposer qu'il n'était pour rien dans la disparition de Charlie afin d'envisager d'autres possibilités.

J'ai repensé à la jeune morte, j'ai revu son visage silencieux, ses yeux grands ouverts, son regard aveugle. Et je me suis souvenue qu'en descendant de la barge, Beck avait chuchoté quelques mots à l'oreille de son supérieur. Brampton Ford. Était-ce le nom de quelqu'un ? D'un lieu ? J'ai avisé un crayon à papier qui traînait par terre, dans un coin de la pièce. Je l'ai ramassé, j'ai tiré un mouchoir en papier de la boîte et d'une grosse écriture maladroite, tentant de ne pas déchirer le papier, j'ai dressé une liste :

La jeune fille morte. Identité ?
Brampton Ford ?
Connaissait Charlie ? Si oui, comment ?
Enceinte ? De qui ?
Rosie et Graham, à côté du pub de Sheldrake Road.

J'ai fixé cette liste, en essayant de me calmer, puis j'ai fourré le mouchoir dans ma poche, j'ai avalé ce qui restait de café et je me suis levée pour aller à la fenêtre. J'ai essayé de l'ouvrir, mais elle était verrouillée. J'ai pensé au jeune agent en faction devant la porte et à Beck, qui allait revenir d'un instant à l'autre. J'ai ouvert la porte.

— Puis-je vous aider ?

— Pouvez-vous m'indiquer les toilettes ?

— Juste là, sur votre gauche.

— Merci.

Je suis entrée dans les toilettes, me suis aspergée le visage d'eau fraîche, essuyée, puis en ressortant je suis repassée devant l'accueil, en m'efforçant d'avoir l'air détendu et déterminé. Beck n'était nulle part en vue. J'ai adressé un signe de tête et un sourire au planton de service, qui parlait au téléphone.

— Je reviens, ai-je articulé silencieusement à son intention en tapotant mon poignet, où était censée se trouver ma montre.

Il m'a jeté un coup d'œil, puis a détourné le regard. Je suis sortie dans la rue, et j'ai manqué de trébucher sur un chat qui a détalé entre mes jambes, telle une fusée noire. Je n'ai pas couru avant d'avoir tourné à l'angle de la rue et d'être hors de vue du poste de police. Et là, j'ai pris une grande inspiration et je me suis élancée aussi vite que je pouvais. J'ai dépassé l'école, l'église, je me suis engagée dans Lady Sormerset Road, puis j'ai pris à gauche, et immédiatement à droite, sur Sheldrake Road.

Ashleigh m'avait dit que Rosie et Graham habitaient à deux maisons du pub qui se trouvait à l'autre bout de la rue. En arrivant à la hauteur du Barrow Arms, qui avait disposé un renne gonflable géant devant sa porte et un sapin clinquant derrière sa vitrine, j'avais un point de côté et les jambes lourdes. À l'intérieur, c'était illuminé, et j'entendais des rires fuser de derrière la porte close.

La maison qui m'avait été indiquée, avec sa façade rose agrémentée de galets, paraissait nue et exposée aux regards, comme si elle n'était pas dans son élément mais avait été abandonnée là. Les rideaux étaient tirés, les lumières allumées, au rez-de-chaussée comme à l'étage. C'était bon signe.

J'ai sonné et attendu en haletant que quelqu'un réponde.

— Oui ?

L'homme le plus gros de la terre s'est encadré dans l'embrasure ; on aurait dit qu'il allait la faire éclater. Il avait des yeux marron empreints de tristesse, comme Sludge quand on la grondait.

J'ai essayé de lui sourire.

— Désolée de vous déranger. Pourrais-je parler à Rosie, ou à Graham ?

— Rosie est sortie. Graham est par là… Qui le demande ?

— Mon nom ne lui dira rien. Je m'appelle Nina Landry. Dites-lui que je suis la mère de Charlie, Charlie Landry Oates, et que j'ai besoin de son aide. C'est urgent.

L'homme a fait pivoter sa grosse carcasse sur la moquette imprimée. Il ne portait pas de chaussures, juste des chaussettes, et avait des pieds minuscules.

— Vraiment urgent, ai-je ajouté.

— Graham ! a-t-il appelé du bas de l'escalier. Graham, une dame pour toi. Elle dit que c'est urgent.

Puis, par-dessus son épaule, il m'a invitée à le suivre le long du couloir, jusque dans un salon agréablement chauffé ; un radiateur électrique rougeoyait dans un coin. Toutes les bibliothèques étaient occupées par des armées de petits soldats de plomb aux couleurs vives et des figurines de créatures fantastiques.

— Graham et moi les avons peintes ensemble, a précisé l'homme en suivant mon regard. (J'ai eu l'affreux pressentiment qu'il allait s'installer pour me faire la conversation.) Après la mort de sa mère. C'était pour lui sortir tout ça de la tête. Il y a trois armées différentes. Plus de deux mille figurines en tout.

— Étonnant. Est-ce que Graham descend ?

— Naturellement, il ne joue plus avec. C'est à peine s'il me parle. Les gosses deviennent comme ça, en grandissant. Oui, il arrive. Puis-je prendre votre manteau ? Vous offrir une tasse de thé ?

— Non, pas de thé, merci. Et je garde mon manteau, je ne serai pas longue. Je dois juste dire deux mots à votre fils.

— A-t-il fait quelque chose de mal ?

— Non. J'ai juste besoin d'un renseignement.

— Bonjour. Vous voulez me parler ?

Je me suis retournée vers le nouveau venu – un jeune homme grand et mince, qui avait hérité des yeux de son père. Ce dernier lui avait peut-être ressemblé avant de devenir ce gros homme triste.

— Je suis la mère de Charlie Landry Oates, Nina.

— Oui ?

— Elle est venue à une fête ici.

— Ah ouais, cette fois-là… (Il a posé un regard amusé et méprisant sur son père.) Tu étais absent.

— Une fête ? a dit le père. Ici ?

Graham a fait un geste de dédain.

— Tu aurais pu me le dire.

— On a nettoyé, non ?

— Oui, mais…

— Puis-je vous poser une question ? les ai-je interrompus. Et ensuite, je vous laisse.

— Oui, la dame n'est pas venue pour entendre tes jérémiades. Elle est venue pour me parler.

— Vous voulez que je vous laisse ? a demandé le père.

— Ça m'est égal.

— Oui, a décidé Graham.

Le père a bataillé pour se relever.

— Vous êtes sûre que vous ne voulez pas de thé ?

— Oui, certaine.

— Bon, eh bien, je vous laisse. Si vous avez besoin de quoi que ce soit…

— Merci.

— On est débarrassés de lui, a dit Graham.

— Je voudrais savoir avec qui Charlie était ce soir-là.

— Avec qui elle a couché – c'est ça la question ?

— Oui. (J'ai serré les dents et j'ai regardé le jeune homme droit dans les yeux.) C'est ma question.

— Mais pourquoi me demander ça ? Et qu'est-ce qui vous fait croire que je vais vous répondre ? C'était une fête. Les gens fricotent les uns avec les autres. C'est ce qui se passe en général, dans une fête. (Il a haussé les épaules.) Je préfère rester en dehors de ça.

— Charlie a disparu. Elle est en danger.

— Disparu ? Bah – à votre place, je me minerais pas. Elle a de la jugeote. Elle est capable de veiller sur elle.

J'ai pensé à lui balancer un coup de genou dans l'entrejambe, de toutes mes forces, pour faire disparaître ce sourire de son visage.

— Elle a été enlevée. La police a lancé des recherches. Elle est en danger et chaque minute compte. Celui avec qui elle était à cette fête peut être impliqué. Alors dites-moi qui c'est.

— C'est bon, c'est bon ! a-t-il protesté en levant les mains, en signe de fausse capitulation. Mais dites-lui bien que j'ai essayé de résister.

Il y avait quelque chose d'obscène dans le fait de parler de Charlie avec cet abruti, et qui plus est de sa vie sexuelle. Je nageais dans un brouillard malsain de perversité. J'ai noué mes doigts entre eux et j'ai serré fort, jusqu'à avoir mal.

— C'est qui ? ai-je répété.

— Si vous tenez à le savoir, a-t-il dit lentement, comme s'il prenait plaisir à faire durer le suspense, c'est ce petit Goth. Le fils du prof.

J'ai ouvert la bouche, mais aucun son n'en est sorti.

— Vous savez bien, le taré. Eamonn. Le gamin avec la queue-de-cheval et les ongles peints en noir.

— Eamonn et Charlie ? Vous en êtes sûr ?

— Ah ça… (Il a étouffé un affreux ricanement.) Carrément sûr.

J'ai fermé les yeux. J'ai revu le visage d'Eamonn, plus tôt ce matin-là, à ma fête, quand il m'avait demandé où était Charlie. L'expression qu'il avait eue, et que j'avais interprétée comme une supplication furtive, m'apparaissait sous un tout autre jour. Du désir ? du triomphe ? de la crainte ?

— Merci, ai-je articulé péniblement.

— C'est vous qui avez insisté.

— Saluez votre père de ma part, voulez-vous ? Inutile de me raccompagner.

J'ai senti qu'il me suivait d'un regard amusé. Il se trouve toujours des gens pour rire de tout.

J'ai refermé la porte d'entrée avant que le père affligé ne m'intercepte, et je me suis mise à marcher. J'avais froid, je me sentais moite, légèrement nauséeuse. La rue s'étirait interminablement devant moi, et mon pas était lourd. Une voiture est arrivée en face de moi, les phares allumés, et elle m'a éblouie puis aspergée en roulant dans une flaque.

Eamonn et Charlie. Charlie et Eamonn. J'avais toujours eu de la sympathie et de la compassion pour ce gamin marginal, intelligent et solitaire, habité de pensées sombres, troublées. Mais là, je voyais en lui quelqu'un susceptible de faire du mal à ma fille. Lui, Rory, Jay. Mon portable a sonné au fond de ma poche. Je l'ai attrapé pour regarder le numéro qui s'affichait. Je ne l'ai pas reconnu. Sans doute était-ce Hammill, ou Beck, qui se demandaient où j'étais passée, qui voulaient m'ordonner de regagner le poste, comme à une gamine prise en flagrant délit d'école buissonnière. J'ai laissé sonner. Une icône clignotante indiquait que je n'avais plus guère de batterie. J'ai vu aussi que j'avais deux messages, et je les ai écoutés. Le premier était de Jackson, il avait dû me le laisser de la voiture de police, avant que je ne lui parle. Le second était de Christian. Il me disait qu'il était enfin sorti de l'embouteillage, mais qu'il lui faudrait encore deux ou trois heures avant de pouvoir me rejoindre. Il me disait qu'il m'aimait. Il ne me l'avait jamais dit jusque-là. À présent, ça ne signifiait plus rien. Les mots ne m'étaient plus d'aucune utilité.

Il me fallait mettre la main sur Eamonn. Je n'avais pas son numéro de portable, je ne connaissais aucun de ses amis. J'allais devoir appeler Rick. L'écran de mon téléphone est devenu noir. J'ai pressé le bouton, secoué rageusement l'appareil, essayé de le rallumer. Rien. La batterie était morte. J'allais être obligée de me déplacer.

La maison de Rick et Karen n'était pas très loin de Sheldrake Road, et pourtant, tandis que j'avançais le long de la rue mal éclairée, en luttant pour retrouver mon souffle, la distance m'a paru interminable. J'ai mis le cap sur les marais salants ; la route suivait le rivage. À gauche, il y avait des maisons, avec leurs pièces éclairées derrière des rideaux tirés, et de la fumée qui montait des cheminées ; à ma droite, l'eau noire, clapotante. La marée était presque haute. J'entendais les vaguelettes lécher les galets.

C'était allumé chez Rick, mais quand j'ai sonné, puis cogné énergiquement le heurtoir contre la porte, personne n'a répondu. J'ai cogné à nouveau, puis je me suis reculée, et j'ai appelé. Ma voix m'est revenue en écho. Pas de réponse. Je me suis plantée face à la mer. Du côté de la chaussée, j'apercevais les lumières du continent. En face de moi, il y avait le champ de tir de l'armée, désert, silencieux, nu.

Eamonn se trouvait peut-être au pub. J'ai rebroussé chemin en direction de chez Graham et Rosie, et poussé la porte du Barrow Arms. La salle était vivement éclairée et enfumée. J'ai plissé les yeux. Les clients ont levé la tête et m'ont dévisagée, mais je les ai ignorés pour fouiller la salle du regard.

— Vous cherchez quelqu'un en particulier, ma p'ite dame ? a lancé une voix.

Il y a eu des éclats de rire.

— Oui, Eamonn Blythe.

— Jamais entendu ce nom.

— Le Goth.

— Vous vous êtes trompée d'adresse.

J'ai battu en retraite. Il y avait un autre pub, en ville, non loin du restaurant que Rory n'avait jamais ouvert. Je pouvais tenter le coup. Tout en sachant que ce serait vain, qu'Eamonn n'y serait pas. Mais je ne savais pas quoi faire d'autre, or il me fallait agir. Cette fois, je suis partie en direction de Tinker's Yard, où étaient remisées de vieilles coques, quille en l'air, sous des bâches pourrissantes, et des remorques rouillées. J'ai dépassé le restaurant, avec ses fenêtres condamnées et sa vieille enseigne qui se balançait au vent. Ce pub-là était plus petit et plus miteux que le Barrow Arms : des abat-jour orange fendillés pendaient tout le long du bar et un vieux chien était affalé devant le juke-box. Comme Eamonn ne se trouvait pas dans la première salle, j'ai poussé jusqu'à l'arrière-salle, où quatre jeunes aux crânes rasés et aux bras tatoués disputaient une partie de billard dans une épaisse fumée. Je leur ai demandé s'ils l'avaient vu.

— Qui ça ?

— Eamonn Blythe.

— Connais pas.

— Il a les cheveux longs, une queue-de-cheval et en général, il est habillé tout en noir. Si vous l'aviez vu, vous vous en souviendriez.

— Ah, le Goth ? Il ne vient jamais ici. Il n'oserait pas.

Les garçons ont échangé des rictus et se sont détournés. Je les ai remerciés et suis ressortie dans l'obscurité glaciale. Si je ne pouvais pas mettre la main sur Eamonn, alors je devais découvrir l'identité de la jeune morte. Je suis partie en direction du front de mer ; je suis repassée devant le restaurant, devant Tinker's Yard, puis devant le chantier naval, où tous les bateaux, serrés les uns contre les autres, avaient été mis en cale pour l'hiver, et je suis arrivée devant ma porte. La maison était plongée dans l'obscurité et les fenêtres m'évoquaient des yeux aveugles.

À cause de la pénombre, j'ai eu du mal à glisser la clé dans la serrure et sitôt que j'ai ouvert la porte, Sludge s'est précipitée entre mes jambes, manquant de me déstabiliser. Elle m'a léché les mains de sa langue baveuse, bondissant, posant ses pattes sur ma poitrine. Elle avait les yeux brillants, l'haleine brûlante. L'avait-on nourrie ? Impossible de m'en souvenir. Pour ce genre de détail, ma mémoire avait cessé de fonctionner. Et le comportement de Sludge ne me donnait aucun indice. Elle se comportait toujours comme si elle était affamée. Si on lui présentait de la nourriture, elle la mangeait, toujours. Si on laissait quoi que ce soit de comestible sans surveillance dans une pièce, elle le dévorait. J'avais perdu des repas entiers à cause d'elle. L'année précédente, elle avait engouffré la moitié du gâteau d'anniversaire de Jackson. Autant lui donner quelque chose.

En la faisant rentrer dans la maison, j'ai avisé une enveloppe sur le paillasson. Je l'ai ramassée et j'ai senti qu'elle contenait quelque chose de lourd, comme une grosse pièce de monnaie. En fait, c'étaient les clés de ma voiture, avec un mot de Tom, le pasteur :

« Chère Nina, les cosses avaient juste besoin d'un coup de chiffon. Vous m'offrirez un verre à l'occasion. Bien à vous. Tom. »

En me voyant ramasser sa gamelle, Sludge s'est mise à frétiller, à tourner en rond en poussant de petits jappements d'excitation. J'ai versé quelques croquettes dans la gamelle et autant à côté, par terre. Elle les a toutes englouties en quelques secondes. Puis j'ai rempli un bol d'eau fraîche, qui a également disparu en quelques lampées.

Tout en branchant mon téléphone sur le secteur pour recharger la batterie, j'ai repensé à Eamonn tel que je l'avais vu ce matin-là, mal réveillé, pendant que son père s'escrimait à réparer ma voiture. Eamonn et Charlie. Eamonn et ma petite fille. J'essayais de ne pas les imaginer ensemble, mais inévitablement, je n'arrivais pas à me sortir cette image de la tête. Ma fille avait vécu dans cette maison à mes côtés, elle m'avait parlé, elle avait pris ses repas avec moi, elle avait fait ses devoirs, et tout ce qui était important dans sa vie s'était passé ailleurs, dans un monde dont j'ignorais tout. Son petit ami, qu'elle avait trahi, si c'était ça l'histoire, et puis sa crainte d'être enceinte, et puis… Et puis quoi ?

Elle avait vécu dans ma maison comme un agent double qui protège sa couverture. Elle ne m'avait rien dit. Pourquoi ? Parce qu'elle ne me faisait pas confiance ? Qu'elle ne me respectait pas ? Ou simplement parce que j'étais une adulte ?

J'ai extrait la liste de ma poche et je l'ai aplatie sur la table. Brampton Ford. Dans le placard où je rangeais les annuaires, les cartes et les guides de voyage, j'ai trouvé un vieil atlas routier. Il y avait bien un Brampton Ford dans le répertoire. C'était un petit village, un peu plus bas le long de la côte, niché à quelques kilomètres à l'intérieur des terres. La jeune morte était donc une fille du coin, mais son village était trop éloigné pour qu'elle soit venue à pied, ou même à vélo. Et puis une idée m'a traversé la tête et j'ai foncé à l'étage. Avant d'entrer dans la chambre de Charlie, j'ai ouvert la porte de la mienne. La pièce était plongée dans le noir, mais je n'entendais pas la respiration de Renata, et quand je me suis approchée du lit, j'ai deviné un creux dans le matelas. En allumant la lumière, j'ai vu que Renata était partie. Il n'y avait plus ses vêtements, ni sa valise. Puis j'ai aperçu un mot griffonné à la hâte sur l'oreiller. « Je n'étais qu'une gêne pour toi. Je t'appellerai plus tard. Baisers. R. »

La chambre de Charlie était comme une orange dont j'avais extrait le jus mais je continuais à presser encore et encore pour voir si je n'aurais pas oublié quelques gouttes. Ou plutôt, non, c'était l'inverse. Il y avait autant de jus que d'eau dans les chutes du Niagara – ça regorgeait d'indices, d'informations dans lesquels je me perdais.

J'ai entré « Brampton Ford » sur Google. C'était sans espoir : il y avait deux cent cinquante mille réponses. Il existait un Brampton Ford en Australie, en Nouvelle-Galles du Sud, dont l'équipe de squash avait été promue en ligue de troisième division. Et puis un concessionnaire automobile au Canada. Et également des entrées pour toutes les fois ou « Brampton » et « Ford » apparaissaient sur une même page.

Charlie était douée pour ce genre de recherches. Comment s'y serait-elle prise ? Quel était le type d'information dont j'avais besoin ? Personne ne savait encore que l'adolescente était morte, mais cela faisait quelques jours que son corps avait été déposé dans cette barge. J'ai ajouté les mots « fille » et « disparue » à ma recherche, et j'ai envoyé ma requête. J'ai su immédiatement que j'avais trouvé ce que je cherchais. « Une jeune fille des environs, Olivia Mullen, lycéenne de seize ans, est portée disparue depuis… » J'ai cliqué sur le lien. Il s'agissait d'un bulletin d'information du sud-est de l'Angleterre. « Une jeune fille des environs, Olivia Mullen, lycéenne de seize ans, est portée disparue depuis le 12 décembre, après un après-midi de shopping au centre commercial de Coulsdon Green. Lors de la conférence de presse, Steven et Linda Mullen, ses parents, ont lancé un émouvant appel à témoins. »

Steven et Linda. Deux êtres qui attendaient le retour de leur fille, comme moi. Les avait-on déjà prévenus ? Des officiers en uniforme, avec des mines de croque-morts, s'étaient-ils déjà présentés à leur porte ? Bientôt, aujourd'hui, ou demain, ils pourraient poser une dernière fois les yeux sur leur enfant, à des fins d'identification. Quand allais-je revoir le visage de Charlie ? Serait-elle allongée sous un drap ? Je devais repousser ces pensées qui menaçaient de me rendre folle, mais elles n'avaient de cesse d'entrer en force dans ma tête.

Olivia Mullen. Ce nom m'évoquait un souvenir distant, flou. Olivia Mullen. Livia Mullen. Livvie Mullen. Liv Mullen. Je connaissais ce nom. J'ai fouillé dans ma mémoire comme j'aurais feuilleté un ouvrage, éliminant chapitre après chapitre. Je ne l'avais jamais rencontrée. Les prénoms de ses parents ne me disaient rien. J'ai redit le nom, à voix haute « Olivia Mullen. Liv Mullen. » Non, j'étais sûre de ne l'avoir jamais entendu. C'est donc que je l'avais vu écrit. Imprimé quelque part. Non, non, pas imprimé. Manuscrit. Où aurais-je pu voir ce nom écrit à la main ? Au prix d'un effort presque physique, douloureux, j'ai continué à fouiller dans ma mémoire, comme si j'enfonçais la main dans un minuscule espace pour tenter d'y attraper quelque chose. C'était sur une lettre. Ou sur une carte postale. Oui, j'en étais certaine. Bon, pas de problème. La chambre de Charlie était devenue mon domaine d'expertise. J'en étais la spécialiste mondiale. Charlie rangeait son courrier dans le second tiroir de droite de son bureau.

J'ai sorti toutes les lettres dont j'ai fait une grande pile par terre, et une par une, je les ai examinées. Je voyais défiler des mots, des phrases, des confidences, des révélations, des commérages, des trahisons, des jugements, des descriptions, des dénonciations. Des secrets. D'autres mondes. Certaines lettres, écrites dans un anglais hésitant, emprunté, émanaient de la correspondante française de Charlie. Mais leur contenu ne m'importait guère. Je ne faisais que lire en diagonale, en quête du nom que je cherchais. Je voyais défiler des noms que je connaissais et d'autres que je n'avais jamais entendus. Où Charlie trouvait-elle du temps à consacrer à tous ces gens ? Et le temps de m'en consacrer à moi aussi ? La pile a diminué, et quand j'ai eu examiné toutes les lettres, j'ai presque hurlé de rage. Je n'avais rien trouvé. Mais j'avais raison. Je savais que j'avais raison.

Je me suis attaquée aux autres tiroirs, j'ai renversé leur contenu par terre, et j'ai fouillé à pleines mains, cherchant une lettre ou une carte postale qui aurait pu m'échapper, mais là encore, en vain. Charlie avait fait preuve d'organisation pour une fois. Certes, elle vivait dans le chaos, mais c'était un chaos raisonné. Elle rangeait les lettres et les cartes postales qu'elle recevait dans ce tiroir, et nulle part ailleurs.

À l'exception toutefois d'un autre endroit. L'an passé, Charlie avait consacré énormément de temps au dossier d'arts plastiques pour son brevet. Il s'agissait d'un gros cahier rempli de dessins, de textes et d'images. Des images téléchargées sur Internet, d'autres découpées dans des magazines. Et des cartes postales. Ce cahier était probablement ce que Charlie possédait de plus précieux. Elle lui avait consacré tant de temps, de réflexion, d'imagination. Je me suis assise à son bureau, et j'ai commencé à le feuilleter. Chaque fois que je tombais sur une carte postale, je la décollais pour lire ce qui était écrit au dos. Parfois, je devais déchirer la page entière pour en extraire la carte qui était devenue partie d'une composition. J'avais l'impression d'être en train d'amputer une bible enluminée du Moyen Âge. Et si toute cette histoire n'était qu'un gigantesque malentendu ? ai-je soudain songé. Et si à cet instant Charlie passait la porte et me trouvait en train de détruire son cahier ? L'idée a failli me faire rire aux éclats.

Quand je l'ai vue, j'ai su que c'était la carte que je cherchais, avant même de la retourner. Elle reproduisait une peinture dans l'esprit des impressionnistes, représentant une rangée de cabines de plage, dans des tons pastel – des bleus et des jaunes, des verts et des roses. Sur l'une des cabines, on avait tracé au stylo une croix et écrit d'une écriture alerte à côté : « Tu te souviens ? » J'ai décollé la carte. Oui, c'était bien ça. D'une belle écriture appliquée d'écolière, la fille avait écrit : « Tu te souviens du vent qui nous bousculait ? Et la combi la plus mouillée du monde ? Désolée pour le silence. Ordi en panne. Ouais, tu as raison. Je vais mettre un point final. Je ne sais même pas pourquoi je me suis lancée là-dedans. *Hasta luego*. Liv. »

C'était à cause de ce *Hasta luego* que je m'étais souvenue de la carte. J'ai fixé les mots intensément, jusqu'à ce qu'ils se fondent en un amas indistinct. « Je vais mettre un point final. Je ne sais même pas pourquoi je me suis lancée là-dedans. » Qu'est-ce que ça voulait dire ? Mettre un point final à quoi ? Avec qui ? J'ai hésité, soudain. Avais-je raison d'établir un lien entre la Liv de cette carte postale et cette Olivia que j'avais découverte gisante dans la barge abandonnée ? Mais j'ai fait taire cette hésitation. Instinctivement, j'étais certaine que Liv était Olivia Mullen, et que Olivia Mullen était bien la jeune morte.

Charlie connaissait Olivia. Olivia avait disparu ; elle avait été assassinée, au village flottant, là où Charlie avait l'habitude de se rendre avec Jay. Peut-être Olivia s'y était rendue elle aussi pour mettre son point final à… Avait-elle retrouvé quelqu'un, là-bas ? Qui ? Et à présent, Charlie elle aussi avait disparu et… Une pensée s'est faufilée dans ma tête ; ma gorge s'est serrée. J'ai bondi et je me suis précipitée dans l'escalier, me tordant la cheville dans ma hâte. Quelque part, loin, bien loin dans cet univers qu'on appelait la normalité, j'ai senti la brûlure d'une douleur aiguë. J'ai empoigné le téléphone et composé de mémoire le numéro du poste de police. J'ai coupé la parole à la femme qui m'a répondu pour lui dire que je souhaitais parler à l'inspecteur Hammill, ou à l'inspecteur Beck, tout de suite, d'urgence. C'était en rapport avec la jeune morte, ai-je ajouté, pour les inciter à se dépêcher.

En moins de trente secondes, Beck était au bout du fil.

— C'est Nina.

— Nina – madame Landry –, voulez-vous revenir immédiatement au poste ! a-t-elle dit aussitôt en s'efforçant de prendre un ton autoritaire. L'inspecteur principal Hammill est très mécontent de votre disparition. Pour ne rien vous cacher, je ne l'ai jamais vu dans une telle rage. Et pourtant, il est du genre à garder son sang-froid. Je n'aimerais pas être à votre place. Il parle d'une…

— Peu importe. J'ai une information importante pour vous. Charlie était une amie d'Olivia Mullen.

— Olivia Mullen ? Mais comment savez-vous ça ? Qu'est-ce qui vous fait penser que…

— Je n'ai pas le temps de vous expliquer. Je sais qui est la jeune fille morte, et je sais que Charlie la connaissait. Je viens de retrouver une carte postale qu'Olivia a envoyée à Charlie.

— Mais…

J'ai entendu une voix en arrière-plan, et un bruit qui indiquait que quelqu'un s'emparait du combiné.

— C'est elle ? Je m'en occupe. Passez-la-moi.

Beck avait dit vrai. L'inspecteur Hammill semblait hors de lui.

— Madame Landry, je vous préviens que si vous ne vous présentez pas immédiatement au poste – *immédiatement* – il y aura de graves conséquences.

— Fermez-la ! ai-je hurlé. Charlie connaissait Olivia Mullen.

— Comment le savez-vous ?

— Olivia lui a envoyé une carte postale. Je viens de la trouver. Et elle représente des cabines de plage. C'est peut-être important.

— Madame Landry ! Votre conduite est inqualifiable ! Inqualifiable et dangereuse. Vous êtes peut-être en train d'augmenter le danger que court votre fille.

— Vous avez entendu ce que j'ai dit ? Elles se connaissaient. Voilà ce qu'elle écrit : « Tu te souviens du vent qui nous bousculait ? Et la combi la plus mouillée du monde ? Désolée pour le silence. Ordi en panne. Ouais, tu as raison. Je vais mettre un point final. Je ne sais même pas pourquoi je me suis lancée là-dedans… »

— Madame Landry !

— Vous comprenez ? Elle allait rompre avec quelqu'un, ou quelque chose comme ça. Et elle connaissait Charlie.

— J'envoie une voiture de police vous chercher. Vous avez compris ? Et si vous n'êtes pas là…

J'ai raccroché. J'ai fermé les yeux, doigts pressés sur mes tempes, essayant de réfléchir. Olivia et Charlie étaient amies. Comment l'étaient-elles devenues ? Je ne me souvenais pas avoir entendu Charlie l'évoquer, ni l'avoir jamais rencontrée. Qui pourrait m'en dire plus ? Ashleigh ? Je l'ai aussitôt appelée.

— Ashleigh, ai-je demandé sitôt qu'elle a décroché, est-ce que Charlie connaissait une certaine Olivia Mullen ?

— Quoi ? Olivia ? Je ne sais pas. Elle n'en a pas parlé. Peut-être… Vous savez, Charlie a une vie très compartimentée, il y a l'école et puis…

J'ai interrompu l'appel sans lui laisser achever sa phrase, puis j'ai laissé le téléphone décroché pour faire barrage aux appels des policiers. Une idée affreuse s'est insinuée dans ma tête. Les parents d'Olivia le sauraient naturellement. Mais sans doute ignoraient-ils encore que leur fille était morte. Non, je ne pouvais pas les appeler. Ce serait impardonnable. Mais… si cela m'aidait à retrouver Charlie… il fallait que je le fasse… C'était brutal, mais je m'en fichais ; pour la culpabilité et la pitié, je verrais plus tard.

J'ai appelé les renseignements et demandé le numéro des Mullen, à Brampton Ford.

— Je vous mets en relation ? a interrogé l'opératrice.

— Oui.

Mon cœur battait si fort que je me disais qu'elle l'entendrait à l'autre bout du fil.

Une voix d'automate a dicté le numéro que je n'ai même pas pris la peine de noter, et annoncé le tarif de l'appel. Puis, j'ai entendu une sonnerie. Et une voix.

— Oui ?

Une voix de femme, chevrotante, le souffle court. J'ai su immédiatement que c'était la mère, et qu'elle n'était pas au courant pour sa fille. Je savais qu'elle était assise à côté du téléphone à attendre qu'il sonne, et qu'à chaque sonnerie, elle décrochait et lâchait ce « Oui ? » pétri d'angoisse en pensant que c'était peut-être Olivia, ou quelqu'un qui appelait à propos d'Olivia. Je connaissais la terreur qui l'habitait, l'espoir qui l'étouffait. Je savais ce qu'elle ressentait et pourtant rien de tout cela ne m'a arrêtée. Cela faisait-il de moi un monstre ? Oui.

— Linda Mullen ?

— Elle-même.

— Madame Mullen, ici l'inspecteur Andrea Beck.

— Olivia ? a-t-elle lâché dans un hoquet, comme si on l'avait frappée à l'estomac.

— Nous n'avons aucune nouvelle encore. Je voudrais juste vous poser une question.

— Oui ?

Cette fois, sa voix n'avait plus d'intonation, plus de timbre.

— Savez-vous si Olivia est déjà allée à Sandling Island ?

— Sandling Island ? Oui, oui, tout à fait, je crois que j'ai déjà dit à l'autre inspecteur qu'elle…

— Très bien, c'est pour une vérification. Pouvez-vous me dire s'il vous plaît pour quelle raison elle y est allée, et quand. Les dates exactes, s'il vous plaît.

— C'était pour un stage de planche à voile de cinq jours.

Charlie elle aussi avait suivi ce stage. Je me suis souvenue d'elle à la fin de ces journées, de ses cheveux blondis par le soleil et collés par le sel, de sa peau dorée piquetée de grains de sable.

— Elle s'est régalée, s'est fait des copains, elle est revenue toute bronzée et rayonnante, a poursuivi Linda Mullen. Elle voulait y retourner l'an prochain. (J'ai entendu un minuscule sanglot à l'autre bout de la ligne.) Excusez-moi… quand ? Attendez, j'ai mon agenda, là, je vais retrouver les dates exactes. (Il y a eu un bruit de pages qu'on feuillette.) Voilà : du lundi 9 août au vendredi 13. Pourquoi ces questions ? Vous avez trouvé quelque chose ?

— Un dernier détail : a-t-elle mentionné une fille nommée Charlie. Charlotte Landry Oates ?

— Charlie ? Oui, elle l'appréciait beaucoup. Il y a une carte postale de… Attendez. On sonne à la porte. Je reviens dans une minute. Je vais ouvrir.

J'ai entendu des pas sur le carrelage, sa respiration qui s'éloignait. Puis le bruit d'une porte qui s'ouvre.

— Bonjour, a-t-elle dit. (Et puis, d'une tout autre voix :) Quoi ? Que se passe-t-il ?

J'ai raccroché violemment le téléphone et j'ai écrasé mon visage contre le mur. De la transpiration ruisselait le long de mes tempes. J'avais honte et envie de vomir.

Mais je n'avais pas le temps de m'appesantir là-dessus. La police allait débarquer d'une minute à l'autre. J'ai ramassé mes clés de voiture et mon téléphone à moitié rechargé et j'ai filé en claquant la porte derrière moi. Je sentais des élancements dans ma cheville, dans ma tête, et le sang qui pulsait dans mes veines. Le vent mugissait contre mes yeux irrités qui luttaient dans la lumière crépusculaire ; les vagues se brisaient contre le rivage, fouettaient les galets et se retiraient avec un bruit de succion. J'essayais de réfléchir. Des idées, des bribes de pensées tourbillonnaient dans ma tête et se fracassaient contre les parois de mon crâne. Charlie et Olivia s'étaient rencontrées lors du stage de planche à voile l'été dernier. Qui leur avait donné des leçons ? Eh bien, entre autres personnes, Joel. Maudit Joel. L'homme qui m'avait tenue dans ses bras, qui m'avait dit qu'il m'aimait.

J'ai enfilé la grand-rue au pas de course pour rejoindre ma voiture, en priant qu'elle veuille bien démarrer. Un véhicule de police m'a dépassée. J'ai rentré la tête dans les épaules en espérant qu'on ne me voie pas. De la musique s'échappait du pub illuminé. Arrivée devant la voiture, j'ai glissé non sans mal la clé dans la serrure et je me suis jetée sur le siège. Quelqu'un, Tom sans doute, avait posé un journal roulé sur le siège, et écrit sur un espace vierge : « J'AI BESOIN D'UNE RÉVISION ! » Il parlait au nom de la voiture, j'imagine. J'ai mis le contact. Le moteur a toussé, émis quelques raclements, puis démarré. Tom méritait bien son verre. J'ai branché mon portable et démarré sur les chapeaux de roues, à la façon d'un coureur automobile.

Je me suis arrêtée devant chez Joel dans un crissement de freins. J'ai boitillé jusqu'à la porte d'entrée, sonné et frappé comme une forcenée, à coups de poing. Quand la porte s'est ouverte à la volée, j'ai failli m'affaler tête la première dans le hall d'entrée, mais j'ai retrouvé mon équilibre. Alix me dévisageait avec étonnement et colère. Puis j'ai aperçu le visage terrorisé de Tam à travers les barreaux de la rampe d'escalier.

— Où est Joel ? ai-je lancé à la figure d'Alix.

— Qu'est-ce que…

— Où est Joel ? ai-je répété, plus fort.

J'ai vu ses yeux s'étrécir, son visage se crisper.

— Il est derrière. Il vient de rentrer et il se douche. Je ne vois vraiment pas pourquoi…

Je suis entrée sans ménagement en piétinant le sol de mes semelles boueuses.

— Joel ! ai-je hurlé. Joel !

Il a émergé de la buanderie, la chemise à moitié déboutonnée. Il avait retiré ses bottes mais portait encore ses habits de travail.

— Nina ! Qu'est-ce qui…

— Olivia Mullen, ai-je lâché en avançant vers lui, Alix sur les talons.

— Quoi ?

— Olivia Mullen ? Est-ce que tu lui as donné des cours de planche à voile cet été ?

— Attends. (Il a posé une main qui se voulait apaisante sur mon épaule mais je me suis dégagée d'un mouvement brusque.) Calme-toi et dis-moi ce qui se passe. As-tu retrouvé Charlie ?

— Pas le temps de bavarder. Olivia Mullen. Je pense que ses amis l'appelaient Liv. Elle traînait avec Charlie.

— Je ne me souviens pas d'elle.

— Tu devrais.

— Nina, je te dis que…

— Elle était là du 9 au 13 août.

Il a réfléchi un instant.

— T'en feras ce que tu veux, mais je n'ai pas travaillé cette semaine-là.

— Faux, a dit Alix froidement.

— Mais non.

— Où étais-tu, alors ? Avec une femme ?

— Maman !

Tam se tenait sur le seuil, les yeux rouges, le visage bouffi.

— Maman ?

— Ne t'inquiète pas, a lancé Alix sans se retourner. Je viens te retrouver dans une minute. Monte attendre là-haut.

— Je ne te crois pas, ai-je dit en décochant un regard mauvais à Joel qui, lui, me considérait calmement, froidement.

— Je ne veux pas attendre là-haut, a pleurniché Tam.

— Je me fiche de ce que tu crois, Nina. Il se trouve que c'est la vérité. Et je ne sais pas de quoi il retourne, de toute façon. Qu'est-ce que cette Olivia vient faire dans la disparition de Charlie ? Pourquoi penses-tu que je suis impliqué ? Si tu es en train d'insinuer que j'ai quelque chose à voir avec sa disparition, alors j'aimerais que tu le dises carrément.

Son visage était crispé de colère, puis son expression s'est adoucie. Il s'est avancé à quelques centimètres de moi. Je voyais sa barbe naissante, les perles de sueur sur son front, les petits vaisseaux dans ses yeux, ses tempes qui battaient.

— Écoute, Nina. Je sais à quel point tu es désespérée par ce qui arrive. C'est le cauchemar de tous les parents, et si je peux t'aider, je le ferai, mais tu dois savoir qui sont tes amis. (Alix a lâché un reniflement sonore derrière nous, mais je n'ai pas réagi.) Je suis ton ami, Nina. Et tu peux me faire confiance…

— D'accord. Donne-moi ça, ai-je ajouté en désignant le gros maillet en bois qui déformait son sac à outils.

— Qu'est-ce que tu veux en faire ?

— T'occupe, ai-je répondu en me baissant pour m'emparer du maillet.

Son poids m'a surprise.

— Elle a perdu la tête, a commenté Alix.

— Oui, peut-être. Ou peut-être pas. Et j'ai besoin d'une torche puissante.

— Je vais appeler la police, a annoncé Alix.

— Il y en a une dans le sac, a indiqué Joel. Tiens.

— Tout ceci est insensé !

J'ai fait demi-tour et repassé la porte, le maillet à la main. Le désespoir décuplait mes forces.

J'étais déjà installée derrière le volant et je m'apprêtais à démarrer quand la portière côté passager s'est ouverte.

— Nina.

— Je n'ai pas le temps.

Joel est monté.

— Je t'accompagne, alors, a-t-il annoncé en claquant la portière. Où que tu ailles. Je ne vais pas te laisser comme ça.

J'ai haussé les épaules, j'ai démarré et donné une brusque accélération. Du coin de l'œil, je l'ai vu qui cillait.

— Je ne connais pas d'Olivia Mullen.

— C'est ce que tu dis.

— Tu dois me croire, Nina ! Comment puis-je t'aider si tu ne me crois pas ? Et comment peux-tu ne pas me croire après toutes les choses que nous…

— C'est fini, Joel. J'en ai marre des promesses des gens, et en ce qui me concerne, la confiance, c'est fini. Dis ce que tu veux, je m'en fiche.

Il y a eu un silence, puis Joel a demandé :

— Où allons-nous ?

— Pas loin.

J'ai bifurqué vers les marais salants et dépassé ma maison. Une pensée m'est venue.

— Si tu ne travaillais pas cette semaine-là, qui te remplaçait ?

— En été, nous sommes des dizaines à encadrer les cours de voile, de kayak, de planche à voile. Dans le lot, il y a des membres du club nautique et des étudiants, qu'on embauche juste pour la saison. Certains groupes viennent avec leur propre instructeur. Et puis quelques insulaires donnent aussi un coup de main.

Nous sommes nombreux dans ce cas, même si ce n'est qu'un jour ou deux par semaine. Il y a moi, évidemment. Bill, en général, mais c'est normal, les bateaux c'est son rayon. Rick aussi, mais ça devient un problème qu'Eamonn refuse de participer. Tom, à l'occasion, et les gamins trouvent ça impayable quand ils découvrent qu'il est pasteur. Même Alix grée un dinghy ou deux les week-ends où elle n'est pas de garde. Si tu veux découvrir la personne qui a donné des cours à cette gamine, je ne saurai pas par où commencer. On pourra aller au club nautique, quand il ouvrira demain matin, mais ça va être long.

— Je ne peux pas attendre jusqu'à demain matin.

Tout ce qui était familier m'apparaissait désormais sous un jour étrange. La lune était basse et, au-dessus des remous de l'eau couleur d'encre, des étoiles éparses commençaient à poindre dans le ciel. J'avais aimé Sandling Island la nuit : le silence, le ressac et le murmure de l'eau, les odeurs d'iode et de vase, le claquement des drisses, les cris lugubres des oiseaux. À présent, tout cela me terrifiait.

J'ai tourné à l'angle du chantier naval, avec ses squelettes de bateaux, et je me suis garée un peu plus loin, le long de la plage de sable. En descendant de voiture, j'ai empoigné le maillet.

— Prends la torche ! ai-je lancé à Joel.

— Nina, que fais-tu ? Où vas-tu ? Attends. Nina, discutons.

Avec ses grosses bottes, Joel avait du mal à me suivre sur le sable sec. Je l'ai ignoré, tout comme j'ai ignoré la douleur à ma jambe qui m'élançait, et je me suis dirigée d'un pas décidé vers les cabines de plage.

Dans l'obscurité, on aurait dit une rangée de guérites. Elles ne ressemblaient en rien à l'image aux couleurs pastel d'Olivia. Quelques-unes, peintes de frais, ornées d'un nom au-dessus de leur porte, avaient fière allure. D'autres étaient délabrées, avec des peintures écaillées, des cadenas rouillés. Toutes portaient des numéros. Il n'y en avait pas tant que ça – une vingtaine, une trentaine, peut-être.

J'ai commencé par la première ; elle était verte, et un rideau occultait la lucarne de sa porte blanche ornée d'un heurtoir en forme de mouette. Après avoir rapidement vérifié d'une poussée que la porte était verrouillée, j'ai soulevé le maillet, j'ai pris mon élan comme avec une batte de cricket, et je l'ai lancé de toutes mes forces contre la porte. J'ai entendu avec satisfaction un bruit de bois brisé et la porte s'est affaissée.

— Nina, qu'est-ce que tu…, a protesté Joel, d'une voix faible, étranglée.

— La torche. Braque-la à l'intérieur.

Le faisceau a d'abord éclairé son visage d'une façon inquiétante, puis s'est dirigé vers l'intérieur de la cabine. Tout avait été soigneusement rangé à sa place pour l'hiver.

— Tu ne peux pas…

— Je peux tout faire. Charlie aurait pu être là.

Je me suis reculée, j'ai ramassé le maillet et je me suis approchée de la deuxième cabine qui, elle, avait connu des jours meilleurs. Sa peinture rouge était fanée, et quelqu'un avait colmaté les brèches entre les planches avec des bouts de tôle ondulée et rouillée. J'ai posé la torche par terre, faisceau dirigé vers la porte, et j'ai assené un coup de maillet. Cette fois, j'ai mal visé. Le maillet a tournoyé dans le vide et j'ai senti que la force que j'avais imprimée à mon élan me déboîtait presque l'épaule. L'outil est allé ricocher sur un côté de la porte, en laissant une vilaine marque d'impact dans le bois.

— Tu as l'intention de forcer toutes les cabines ?

— Oui, c'est l'idée.

— Et inutile, j'imagine, de dire que c'est un acte de vandalisme avec effraction.

— Oui.

— Nina, donne-moi ça.

— Dégage.

— Nina, donne-moi ce maillet.

— Non.

Il s'est emparé du manche, et nous avons lutté un instant. À la lumière de la torche, son visage était d'un blanc verdâtre et luminescent, sa bouche et ses yeux semblaient des trous noirs. Il a réussi à me l'arracher des mains.

— Je dois voir, ai-je protesté.

— Recule.

Il a soulevé le maillet et l'a abattu d'un coup d'un seul sur le cadenas ; la porte s'est ouverte à la volée.

— Il suffit de taper au bon endroit, a-t-il expliqué, une note de fierté dans la voix.

J'ai ramassé la torche pour inspecter l'intérieur de la cabine. De vieilles serviettes de plage, des bouteilles en plastique et des sachets de chips vides par terre, des caleçons de bain et un tee-shirt taché jetés en travers d'une chaise. À quoi m'attendais-je ? À trouver Charlie ligotée, bâillonnée, en train d'attendre que je la délivre ?

— On s'attaque à la n° 3 ? a demandé Joel.

J'ai hoché la tête et il a défoncé le cadenas. Je l'ai vu esquisser un sourire quand le bois s'est fendu.

— Ne dis rien à Alix, s'il te plaît. Je ne pense pas qu'elle se montrerait très compréhensive.

Je n'ai pas répondu. Rien, hormis la tâche qui m'absorbait tout entière, ne pouvait m'arracher un mot. J'étais même incapable de dire « s'il te plaît », « merci », « désolée ». Je n'étais capable que de braquer cette torche dans ces intérieurs étrangers, de scruter ces détails intimes de la vie d'inconnus, avant de passer à la cabine suivante.

Joel avait pris le rythme. Il défonçait une porte et passait à la suivante. Moi, je le suivais. J'entendais l'eau lécher le sable, et la lumière de la torche projetait de longues ombres tremblotantes sur la surface ridée de la plage et sur la mer. La lumière blafarde de la lune planait déjà au-dessus de nous. Les portes éventrées des cabines battaient au vent. Un chien a aboyé quelque part. Le monde était aussi irréel que dans un cauchemar.

— C'était la dernière, a annoncé Joel. On a terminé ?

Sur le moment, j'ai pensé : « Oui, c'est terminé. » L'idée des cabines de plage m'avait semblé brillante. À présent, je comprenais que cette vaine tentative n'était dictée que par le désespoir.

— Oui, je crois.

— Nina, je suis désolé. La police… est en train de mener l'enquête. Si on a fini…

— Oui, Joel. Je vais te déposer chez toi.

Nous sommes remontés en voiture et j'ai démarré. Pendant un petit moment, ni l'un ni l'autre n'avons parlé.

— Je ne dirai rien à propos des cabines, a dit finalement Joel.

— Moi si. Je vais voir la police dans un instant. Je vais leur dire que c'est moi.

— Ne fais pas ça. Ils supposeront que c'est l'œuvre des vandales habituels. Et tous sont assurés, de toute façon.

— Joel, je m'en fiche.

Le silence est retombé. Le silence et l'obscurité du dehors, et au-delà la mer. J'avais perdu tout espoir, et j'avais besoin de m'activer maintenant pour m'empêcher de penser à cette obscurité partout et à l'horreur que serait le reste de ma vie. J'ai vu mon portable clignoter pendant qu'il se rechargeait.

— Joel, tu peux appeler Rick pour moi, s'il te plaît ? Le numéro est dans le répertoire du téléphone.

— Je le connais par cœur, a répondu Joel en le pianotant. Rick ? Salut, c'est Joel. Je suis avec Nina… non, rien pour l'instant… Je sais… Oui. Et Karen, ça va ?… Bien. Bon, tu me tiens au courant si tu apprends quelque chose. Nina ? Que voulais-tu lui dire ? a-t-il ajouté en tournant la tête vers moi.

— Dis-lui que je passe récupérer Jackson d'ici quelques minutes.

Je me suis souvenue de quelque chose d'autre. Mais cela avait-il encore une importance ?

— Demande-lui le numéro de portable d'Eamonn. Tu as un stylo dans la boîte à gants.

Joel a noté le numéro sur le journal roulé. Nous avons achevé ce court trajet en silence.

— J'espère que ça s'arrange avec Alix, ai-je dit en me garant devant chez lui.

— Ça pourrait aller mieux. Comme tu as pu le constater.

— Je n'ai fait que jeter de l'huile sur le feu.

— Ça ne peut pas être pire, en ce moment. (Il a ouvert la portière et commencé à descendre, avant de se raviser.) Nina, je ne suis pas sûr de t'avoir jamais dit combien…

— Joel, l'ai-je coupé, sachant très bien ce qu'il s'apprêtait à dire. Je dois y aller.

Il est descendu, a refermé la portière et remonté lentement l'allée jusqu'à sa porte. J'ai allumé la veilleuse au-dessus du rétroviseur pour lire le numéro d'Eamonn et je l'ai appelé. Il a répondu au bout de quelques sonneries.

— Eamonn ? C'est Nina. Où es-tu ?

Il semblait ne pas trop le savoir. Je l'ai entendu demander l'adresse à quelqu'un, et j'ai entendu qu'on la lui indiquait d'une voix forte, en détachant chaque syllabe, comme s'il avait été sourd. Il se trouvait sur Grendell Road, juste avant la sortie de la ville.

— C'est bon, j'ai entendu. Je suis là dans deux minutes. Attends-moi dehors.

Certaines rues de Sandling Island pourraient se trouver dans n'importe quelle banlieue anglaise. Elles sont bordées de maisons aux façades crépies construites juste avant la guerre, agrémentées de vérandas flambant neuves, d'allées pavées et de rangées de cyprès pour s'abriter du vent. Si on ne voyait de temps à autre un bateau sur une remorque garée dans le jardin, jamais on ne devinerait qu'on se trouve sur une île de la mer du Nord. Moins d'une minute après avoir parlé à Eamonn, je suis arrivée devant le n° 14. La porte d'entrée était entrouverte. Je suis descendue de voiture et j'ai distingué une silhouette sous le porche, en même temps que l'extrémité incandescente d'une cigarette. J'ai poussé le portail et remonté l'allée en gravier.

— Eamonn ?

— Ouais.

Il s'est détaché de l'ombre et s'est avancé sous la lanterne. J'entendais, filtrant de l'intérieur, des voix et une musique dont je sentais les vibrations sous mes pieds. En approchant d'Eamonn, je me suis aperçue que je n'avais pas réfléchi à ce que j'attendais de lui, à ce que j'avais besoin de savoir. Il a tiré une dernière bouffée de sa cigarette et l'a écrasée. Quelque chose semblait différent dans ses yeux depuis notre dernière rencontre. Ses pupilles étaient dilatées.

— Tu as pris de la drogue ?

— J'ai fumé un peu d'herbe, a-t-il répondu en haussant les épaules. Tu vas le dire à mon père ?

J'ai levé la main et je l'ai giflé, fort. Sur une joue et sur l'autre. J'étais dans une colère noire. À cause de son silence, de ses dérobades, mais aussi parce qu'il était là, avec ses amis, à écouter de la musique et à fumer des pétards, cette nuit entre toutes les nuits. En colère aussi parce qu'il avait posé ses mains sur ma fille, parce qu'il n'était pas avec moi en train de hurler son nom dans les marécages, parce qu'il laissait la vie suivre son cours alors qu'elle était en danger, parce qu'il était jeune, inconséquent, sain et sauf, vivant. C'est à peine s'il a réagi. Il s'est contenté de prendre une profonde inspiration, et ses yeux se sont remplis de larmes.

— Espèce d'idiot ! Je me fiche pas mal de ton père ! Pourquoi ne m'as-tu rien dit, pour Charlie et toi ?

— Je ne vois pas ce que tu veux dire.

— Arrête ton petit jeu. Je sais. Je sais que Charlie et toi avez couché ensemble. Pourquoi ne me l'as-tu pas dit ?

— Comment j'aurais pu te le dire ?

— Bon sang, Eamonn, Charlie a disparu. Disparu ! C'est la seule chose qui importe. J'avais besoin de le savoir. Et il y a des heures de ça, pas maintenant.

— Ça n'a rien à voir avec le fait que Charlie est partie. Et pourquoi je te l'aurais dit ? J'ai promis à Charlie que ce serait toujours un secret entre nous et que je ne le dirais à personne. Elle ne me le pardonnerait pas si elle savait que je te l'ai dit.

— Charlie est en danger. Peu importe ce que tu as pu lui promettre. Ces règles-là n'ont plus cours.

— C'est un truc qui est arrivé comme ça, a-t-il marmonné, le visage défait. Et après, elle regrettait et… j'ai rien dit parce que ça n'avait pas de rapport.

— Pas de rapport ? ai-je répété en élevant la voix. Qui es-tu pour en juger ? La police va venir t'interroger. À mon avis, ils se méfieront d'un garçon qui a récemment couché avec ma fille disparue et qui l'a dissimulé.

— Je suis désolé, a-t-il dit en se balançant d'un pied sur l'autre. Tu sais combien je tiens à Charlie. Je l'aime, si tu veux savoir. Je l'ai aimée au premier regard. Elle est différente. Mais elle, elle ne m'aime pas. Elle pense que je suis un taré. Je lui fais pitié.

Il a fait volte-face et s'est mis à lancer des coups de pied dans le mur ; de petites écailles de plâtre ont volé sous ses godillots. Quand il s'est retourné vers moi, des larmes ruisselaient sur ses joues.

— Il faut que tu te reprennes avant qu'ils t'interrogent. Mais avant, j'ai quelques questions à te poser. Est-ce que tu sais où est Charlie ?

— Non.

— Qui était au courant, pour Charlie et toi ?

— Personne, c'était un secret.

— Pour commencer, c'est faux. Il y avait d'autres gens à cette fête. Ils sont au courant.

— Non, ils ne savent pas vraiment. Et je n'en ai pas parlé. Il y a peut-être eu des rumeurs.

— Est-ce que Jay est au courant ?

— Je ne pense pas. À moins que Charlie ne le lui ait dit. Elle l'a peut-être fait. C'est quelqu'un de très honnête.

— Si elle est si honnête que ça, pourquoi a-t-elle couché avec toi ?

Eamonn n'a pas répondu tout de suite, comme s'il soupesait la question.

— Je te l'ai dit, je lui fais pitié. Je le savais, même à ce moment-là. Et elle avait un peu bu.

— Et cela t'inspire quels sentiments ? Tu lui en veux ?

— Non, je ne lui en veux pas. Je suppose que j'étais reconnaissant. C'est pathétique, non ? Bon, j'étais sans doute en colère quand elle m'a dit que ç'avait été une connerie. Mais en un sens, je m'y attendais. Ça semblait trop beau pour être vrai.

— Tes parents sont au courant ?

— Mon père l'a su.

J'ai senti un accablement terrible, une douleur presque physique, comme si on m'avait bourrée de coups dans le ventre. Tout le monde en savait donc plus sur ma propre fille que moi ? Rick aurait dû me mettre au courant. C'était de ça dont j'avais besoin. Pas d'une réparation mécanique.

— Et il en a dit quoi ?

— Ce qu'il dit toujours : en gros, que je suis une merde et que je ne vaux rien. Ce qui est probablement vrai.

J'aurais dû protester, le rassurer, mais je n'avais pas le temps.

— Tu connais une fille qui s'appelle Olivia Mullen ? Ses amis l'appellent Liv.

— Non. C'est qui ?

— Je pense que Charlie l'a rencontrée cet été. Elles ont fait un stage de planche à voile ensemble.

— Je ne connais pas cette partie de sa vie, a dit Eamonn avec un pâle sourire. Je ne vais pas trop à la plage, comme tu peux voir. Encore un truc qui met mon père en rogne. Il ne comprend pas pourquoi je ne fais pas des activités de plein air comme les autres ados. Comme lui.

— Une dernière chose, ai-je dit en scrutant son visage. Vous avez pris des précautions, ce soir-là ?

Il est devenu cramoisi et a détourné le regard.

— Eamonn ?

Il a marmonné quelques mots inaudibles.

— Ça veut dire que la réponse est non ?

— C'était un peu inattendu, pour elle comme pour moi, a-t-il marmonné.

— Donc, vous n'avez pas pris de précautions ?

— Non.

— Charlie t'a-t-elle dit quelque chose ensuite ? Pas juste après, mais récemment.

— Dans quel sens ?

— Qu'elle se faisait du souci, par exemple.

— Du souci à quel propos ? Où veux-tu en venir ? (Une soudaine lueur a réveillé son regard, de l'horreur, ou peut-être une fierté déplacée.) Tu veux dire qu'elle pensait qu'elle était peut-être…

— T'a-t-elle dit quelque chose ?

— Non. (Il semblait à la fois assommé et agité.) Non, je te jure.

Je ne voyais pas quelles questions supplémentaires lui poser. Je n'avais d'autre choix que croire ce garçon triste, étrange.

— Bon, tu devrais aller te faire un café pour t'éclaircir les idées parce que je pense que tu vas passer quelques jours difficiles. Je vais chez toi récupérer Jackson. Tu veux que je t'emmène ?

— Non.

— Si tu te souviens de quoi que ce soit, tu m'appelles sur mon portable. Tu as mon numéro maintenant.

— D'accord. Nina ? La police n'a toujours rien trouvé ?

— Non, ai-je dit en m'éloignant. Ils n'ont rien trouvé du tout.

Tout en regagnant la grand-rue, j'eus l'impression d'être une enveloppe vide. Je pouvais conduire, parler, agir, mais à l'intérieur, il n'y avait rien. Tout ce qu'il me restait à faire, c'était récupérer Jackson et retourner chez les flics pour braver l'orage. J'avais fait perdre du temps à la police. J'avais commis un délit d'effraction. Et sans doute bien d'autres choses encore. En me dirigeant vers la maison de Rick et Karen, j'ai aperçu les lueurs lointaines du continent. Pour la plupart des foyers, c'était une journée parmi d'autres. Mais Karen était à l'hôpital et moi j'étais… Où étais-je ? J'ai bifurqué pour longer le front de mer et je me suis garée devant leur maison. Les lumières étaient maintenant allumées. J'ai frappé à la porte. J'ai entendu des voix, à l'intérieur. Rick a ouvert, et j'ai vu Jackson derrière lui.

— Je suis désolée, Rick. Je te suis très reconnaissante d'avoir surveillé Jackson. Surtout après ce qui est arrivé à Karen.

Ma voix manquait de conviction.

— Pas de problème, Nina. Jackson et moi avons passé un super-moment ensemble, pas vrai, mon grand ?

Jackson n'a rien répondu. Il s'appuyait contre moi, agrippait ma main, se frottait à moi, gestes qu'il ne faisait que lorsqu'il était très, très fatigué, et qui me rendaient presque le sentiment d'être humaine.

— Je suis désolée. Je suis déjà passée, mais vous étiez sortis.

— On était allés faire une course. Ton fils est de bonne compagnie. Des nouvelles de Charlie ? a-t-il ajouté.

J'ai secoué la tête.

— Rick, je suis au courant, pour elle et ton fils.

Il y a eu un silence. J'ai essayé de déchiffrer les expressions que j'ai vues passer sur son visage : surprise, mépris, colère. L'espace d'un instant, il m'a semblé être en face d'un étranger.

— Rick, tu aurais au moins pu m'en parler.

Il s'est frictionné le visage, et quand il a redressé la tête, seule la fatigue marquait ses traits.

— Tu as peut-être raison, Nina. Dieu sait que j'y ai pensé, sur le moment, parce que j'étais inquiet. Évidemment, j'y ai songé aujourd'hui et je me suis demandé si c'était pertinent. Franchement, Nina, je crois qu'il n'y a aucun rapport. Ce garçon est un désastre. Depuis toujours. Sur le moment, j'étais furieux contre lui, tout en sachant que c'était un dérapage idiot. Une connerie typique d'ados. Je pensais que Charlie t'en avait peut-être parlé. Tu n'en savais rien ?

— Non. Mais je suis en train de découvrir qu'il y a beaucoup de choses qu'elle ne m'a pas dites.

— Une petite cachottière ?

— Oui, c'est ça.

— Je suis désolé, désolé pour tout, a-t-il fait en me serrant l'épaule.

Jackson me tirait par la main, essayant de m'entraîner.

— Je sais, Rick. Et je ne voulais pas t'engueuler. J'ai passé la journée à crier après tout le monde.

— Ne t'inquiète pas. Tu sais que je ferais n'importe quoi pour t'aider. N'importe quoi.

— Et j'en profiterais si je savais quoi te demander, ai-je dit d'un ton las. Mais je n'arrive plus à penser à rien. Tu as déjà fait beaucoup. Je vais te ficher la paix. Viens, Jackson, on rentre. Merci, Rick.

— Elle va réapparaître, tu sais. J'en suis sûr.

— Sans doute. Au fait, tu n'as jamais croisé une certaine Olivia Mullen ? Ou Liv Mullen ? Charlie l'a rencontrée cet été.

Rick a réfléchi un instant, puis a secoué la tête.

— Ça ne me rappelle rien. Mais l'été, il y a tellement de gens qui passent à la plage, c'est dur de garder le fil. C'est qui ?

— C'est ce que j'essaie de découvrir. Joel lui aussi m'a dit qu'il ne se souvenait pas d'elle. Personne ne semble l'avoir rencontrée, sauf Charlie. Bref, merci pour tout.

— Rentre chez toi, ma belle, et offre-toi une bonne nuit de sommeil. Tout va rentrer dans l'ordre, Nina.

Pour la première fois, j'ai été frappée par le calme et le sang-froid avec lesquels Rick faisait front aux événements de cette journée frénétique. Peut-être était-il soulagé de savoir que Karen allait passer la nuit à l'hôpital. Il a refermé la porte et, un bras passé autour des épaules de Jackson, j'ai regagné la voiture. Je le serrais du plus fort que je pouvais, et je sentais la tiédeur et la force de son corps contre le mien. Je lui ai ouvert la porte côté passager. Il a soulevé le journal posé sur le siège et l'a déroulé sur ses genoux.

— Qu'est-ce que tu as fait avec Rick ? ai-je demandé en démarrant.

— J'ai joué sur l'ordi.

— Et après, vous êtes sortis ?

— Ouais.

— Il t'a acheté quelque chose ?

— Non, rien. Juste un cahier pour lui dont il avait besoin. Il avait cherché le sien dans tous ses tiroirs sans le trouver, alors il est allé en acheter un autre.

— Ah, d'accord. Voilà, on est à la maison.

Quand j'ai ouvert la portière, la lumière du plafonnier s'est allumée. Jackson a baissé les yeux sur le journal étalé sur ses genoux.

— C'est quoi ?

— Le journal régional. C'est le pasteur qui l'a laissé là quand il m'a réparé la voiture.

— Non, je voulais dire : pourquoi il y a sa photo dans le journal ?

— La photo de qui ?

— De cette fille.

Il a brandi le journal. En première page s'étalait la photo d'une adolescente qui souriait à l'objectif. Elle portait un tee-shirt au col et aux manches passepoilés. La photo avait été prise un jour de grand soleil, et elle clignait des yeux, éblouie. Elle avait des cheveux foncés, elle semblait heureuse, jeune. La manchette disait : « Disparition d'une jeune fille de seize ans. La police enquête. » J'ai regardé la légende, au bas de la photo, et j'ai lu ce à quoi je m'attendais : « Olivia Mullen, une lycéenne de seize ans, disparue depuis la semaine dernière. »

J'ai posé la main sur la tête de Jackson.

— C'est affreusement triste, ai-je dit. On a retrouvé son corps aujourd'hui, sur l'île.

— C'est la fille qui a pris la photo.

— Quelle photo ?

— Celle de moi et Charlie. Celle qu'elle a envoyée par la poste.

Celle que j'avais donnée à la police. Ma tête s'est mise à tourner. Je me suis penchée vers Jackson, j'ai agrippé son bras.

— Tu m'avais dit son nom, et je ne le connaissais pas. Mais c'est elle.

— Liv.

— Ouais, c'est ça. Je me souviens maintenant. Elle était sympa. Elle gloussait sans arrêt. Hé ! a-t-il enchaîné en se reculant d'un mouvement brusque. Qu'est-ce que tu veux dire… son corps ?

— Elle était avec Charlie et toi la semaine dernière ?

— Elle est morte ?

Quelque part, dans les confins de mon cerveau, je savais que bien des pensées et des actes s'entassaient, et qu'il me faudrait m'en occuper un jour ou l'autre : des paroles irréfléchies, ou cruelles, des gens que j'avais insultés ou blessés, des secrets que j'avais dévoilés, des blessures que j'avais rouvertes, des confiances dont j'avais abusé ; et par-dessus tout, il y avait Jackson, mon petit garçon, qui avait affronté la tourmente de cette terrible journée sans aide. Oui, un jour je devrais m'en occuper. Mais pas maintenant. Pas encore.

— Jackson, mon chéri, elle est morte, oui, mais je dois retrouver Charlie.

— Qu'est-ce que Liv a à voir avec le fait que Charlie est partie ?

— Il faut que je réfléchisse. Ne dis rien. Attends.

J'ai rallumé le plafonnier de la voiture et j'ai parcouru l'article. Olivia avait disparu le dimanche précédent. Elle avait dit à ses parents qu'elle allait faire du shopping avec une amie, et elle leur avait paru enjouée, mais ni l'un ni l'autre n'avaient plus entendu parler d'elle.

Cela changeait-il quelque chose ? J'ai essayé de faire le tri, de ne garder que les informations nécessaires. J'avais le sentiment de savoir ce dont j'avais besoin, mais de n'avoir pas été capable d'additionner ces bribes, et maintenant, j'avais la sensation que l'effort à fournir pour les connecter entre elles était d'ordre physique.

Un jeune couple nous a dépassés, étroitement enlacé, en riant. Les deux fumaient. Je les ai fixés un instant sans vraiment les voir, puis j'ai sauté de la voiture.

— Excusez-moi, pourrais-je vous piquer une cigarette ?

— Pardon ?

Le jeune homme m'a dévisagée et la fille a lâché un petit hennissement. Dans un flash, j'ai vu ce qu'ils voyaient : une femme entre deux âges, échevelée, les yeux injectés, les mains sales, dans des vêtements froissés, boueux, qui mendiait une clope.

— Je suis à cran.

Sans un mot, il m'a tendu une cigarette. Il a craqué une allumette et je me suis penchée vers ses mains gantées en coupe autour de la flamme. J'ai aspiré avec voracité jusqu'à ce que le bout rougeoie et que je sente la fumée âcre me picoter les poumons.

— Merci.

Je me tenais devant la voiture et, dos tourné à la maison, consciente que Jackson était pelotonné à l'intérieur, fatigué, affamé, malheureux et effrayé, j'ai regardé vers la mer, presque invisible dans l'obscurité ; le sol givré brillait sous mes pieds.

Olivia Mullen était venue voir Charlie le dimanche 12 décembre, le matin. Je le savais grâce à la date imprimée sur la photo. Je connaissais même l'heure : 11 h 07. D'après le journal, c'était le jour de sa disparition. Donc, elle était venue voir ma fille, et ensuite, elle avait disparu. Et elle avait dit qu'elle allait « mettre un point final ».

Ensuite – j'ai tiré une longue bouffée sur la cigarette et un instant, j'ai eu le vertige et la nausée – un article sur la disparition d'Olivia était paru ce matin-là dans le journal que Charlie distribuait, et Charlie elle aussi avait disparu. Ces deux faits tourbillonnaient dans mon cerveau : Olivia avait disparu après être venue voir Charlie. Charlie avait disparu le jour où la disparition de son amie faisait la une du quotidien local.

Que savais-je d'autre ? Je savais que Charlie avait été tyrannisée à l'école, et que la veille au soir ses soi-disant amies l'avaient soûlée à son insu.

Je savais qu'elle avait un petit ami dont elle n'avait parlé à personne des mois durant et qu'elle le rejoignait en secret sur les barges.

Je savais qu'elle avait eu une aventure avec Eamonn et qu'elle avait craint – peut-être avec raison – d'être enceinte.

Je savais qu'Eamonn l'avait dit à son père.

Je savais que quelqu'un, pendant cette fête qui avait tourné court, avait pris des affaires appartenant à Charlie, mais que ce ne pouvait pas être Charlie elle-même. Pourquoi était-on venu les chercher ? Cela s'était passé après qu'elle avait abandonné sa bicyclette à mi-tournée. Cela pouvait-il avoir été un leurre ? Pour faire croire que Charlie avait fait une fugue ? La personne qui avait emporté ses affaires, quelle qu'elle soit, l'avait fait pour la galerie. Elle n'avait pris que des objets qui étaient à portée de regard, et dont l'absence se remarquerait.

Je savais que Rory s'était trouvé sur l'île, le matin, et avait rencontré Charlie pendant qu'elle faisait sa tournée, et qu'il m'avait menti à ce sujet, qu'il avait menti à la police et n'était passé aux aveux que lorsque j'avais découvert les affaires de Charlie dans le coffre de sa voiture.

Je savais qu'Olivia et Charlie s'étaient rencontrées durant l'été, dans un stage animé par Joel. Mais aussi par des dizaines d'autres personnes. Ils avaient été des centaines, durant l'été, à fréquenter la plage, à faire de la voile ou de la planche à voile.

« Attends », ai-je dit à mi-voix en lâchant la cigarette à mes pieds. On aurait dit un œil rouge, incandescent, qui me regardait.

Quelque chose venait de s'insinuer dans ma tête, une minuscule volute, un filet de brume. Qu'était-ce ? J'ai regardé la nappe scintillante de la mer et j'ai essayé de capturer cette idée fugace. Oui : c'était un détail au sujet de tous les gens qui fréquentaient la plage l'été, tous ces visages dont on avait du mal à se souvenir… Qui avait dit ça ? Qui venait de me dire ça ?

— Mais je n'ai jamais parlé de la plage…, ai-je murmuré, sous le choc. Je n'ai jamais dit que Liv avait un lien avec la plage.

Réfléchis. Concentre-toi. Joel avait dit que l'été de nombreux îliens encadraient des cours de kayak, de voile : lui-même, Alix, Bill, Tom, Rick… *Rick*, je me suis souvenue du calme qu'il avait affiché, de cette détermination posée qu'il m'avait soudain semblé sentir chez lui. Pourquoi tant de calme ? Dans quel but ?

À quelques mètres de moi, les vagues léchaient les galets qui grésillaient doucement. C'est elles qui m'ont donné ma réponse : parce que la marée serait bientôt haute et que le temps dont je disposais pour retrouver Charlie était écoulé. J'ai ouvert la portière et je me suis penchée dans l'habitacle.

— Jackson…

— Maman ? Je peux…

— Qu'est-ce que Rick a acheté quand tu es sorti faire des courses avec lui ? l'ai-je interrompu, le souffle court. Tu m'as dit qu'il avait acheté un cahier.

Je savais ce que Jackson allait me répondre, et effectivement, il a dit :

— Une table des marées, pour savoir quand elles sont hautes et basses.

J'ai ouvert la boîte à gants et j'en ai extrait un tas de cartes, de justificatifs de révisions et, oui, une table des marées. J'ai cherché les horaires des marées pour le samedi 18 décembre. Basse mer à 10 h 40 ; haute mer à 4 h 22 et 17 h 13. Une ligne de pointillés noirs à côté de ces horaires indiquait pour ce jour-là un fort coefficient. J'ai jeté un œil à l'écran de mon portable : 16 h 56.

Rick avait laissé Charlie juste avant la marée basse, et de toute la journée, entre Karen à l'hôpital et moi qui lui avais laissé Jackson à garder, il n'avait pas pu revenir vers elle. Mais maintenant que la mer avait monté, que les vagues léchaient le rivage, il pouvait se détendre. Dans un quart d'heure de là, ce serait marée haute, et sachant cela, Rick n'avait plus rien à craindre.

Comme un automate, j'ai commencé à composer le numéro du poste de police. Une voix familière a répondu.

— C'est…, ai-je commencé, mais sous le coup d'une impulsion, j'ai raccroché.

À présent, j'avais retrouvé toute ma clarté d'esprit. Je savais ce qui allait se passer. Les policiers iraient chercher Rick et il passerait des heures à faire une déposition, à tout nier. Et pendant ce temps, la mer ferait son œuvre, et tout serait perdu. J'avais peu de certitudes, mais appeler la police – ça, j'en étais certaine – ce serait perdre toute chance de retrouver Charlie.

Je me suis tournée vers Jackson. J'ai inspiré pour être sûre de m'exprimer lentement, calmement, d'un ton rassurant.

— Changement de plan, mon chéri. Tu vas m'attendre un petit moment à la maison.

— Nooooon !

— C'est important, et je suis très fière de toi.

— Non ! a-t-il crié cette fois, d'une voix que l'hystérie rendait aiguë. Je veux pas ! Je m'en irai. Je te suivrai. Tu peux pas me laisser une fois de plus. C'est pas juste.

Dans une seconde de désarroi, j'ai songé à l'emmener avec moi. Il pourrait s'allonger sur la banquette arrière. Rester sage. Peut-être même s'endormir. J'ai pesé le pour et le contre, même si je n'avais pas vraiment de temps à perdre. Puis j'ai distingué deux silhouettes le long de la route, un adulte et un enfant. L'adulte était chargé de sacs et trottinait vers moi. J'ai compris qu'ils arrivaient de l'arrêt de bus. Et je les ai reconnus : Bonnie et Ryan.

J'ai rouvert la portière.

— Bonnie !

Elle m'a reconnue et a souri.

— On a fini. Ça nous a pris cinq heures et on a à peine eu le temps de déjeuner, mais on a des cadeaux pour tout le monde, n'est-ce pas, Ryan ? En fait, on était tellement occupés à les regarder qu'on a loupé l'arrêt de bus… (Son expression a changé.) Nina ? Mais tu n'étais pas censée être dans l'avion, à l'heure qu'il est ? Nina, tu as une mine épouvantable !

— Une urgence. La pire des urgences. Il faut que tu me gardes à nouveau Jackson. Je suis désolée, Bonnie. Charlie a disparu.

— Disparu ?

— Pas le temps de t'expliquer. Prends Jackson. Je t'appellerai. Jackson, descends. Vite.

— Mais maman…

— Super ! s'est exclamé Ryan.

— D'accord, a immédiatement dit Bonnie en tirant Jackson de la voiture. File, a-t-elle ajouté en se tournant vers moi.

J'ai démarré au moment où elle claquait la portière et j'ai roulé dans la direction d'où j'étais venue un moment plus tôt. Quand je suis arrivée à quelques dizaines de mètres de la maison de Rick et de Karen, je me suis garée sur le bas-côté, feux éteints, mais j'ai laissé tourner le moteur.

Et j'ai attendu, en priant pour qu'il ne soit pas trop tard, que je ne me sois pas trompée. C'était mon pari, mon dernier lancer de dés. Je risquais la vie de ma fille sur la possibilité d'avoir mis dans le mille. Je savais maintenant que Rick avait enlevé Charlie. Et je pensais qu'il l'avait cachée quelque part, dans un endroit qui, dans quelques minutes, serait submergé par la marée. Et je misais tout sur l'espoir qu'il était encore chez lui, qu'il irait la voir et que je pourrais le suivre et l'empêcher de mettre son plan à exécution. Qu'elle était frêle, cette embarcation dans laquelle je plaçais tous mes espoirs ! Je savais, oh oui ! Je savais que je pouvais faire fausse route. Que si tel était le cas, j'aurais jusqu'à mon dernier jour pour m'appesantir sur ces instants, pour en repasser le film dans ma tête et comprendre ce que j'aurais dû faire si seulement j'avais pu avoir du recul.

Combien de minutes ai-je passé là, à attendre ? Je ne sais pas. Très peu, peut-être. Il y a eu du mouvement. La porte s'est ouverte, et Rick est apparu. J'ai agrippé le volant à deux mains. Il transportait un sac à l'épaule ; un sac de voile, pour ce que j'en distinguais dans le noir. Il s'est dirigé vers sa voiture, il a balancé le sac sur la banquette arrière et a démarré. J'ai attendu qu'il s'éloigne, j'ai laissé ses feux arrière disparaître après le virage. J'ai mémorisé le numéro de sa plaque minéralogique au cas où je le perdrais, encore qu'il n'y eût pas grand monde sur les routes en cette soirée d'hiver. Chacun était chez soi, au chaud, avec les sapins de Noël, devant la télévision et les feux de cheminée. À l'abri de la tempête.

La route sinuait. Je voyais la voiture de Rick devant moi. Je le suivais à bonne distance, en priant pour qu'il ne remarque pas ma voiture dans son rétroviseur. Nous avons traversé la grand-rue, puis il a bifurqué pour s'engager sur la route qui conduisait au tumulus, et de là, il a tourné sur Lost Road. Tout était sombre, à l'exception des feux arrière devant moi. J'ai ralenti et éteint mes codes. Je distinguais avec peine la route et, à plusieurs reprises, mes roues ont mordu l'accotement ; à un moment donné, j'ai fait une embardée et l'idée que je pourrais déraper et m'échouer dans un fossé m'a arraché un frisson. Si jamais Rick m'apercevait et décidait de retourner chez lui, tout était perdu.

Penchée sur le volant, je me concentrais sur la route en veillant à ne pas perdre de vue ces deux points rouges devant moi. Le froid avait engourdi mes doigts, mais des gouttes de transpiration perlaient sur mon front et entre mes seins. Je respirais bruyamment, par saccades. Sur ma droite, je devinais des champs et par intermittence, entre les rangées d'arbres coupe-vent, j'apercevais les lumières de la ferme des Briche. Sur ma gauche se trouvaient les étendues désolées de marécages, et au loin, la mer était revenue dans mon champ de vision et dressait comme une muraille noire sous le ciel obscurci. La lune projetait un sentier jaune et oscillant sur les flots.

Je me trouvais à l'endroit où j'étais avec Alix quelques heures plus tôt. La route virait à gauche en longeant quelques maisons. Les feux arrière ont épousé la trajectoire de cette courbe en pente douce, et là, je me suis obligée à m'arrêter. Je ne pouvais pas prendre le risque que Rick me voie. Il est arrivé au croisement avec la route côtière, et s'est arrêté. À droite se trouvait la route que Charlie empruntait pour sa tournée, qui se rétrécissait en un chemin de terre et se transformait en bourbier à l'approche des marécages et des digues de retenue. À gauche, la route longeait les falaises basses et légèrement escarpées, avant de s'écarter des rochers, des digues et des étendues mouvantes de vase pour s'enfoncer à nouveau vers l'intérieur des terres et rejoindre la chaussée.

J'ai attendu, penchée contre le volant, prête à avancer. J'éprouvais certaines sensations – une douleur aiguë dans ma cheville qui enflait ; mes doigts et mes orteils gourds de froid ; une douleur derrière les yeux ; la nausée dans ma gorge ; ma veste qui frottait contre mon cou ; le vide dans mon estomac ; la pression sur ma vessie ; quelque chose qui martelait dans mon crâne – mais aucune de ces sensations n'avait réellement d'acuité. Ma peau semblait trop mince, trop fragile pour contenir la souffrance que j'avais à respirer, à penser, à être en vie, à ne pas bouger, à ne pas m'élancer jusqu'à l'endroit où Rick réfléchissait au sort qu'il réservait à ma fille.

« Charlie, tiens bon, ma chérie. J'arrive. Je viens te chercher. Tiens bon. » Avais-je parlé à voix haute ? Je ne sais pas. Il me semblait que son nom pulsait dans mes veines.

Les feux arrière ont disparu, et aussitôt j'ai aperçu la lueur des phares dans la brume. Rick avait tourné à gauche. Mes yeux avaient eu le temps de s'accoutumer à l'obscurité et je devinais devant moi, comme une ombre portée, le tracé de la route. Parvenue au croisement, j'ai tourné à gauche à mon tour et j'ai vu réapparaître les feux. Je n'arrivais pas à évaluer la distance qui me séparait d'eux et un instant, comme par effet d'optique, il m'a semblé que ces deux points rouges flottaient devant moi comme sur un écran. Je me trouvais désormais à l'est de l'île, en train de rouler en direction du nord. Quelques vestiges de lumière crépusculaire flottaient derrière les nuages. Bientôt, il ferait nuit noire.

Où Rick se dirigeait-il ? Nous nous trouvions dans la région la plus désertique, la plus reculée de l'île. Je ne m'étais que rarement aventurée dans ce coin-là, et j'ai dû faire un effort pour me souvenir de la disposition des routes. La direction qu'avait prise Rick longeait, de la côte vers la chaussée, le continent, mais j'étais à peu près certaine que la route s'arrêtait avant, se transformait en un chemin qui allait se perdre dans les marécages, infranchissables, vers l'endroit où la digue s'était effondrée.

Les feux arrière avaient disparu. Je me suis arrêtée, j'ai cligné des yeux et scruté l'obscurité. Je ne voyais que du gris derrière les nuages et, le long de la ligne d'horizon, les lumières du continent. Où était-il passé ? Ses feux pouvaient être cachés par une déclivité de la route. Avait-il bifurqué de nouveau ? Il pouvait s'être arrêté et les avoir éteints. Et s'il m'avait détectée et m'attendait ? Qu'allais-je faire ? Patienter jusqu'à repérer les deux points rouges était l'option la moins risquée, mais potentiellement la plus désastreuse. Si les feux ne réapparaissaient pas, je pouvais perdre complètement sa trace. Non, je devais continuer, courir le risque. J'ai baissé la vitre. Le vent qui soufflait de l'embouchure de l'estuaire m'a donné un baiser mouillé. Rick ne pouvait pas entendre ma voiture, à moins d'entrer en collision avec elle.

Je suis repartie, lentement, presque au pas. Je scrutais si intensément l'obscurité que j'en avais mal aux yeux. Ma frustration était à la limite du supportable. Je brûlais d'envie d'allumer les phares et d'accélérer, mais j'étais certaine que si je le faisais, je perdrais toute chance de retrouver Charlie.

L'éclat métallisé de la voiture de Rick a soudain surgi devant moi, et même à cette allure d'escargot, je n'ai évité la collision que de justesse. J'ai freiné et senti des gravillons crisser sous mes pneus. Rick avait-il entendu quelque chose ? J'ai coupé le contact et attendu. J'ai regardé autour de moi, convaincu que son visage allait apparaître derrière ma vitre. Mais dehors, tout était d'un noir uniforme. J'ai attrapé mon portable et retrouvé le numéro du poste de police. Quand on a répondu, je n'ai pas demandé à parler à quelqu'un en particulier. Cela aurait pris trop de temps. J'ai juste dit, d'une voix aussi posée que possible pour qu'ils ne s'imaginent pas que j'avais cédé à l'hystérie : « Ici Nina Landry. J'ai retrouvé ma fille, mais elle court un grand danger. Venez immédiatement. Au bout de Lost Road, tournez à gauche au croisement avec la route côtière et roulez aussi vite que vous pouvez. Là où la route se termine, vous verrez deux voitures garées. On est là. Venez sans perdre une minute. Vous avez tout noté ? Au bout de Lost Road, à gauche, en direction du nord et de la chaussée. C'est urgent. Urgent. C'est une question de vie ou de mort. Envoyez une ambulance. »

J'ai raccroché. Y avait-il dans la voiture quelque chose qui m'aiderait ? Peut-être dans la boîte à gants. Quand je l'ai ouverte, la lumière m'a presque aveuglée. À l'intérieur, il y avait une carte routière, le manuel de la voiture et une petite lampe électrique. J'ai allumé celle-ci, en la braquant sous le volant pour que rien ne filtre au-dehors. Un mince faisceau a éclairé mes baskets. Merci, mon Dieu, merci. Je l'ai glissée dans ma poche.

En essayant de ne faire aucun bruit, j'ai ouvert la portière. Cette fois, c'est la lumière du plafonnier qui s'est allumée, et l'est restée quand j'ai refermé. J'ai juré. Cette lumière devait se voir à des centaines de mètres. J'ai inspiré profondément, j'ai rouvert la porte de quelques centimètres et je l'ai claquée : de nouveau l'obscurité m'a enveloppée. Mais le mal était fait. J'avais l'impression que mes yeux fourmillaient de micro-organismes fluorescents.

Je me suis approchée sur la pointe des pieds de la voiture de Rick. Vide. Il était parti. J'avais besoin d'une arme. Je suis revenue sur mes pas et j'ai ouvert le coffre. Une autre lumière s'est allumée, mais masquée celle-là par le hayon. Il me fallait un objet lourd, solide. Le cric. Je ne m'en étais jamais servie. Je l'ai sorti de son sac plastique. Ça ferait l'affaire. J'ai rabattu le hayon et regardé autour de moi.

J'ignorais dans quelle direction Rick était parti. « Réfléchis, Nina, réfléchis. » Il avait traversé la route pour se garer du côté droit. Sans doute était-il allé vers le talus herbeux, les marécages et les laisses de vase qui s'étiraient vers l'embouchure de l'estuaire. C'était là le pire des signes. J'avais espéré qu'il me conduirait loin de l'eau, jusqu'à une grange, un abri, une remise. Je n'étais pas familière de cette partie de l'île, mais je m'y étais quelquefois promenée avec Sludge, les jours où le vent soufflait par bourrasques, et je savais qu'il n'y avait aucune construction dans les environs, ni même un buisson derrière lequel s'abriter. Nul endroit où emprisonner une personne vivante. Mais je ne devais pas penser à ça.

Rory s'était toujours moqué de mon sens de l'orientation, il disait que je serais capable de me perdre dans mon propre salon. Là, je n'avais aucun droit à l'erreur. J'ai commencé à avancer, dans le noir. Mon univers s'était réduit à du noir. Et si je n'avais pas senti l'herbe détrempée qui imbibait mes chaussettes ou le vent du large qui me fouettait le visage, j'aurais pu croire que je flottais dans l'espace. Une lumière vacillait par intermittence devant mes yeux, mais si brièvement, si faiblement que j'ai d'abord pensé que mon éblouissement persistait. Cependant, ce point lumineux était bien là, aussi ténu et dansant qu'une luciole, par moments caché par les herbes et les fougères, mais il finissait toujours par réapparaître. Il existait bel et bien.

Je tenais ma lampe de poche à hauteur des genoux, faisceau dirigé vers le sol, en cheminant sur un étroit sentier herbeux. Ainsi courbée vers le sol, j'avançais le plus vite possible, sans vraiment distinguer ce qui m'entourait, mais le sentier, sous mes semelles, me conduisait bien vers cette lumière. Je ne pouvais pas me permettre d'éteindre ma lampe. Un mauvais pas de côté, et je risquais de basculer au bas d'une falaise, alors tout serait perdu.

Après quelques minutes, j'ai éteint ma lampe et je me suis redressée. J'ai étouffé un cri : j'étais presque arrivée à sa hauteur. Il avait posé sa torche par terre et s'était accroupi ; je ne voyais pas à quoi il s'affairait. Je me suis baissée à mon tour en espérant que les broussailles environnantes formeraient un écran suffisant.

Il avait posé sa torche de telle sorte qu'elle projette une mare de lumière vers lui. Où nous trouvions-nous ? J'entendais le roulis de la mer toute proche. J'ai glissé la lampe dans la même main que le cric, et j'ai tâté le sol : j'ai senti des gravillons, du sable. Mouillés. Nous étions au bord de l'eau. Je distinguais vaguement une forme qui se détachait sur le ciel brumeux. De quoi pouvait-il s'agir ? C'était massif, avec des lignes droites. Pourtant, il n'y avait aucune construction ici, sur le sable et la vase. Rick possédait un bateau. Se pouvait-il qu'il l'ait amarré ici ? Était-ce là qu'il avait emprisonné Charlie ?

Rick n'avait pas pu amarrer le bateau dans un endroit où, même à marée haute, il n'y avait que quelques centimètres d'eau. Je n'avais pas le pied marin, mais je savais au moins ça. Pourtant quelque chose se trouvait là, dans l'obscurité, une masse indistincte.

J'ai fouillé dans ma mémoire. Je me suis obligée à repenser à ces atroces journées d'hiver qui avaient suivi le départ de Rory, quand je partais errer sur les chemins reculés de l'île avec Sludge, à ces promenades dans les bourrasques mordantes du vent du nord, quand je ne savais plus si je pleurais de douleur, de colère ou à cause du vent. Et brusquement, j'ai compris de quoi il s'agissait. C'était l'un des blockhaus. Du coup, j'ai tout compris, et j'ai vu avec clarté ce que je devais faire. Immédiatement. La situation ne me laissait guère d'espoir, mais c'était mieux que pas d'espoir du tout. J'ai empoigné fermement le cric. Le plus important, c'était de ne pas penser. Mais d'agir. Je me suis redressée, j'ai avancé de quelques pas tout en armant mon bras droit. Rick était toujours accroupi et il a tourné la tête au moment où j'ai balancé le cric contre son crâne. Je n'ai entendu que le bruit de l'impact. Rick n'a pas poussé le moindre cri. Il s'est recroquevillé sur le sol. J'avais envie de continuer à le frapper jusqu'à réduire son crâne en bouillie, mais je n'avais pas le temps.

J'ai lâché le cric et j'ai braqué la torche en direction de l'eau. Un modeste rai oblique est apparu sur les vaguelettes couleur d'encre, puis en dirigeant le faisceau plus haut, j'ai distingué la masse trapue du blockhaus. Je me suis élancée en pataugeant dans l'eau glacée. Très vite, elle est montée à hauteur de mes genoux, puis de mes cuisses, me ralentissant. Sa température m'a presque coupé le souffle. Mon jean collait à ma peau, mes pieds s'enfonçaient dans le sable mêlé de vase, le sel me donnait des démangeaisons, me mettait les larmes aux yeux.

— Charlie ! ai-je crié, du plus fort que j'ai pu, luttant pour franchir les vagues et maudissant l'épaisseur de ma veste détrempée qui ralentissait ma progression. Je suis là. Attends-moi. Ma chérie, attends-moi.

J'avais le sentiment que chaque seconde, chaque fraction de seconde comptait désormais. Le monde pouvait se fracturer à tout moment.

Ma voix a roulé sur les flots et est allée se perdre au loin. Je n'ai reçu aucune réponse. Je me suis projetée sur les quelques derniers mètres restants, la torche à bout de bras, en fouillant l'obscurité à la recherche de l'entrée du blockhaus, que je n'arrivais pas à distinguer. Tout n'était que noir sur noir. Ténèbres contre ténèbres. En tendant la main, j'ai enfin senti la surface rugueuse du mur, et tout en luttant contre la force ascendante de l'eau j'ai tâtonné jusqu'à trouver l'entrée. Le blockhaus, construit à l'origine sur la falaise, s'était effondré en contrebas et gisait telle une épave inclinée, si bien que son étroite ouverture était tournée vers le ciel. Ce qui signifiait que la mer, temporairement retenue par les murs, allait vite s'y engouffrer.

J'ai braqué mon faible faisceau de lumière à l'intérieur de la casemate. Il n'y avait rien. Rien que de l'eau, qui écumait en franchissant l'ouverture, puis glissait paisiblement à l'intérieur.

— Charlie ! ai-je appelé d'une voix brisée. Charlie !

Et là, soudain, le faisceau a effleuré une ombre, une forme indistincte qui évoquait celle d'un nénuphar. Je me suis penchée pour braquer la lumière directement sur cette forme, cette tache pâle qui surnageait à peine à la surface de l'eau – une petite île de chair, comme le ventre d'un poisson flottant à l'envers. Et une bouche ouverte pour aspirer de l'oxygène.

Sur le moment, je suis restée comme paralysée. Puis, avec lenteur et application, je me suis faufilée par l'ouverture. J'ai senti que ma veste se déchirait, j'ai senti le contact rugueux du béton contre mes mains, mon visage, le goût du sang et du sel dans ma bouche. L'eau m'arrivait à la taille, mais sitôt que j'ai avancé, elle est montée jusqu'à mon cou. Je n'osais faire aucun mouvement brusque, terrifiée à l'idée que le volume de mon corps puisse faire monter le niveau et submerger cette bouche pitoyable. En progressant à petits pas, la lampe toujours à bout de bras, je me suis approchée de ma fille et, de ma main libre, j'ai effleuré son corps près d'être submergé.

Enfin, mes doigts se sont refermés sur elle – sur la tige tendue de son cou, sous sa chevelure épandue comme un bouquet d'algues.

— Tout va bien, mon cœur, ai-je murmuré.

Elle m'a fixée d'un regard vide. Ses lèvres cherchaient à aspirer le peu d'oxygène qui restait dans la casemate. L'eau déposait une frange d'écume sur son menton.

— Je vais te sortir de là.

Mais je devais d'abord poser ma lampe. J'ai avisé une fissure dans le béton et enfoncé la torche dans cet interstice, mais du coup, le faisceau était braqué à l'horizontale, et je ne voyais plus Charlie. À l'aveuglette, j'ai glissé les bras autour de sa taille, sous l'eau, et j'ai tiré. Son corps s'est soulevé de quelques centimètres, aussi lourd que celui d'un cadavre, puis j'ai senti une résistance. Elle était attachée. Mais je ne savais pas avec quoi, ni à quoi.

— Attends, ai-je haleté.

Je me suis laissée glisser sous l'eau et n'ai distingué qu'un tourbillon saumâtre. À tâtons, j'ai fini par localiser ses jambes. Ses chevilles étaient ligotées avec un lien rêche, épais, solide. Une corde. J'ai tiré, en vain.

Je commençais à être à court d'oxygène. J'ai suivi la corde de la main : elle était attachée à quelque chose de lourd. J'ai tiré de toutes mes forces sur le nœud épais, essayant de le dénouer, mais je savais que je n'y arriverais pas à temps. Mon temps – le temps de Charlie – se comptait en secondes.

J'ai refait surface, haletante, et je me suis débarrassée de ma veste qui me gênait, je l'ai roulée en boule et j'ai plongé à nouveau. J'ai vidé mes poumons progressivement, saisi Charlie par les mollets et je l'ai poussée vers le haut, autant que le permettait la corde, puis j'ai calé ma veste sous ses pieds ballants de sorte qu'elle supporte son poids. J'avais gagné une minute.

De retour à la surface, j'ai repris la torche, et je l'ai braquée sur mon visage.

— Charlie, tu ne bouges pas. Tu te tiens bien droite. Tu respires. Je reviens dans trois secondes. Je te jure que je vais te sauver.

Elle a écarquillé les yeux. Un long mugissement, qui n'avait rien d'un son humain, s'est échappé d'entre ses lèvres écumantes.

Sans perdre de temps, je me suis faufilée à l'extérieur de la casemate, j'ai pataugé jusqu'au rivage, je suis repassée à côté de Rick qui gisait sur le ventre, le corps léché par les vagues, et j'ai couru vers ma voiture, tout en essayant de repérer, dans l'obscurité, des phares de voiture. La police n'allait plus tarder. Mais la route était noire.

Quand j'ai ouvert mon coffre, la lumière m'a éblouie. J'ai saisi le sac de sport, d'où j'ai sorti le cadeau destiné à Christian. Puis j'ai coincé la torche entre mes dents parce que j'avais besoin de mes deux mains, et j'ai rebroussé chemin au galop, tout en déchirant le papier cadeau et l'épais emballage en plastique. Un tuba. Et le masque qui allait avec. J'ai abandonné l'emballage dans la vase, j'ai repris la lampe en main, brandi le masque et le tuba dans l'autre et, les deux bras en l'air, je me suis élancée dans l'eau qui s'ouvrait comme un chenal devant moi, vers Charlie.

La lampe était en train de me lâcher. Son faisceau vacillait. Mais j'étais de retour dans le blockhaus et j'y voyais assez pour distinguer la bouche entrouverte de mon enfant. D'une main, j'ai glissé l'embout du tuba entre ses lèvres et vérifié qu'elle l'avait bien en bouche. Sa peau était glacée, caoutchouteuse, irréelle. J'ai passé le masque sur son visage, ajusté l'élastique derrière sa tête.

— Serre avec les dents, Charlie. (Je parlais fort, d'une voix posée.) Tu serres, et tu respires. Si l'eau te recouvre le visage, ne panique pas, tu m'entends ? Tu pourras encore respirer. Tu vas t'en sortir. Maintenant, je vais chercher un truc pour te détacher.

Facile à dire : où allais-je trouver un outil assez solide pour entailler cette corde détrempée ? Je n'avais ni ciseaux, ni couteau, ni lame. Mais je connaissais quelqu'un qui avait peut-être ça. J'ai laissé Charlie une fois de plus seule dans ces effroyables ténèbres envahies par les eaux, et j'ai pataugé jusqu'au rivage.

Le corps de Rick était à présent à moitié recouvert d'eau. Son sac de voile était encore accroché à son épaule et j'ai dû le faire rouler sur lui-même pour l'en dégager. Son corps était lourd, flasque ; le sang de sa blessure s'est collé à mes mains. Mais j'avais le sac. Avec mes doigts engourdis et maladroits, j'ai eu du mal à dénouer le cordon qui le fermait. À l'intérieur, j'ai trouvé une serviette, des vêtements de rechange, et tout un tas de pièces et de trucs destinés à son bateau. Dans le lot, il y avait une paire de tenailles qui m'aiderait peut-être à venir à bout de ce nœud. Et un sécateur. Lui aussi ferait l'affaire. Et ça, c'était quoi ? J'ai ramené l'objet sous les derniers feux de ma lampe : un couteau de l'armée.

J'ai pris les tenailles, le sécateur et le couteau et je suis repartie. À l'ouest, les derniers rais de lumière avaient disparu, et l'obscurité était à présent presque totale. Mais à l'instant où j'ai atteint le blockhaus, la lune a émergé de derrière un nuage et dardé une lueur argentée sur les eaux montantes. D'un coup, j'ai découvert le paysage autour de moi : l'immensité glacée de la mer, le ciel, la grève et les lais de sable qui s'affaissaient et, face à moi, le blockhaus en ruine qui émergeait des flots. Sous mes pieds, je sentais le courant aspirer le sable et les gravillons vers le large ; les vagues qui se brisaient avec élan ralentissaient ma progression, le jean collait à mes jambes, mes tennis pesaient autant que des briques, mais je n'avais pas le temps de les délacer pour m'en débarrasser.

Sitôt que je me suis glissée dans l'entrée du blockhaus, j'ai failli perdre pied. L'eau m'a submergée et j'ai dû me hisser sur la pointe des orteils pour respirer correctement. J'ai tout de même réussi à tenir la torche à bout de bras et à braquer son faisceau tremblotant vers l'endroit où ma fille était entre la vie et la mort. Rien. Charlie avait disparu. Un hurlement de désespoir est monté dans ma gorge, mais je me suis forcée à le ravaler, à scruter le point où je l'avais laissée. Et là, j'ai aperçu un petit morceau de tube qui dépassait de l'eau, de quelques centimètres à peine. Ma fille était là, sous l'eau. Respirait-elle encore ?

Ma lampe a clignoté et s'est éteinte. Je l'ai lâchée, et elle s'est enfoncée dans l'eau. Un rai de clair de lune est apparu dans mon dos, mais n'a duré que quelques instants, et l'obscurité est revenue. J'ai enfoui les pinces au fond de la poche de mon jean, glissé le sécateur entre mes dents et, à l'aveuglette, dégagé la plus large lame du couteau. Une profonde inspiration, et j'ai plongé sous l'eau, ma main libre tendue devant moi. J'ai trouvé le corps de Charlie. Puis ses mains, liées dans le dos. J'ai senti sa taille, sous son blouson en cuir, ses cuisses, ses jambes, ses chevilles. Je devais veiller à ne pas déloger ses pieds de la veste roulée en boule. J'ai senti la corde, je l'ai agrippée pour la scier. J'avais besoin de reprendre ma respiration, mais je ne pouvais pas m'interrompre. La corde était détrempée et épaisse, la lame du canif émoussée. Mes poumons se ratatinaient, la douleur se faisait cuisante. Bientôt, il me faudrait respirer, avaler de grandes goulées d'eau salée. Un spasme m'a parcouru le corps et j'ai lâché la corde, je suis remontée à la surface. J'ai toussé, haleté, et les outils ont failli m'échapper. Je les ai pris fermement en main, j'ai ouvert leurs mâchoires, et coincé le canif entre mes lèvres.

J'ai replongé. La corde. À tâtons, j'ai retrouvé l'endroit où j'avais commencé à entamer le chanvre. J'ai continué à l'entailler à coups de sécateur ; parfois, leurs mâchoires rataient la cible et se refermaient sur l'eau. J'ai laissé la douleur grandir à nouveau dans mes poumons, en remplir chaque millimètre cube. J'ai imaginé les fils de la corde céder l'un après l'autre, je la sentais donner du mou peu à peu. Je n'étais plus très loin du but. C'était long, atrocement long ! Mon corps était sur le point d'exploser de souffrance, mais je n'avais pas le temps de remonter pour reprendre ma respiration. Pendant ce temps, Charlie, retenue par la corde, flottait au-dessus de moi, oscillant au gré des remous.

Au moment où je me disais que je ne tiendrais pas plus longtemps, la corde a tremblé et cédé d'un coup. Mon corps, délié, a flotté jusqu'à la surface. Ce faisant, j'ai soulevé Charlie pour pousser sa tête hors de l'eau. Son corps passif s'abandonnait contre moi, et je n'arrivais pas à le tenir correctement parce que j'avais perdu pied. Tandis que je m'escrimais, sa tête a basculé en arrière. Tout en inspirant moi-même goulûment, j'ai pris sa tête entre mes mains, je me suis mise sur le dos et je l'ai tirée sur la courte distance qui nous séparait de l'entrée. Il m'a semblé la sentir remuer – un petit mouvement convulsif, comme un réflexe –, et ses jambes, sous l'eau, ne cessaient de buter contre les miennes.

Dos à l'entrée, j'ai essayé de me propulser en arrière, un bras passé autour du buste de Charlie pour hisser son corps flasque qui ne cessait de s'écarter du mien, comme s'il voulait repartir dans les profondeurs de la casemate. Ses vêtements, sa peau me glissaient entre les mains, ses doigts étaient comme des bouts visqueux de bois flotté, ses membres ployaient. À plusieurs reprises, j'ai failli la lâcher, la laisser repartir dans ces ténèbres inondées. Une fois, j'ai dû agripper ses cheveux pour lui tenir la tête hors de l'eau. Le béton m'éraflait le visage et je sentais des filets de sang tiède sur ma joue, dans mon cou. J'ai trébuché sur le seuil submergé et soudain, nous nous sommes enfin retrouvées à l'air libre. Pieds enfoncés dans la vase, j'ai entrepris de remorquer Charlie. La lune brillait au-dessus de nous, et son reflet ondoyant s'élargissait à la surface de l'eau. Les vagues clapotaient contre mon cou ; le corps de Charlie dérivait lourdement au bout de mes bras, comme un filet rempli de poissons morts. J'ai coincé mes mains sous ses aisselles. Je ne la distinguais que confusément, apercevais juste la forme de son corps et la tache blanche, fantomatique de son visage. Elle avait les yeux fermés maintenant.

— Tout va bien, tu es sauvée, tu es sauvée ! ai-je crié en la traînant sur le rivage.

Je l'ai halée au-delà de Rick, sur le sable sec, à la limite des rochers, et je me suis effondrée près d'elle, si près que j'ai senti la moiteur glacée de son corps. J'ai lutté pour me dresser à genoux. Sous le clair de lune, son visage, ses lèvres avaient la couleur de la cendre. Sa bouche était ouverte, flasque, et sa chair était aussi froide que le sable sur lequel elle était étendue.

J'ai rapproché son corps du mien, j'ai enfoui mon visage dans son cou et, en tenant sa tête près de mon oreille, j'ai essayé de sentir ou d'entendre sa respiration. Mais tout ce qui me parvenait, c'était le grondement incessant de la mer dans mon dos et le gémissement plaintif du vent. J'ai pincé ses narines et collé ma bouche sur la sienne. J'ai soufflé une fois, deux fois. J'essayais de me souvenir de mes connaissances de secourisme. J'ai appuyé plusieurs fois sur sa poitrine, puis j'ai recommencé le bouche-à-bouche. Encore et encore.

— Ne pars pas, ma belle, reste avec moi.

Je lui parlais d'une voix douce comme si elle était redevenue un bébé.

Soudain, une petite bulle d'air et un gargouillement se sont échappés d'entre ses lèvres livides. Suivis d'un toussotement désespéré. J'ai bataillé pour la mettre en position assise. Avec ses mains ligotées derrière le dos, elle avait l'air d'un prisonnier avant l'exécution. Sa tête pendait sur la poitrine et elle a vomi sur mes genoux. Je l'ai serrée contre moi, j'ai pressé mes lèvres contre son front. Un espoir quasi douloureux a déployé ses ailes en moi. Mon cœur s'est mis à tambouriner contre mes côtes. Je sentais son corps grelotter contre le mien. Je l'ai enlacée le plus étroitement que j'ai pu, lui frictionnant le dos, essayant de lui communiquer un peu de ma chaleur, de ma vie. Si seulement j'avais eu des couvertures dans la voiture, ou des vêtements.

Je me suis souvenue du sac de Rick. J'ai rallongé Charlie et j'ai filé le chercher, trébuchant dans ma précipitation. J'ai vidé son contenu et j'ai trouvé une petite clé à écrous que j'ai enfoncée avec force dans le nœud autour de ses poignets. J'ai remué cette clé dans tous les sens et le nœud a fini par céder. J'ai senti sous mes doigts les profondes entailles que la corde avait creusées dans sa chair. Je lui ai retiré son blouson, j'ai attrapé la grande serviette et le sweat-shirt que j'avais trouvés dans le sac de Rick, pour l'en envelopper, puis je l'ai glissée dans le nylon comme dans un sac de couchage. J'ai pris ce fardeau dans mes bras comme s'il s'était agi d'un bébé et j'ai essayé de le soulever.

— Allez, Charlie, ai-je haleté dans ses mèches salées. Tu ne risques plus rien. Tu as été courageuse, ma chérie. (J'ai balancé un de ses bras autour de mon épaule.) Tu es avec moi, maintenant, et une ambulance va arriver. Je vais te porter jusqu'à la voiture.

Charlie a ouvert les yeux. Elle m'a regardée, puis son regard s'est déporté au-delà de moi, et sa bouche s'est ouverte sur un cri muet. J'ai vu ses yeux s'écarquiller et une douleur a explosé en moi, violente, intense. Je n'ai pas compris que je m'écroulais, mais j'ai vu le sol se précipiter vers moi et l'instant d'après, j'ai senti le contact visqueux de la vase contre ma joue, dans ma bouche. Le nom m'a traversé l'esprit : Rick.

J'ai roulé sur moi-même et une douleur a fusé dans ma jambe gauche, s'est propagée jusque dans mon pied avant de remonter dans ma cuisse et de se diffuser dans tout mon corps. En me tournant, j'ai vu Rick. Il était à genoux. Même dans l'obscurité, j'ai vu que son visage était ensanglanté, maculé de vase. Tout s'est enchaîné à la vitesse de l'éclair. J'ai réalisé qu'il avait rampé jusqu'à moi, sans que je le voie, qu'il m'avait frappée au genou avec quelque chose, une chose qu'il était en train de soulever de nouveau, pour m'assommer, cette fois. J'ai réalisé que j'avais lâché Charlie, et j'ai songé « Tout ça pour rien ». J'avais prévenu la police, mais ils arriveraient trop tard. Au moins avais-je retrouvé Charlie, ne serait-ce qu'un bref instant. Elle n'était plus seule. Tandis que ces pensées se bousculaient dans ma tête, j'ai levé le bras pour amortir le coup. J'ai hurlé et réussi de justesse à agripper la barre de métal qu'il brandissait.

Même blessé, Rick demeurait plus grand et plus fort que moi. Mais j'ai pensé à Charlie, et je me suis accrochée à cette barre en fer. Je ne la lâcherais pas avant d'être morte. Mon bras brûlait de douleur, mais j'ai lancé ma main libre sur son visage, j'ai enfoncé les ongles dans sa chair, et j'ai griffé, profondément. J'ai entendu un cri, près de moi. J'étais en train de tirer sur cette barre quand brusquement, Rick l'a écrasée sur moi, sur mon cou. J'ai commencé à suffoquer. J'ai rassemblé mes dernières forces pour repousser la barre, me débattre, griffer le visage de Rick tandis qu'il me fixait, penché au-dessus de moi. La barre comprimait ma trachée. Il secouait la tête en me regardant, comme en signe de désapprobation, et il a dit quelque chose, que je n'ai pas entendu. Ma vue s'est brouillée. J'étais en train de perdre connaissance quand j'ai perçu un bruit sourd et senti en même temps un impact, comme si quelque chose de lourd avait heurté le sol, et soudain, j'ai été libérée du poids qui pesait sur moi.

Plusieurs secondes se sont écoulées avant que je retrouve l'usage de la vue. Une forme aux contours vagues se mouvait devant moi, une forme qui s'est peu à peu précisée – Charlie. Avec son visage d'une pâleur cadavérique, ses cheveux ruisselants et ses vêtements mouillés collés au corps, elle était méconnaissable, bien différente de la fille que j'avais vue la veille pour la dernière fois. Elle a lâché le fragment de parpaing qu'elle tenait et elle est restée là, à me dévisager d'un regard atone. Elle oscillait comme un arbre sur le point de tomber. J'ai regardé autour de moi. Rick n'était nulle part.

J'ai crié le nom de ma fille et je me suis remise debout. Je savais que j'étais blessée au bras et à la jambe. J'ai serré Charlie dans mes bras ; nous grelottions l'une et l'autre, de froid, de terreur. Je l'ai regardée dans les yeux.

— Charlie, tu m'entends ?

Elle n'a pas répondu. Ses yeux roulaient comme si elle était droguée ou tombait de sommeil. J'ai repensé à Rick. Où était-il allé ? Y avait-il une chance qu'il jaillisse une fois de plus de l'obscurité ?

C'est là que je l'ai aperçu. La force du coup que lui avait assené Charlie l'avait envoyé dinguer par-delà le talus, là où le blockhaus avait abandonné quelques débris en s'effondrant. Rick avait glissé et dégringolé sur la grève, dans l'eau et la vase. Je voyais son corps se balancer au gré du remous. La marée avait atteint son point culminant. La mer était étale et dans peu de temps, elle recommencerait à descendre. Rick était étendu sur le dos, une jambe enfoncée dans la vase. J'ai cru qu'il était inconscient, mais à cet instant il a redressé sa tête défoncée et ensanglantée. De temps à autre, une vague le submergeait et le faisait tousser. Il ne pouvait pas bouger. Je l'ai regardé fixement. J'avais besoin de le haïr pour ce qu'il avait fait. Il avait tué Olivia Mullen. Et il avait eu l'intention de tuer Charlie, de la laisser se noyer. J'avais passé la journée à haïr l'inconnu qui avait enlevé Charlie, et à présent, je savais que cet homme n'était autre que Rick.

Ma première impulsion a été de rester là, à le regarder mourir, mais l'idée m'a glacée et donné la nausée. J'ai allongé délicatement Charlie par terre et je me suis relevée en gémissant de douleur. Le monde a tangué un instant devant mes yeux. D'un pas traînant, en me laissant à moitié glisser, je suis descendue au bas du talus, tout près de Rick. J'ai fait un pas, un seul, pour voir si la vase supporterait le poids de mon corps. Ma jambe s'est enfoncée directement au-delà du genou, et ce n'est qu'en m'agrippant à un buisson que j'ai réussi à me dépêtrer. La douleur qui irradiait dans mon autre jambe m'a arraché un hurlement. Je n'allais jamais pouvoir l'atteindre.

Rick a toussé à nouveau et éructé un borborygme. Je ne savais pas s'il implorait mon aide, ou si c'était là les râles d'un homme qui avait abandonné tout espoir. De mes doigts gourds, j'ai débouclé ma ceinture, je l'ai sortie des passants de mon jean.

— Attrape ça et tire, ai-je ordonné en lançant la ceinture dans l'espace qui nous séparait et en tenant fermement la boucle.

Rick a soulevé la main, d'un geste faible, mais a raté la ceinture. J'ai réessayé et cette fois, il l'a attrapée.

— Serre-la bien. Allez.

Il a enroulé le cuir autour de sa main, m'entraînant un peu vers lui. De mon côté, j'ai tiré de toutes mes forces, et peu à peu, j'ai senti qu'il progressait vers moi. Essayais-je vraiment de sauver la vie de l'homme qui avait voulu tuer ma fille ?

Tout d'un coup, il a accusé un recul. Je l'ai senti à la tension de la ceinture, et j'ai entendu ce bruit de succion qui emportait les galets, les gravillons et les débris du rivage. La marée descendait enfin, et emportait également Rick.

— Tiens bon, ai-je hoqueté en forçant pour le ramener vers moi. La police sera là dans un instant.

Mais son poids m'entraînait. Je me sentais glisser et si je m'obstinais, j'allais finir par le rejoindre dans la vase. Nous nous sommes dévisagés, le cuir tendu entre nous.

Et puis j'ai lâché prise. La ceinture est allée s'enrouler autour de lui, le courant l'a attiré vers le large, les vagues ont recouvert son visage, puis il a disparu tout entier. À présent, la lune scintillait sur des eaux vides.

Je me suis retournée. Charlie était affalée par terre. J'ai boitillé vers elle, je me suis accroupie pour la prendre entre mes bras. Ses yeux s'étaient refermés, sa chair était moite, glacée. Je l'ai soulevée dans mes bras, puis j'ai lutté pour me remettre debout en hurlant de douleur. Ma jambe blessée n'avait plus aucune force, mais je devais emmener Charlie au chaud dans la voiture. Je l'ai attrapée par la taille et j'ai essayé de la remorquer en zigzaguant. Son poids tout entier reposait sur moi. J'étais gelée, j'avais le vertige, la nausée, et j'avançais de quelques centimètres à chaque pas. Soudain, je me suis effondrée, et Charlie avec moi, sur moi. Une de ses mèches s'est faufilée dans ma bouche. Je me suis tortillée pour m'extirper de sous son corps lourd, puis je l'ai relevée, l'ai maintenue, oscillante, assise contre moi. J'ai posé deux doigts sur son cou, là où son pouls aurait dû être, mais ils étaient trop gourds pour sentir quelque chose. Assise face à la mer qui commençait son reflux vers le large, cinglée par les rafales de vent d'est, j'ai senti mes dernières réserves de forces m'abandonner. Mes membres ne m'obéissaient plus. Il me semblait être aussi fragile qu'un coquillage brisé et étonnamment lourde à la fois. Je n'avais qu'une envie : m'allonger contre ma fille sur ce sol glacé et fermer les yeux, enfin.

« Non, Nina ! ai-je songé avec un regain de combativité. Ne t'arrête pas maintenant. »

Une fois de plus, j'ai attrapé Charlie pour l'asseoir devant moi, entre mes jambes écartées, et nous sommes parties en cahotant vers la voiture, qui était toute proche et pourtant si loin. Si je pouvais arriver jusque-là et mettre Charlie au chaud… L'espace de quelques minutes, le monde s'est réduit à l'effort à fournir pour gravir ce talus. Je devais y arriver. J'avais l'impression que mon corps se disloquait, et tout en moi hurlait de protestation.

J'ai d'abord vu apparaître un point lumineux au-delà de nous, sur l'eau noire, comme si une deuxième lune avait surgi dans le ciel. J'ai marqué une pause et tourné la tête. À l'horizon, un faisceau jaune s'est déployé en éventail, puis s'est rétréci lorsque la voiture est apparue au ras du talus. Une autre paire de phares a suivi, puis une troisième. J'ai vu des flashes bleus et entendu le mugissement distant d'une sirène qui fendait le sifflement du vent.

J'ai posé le menton sur la tête de Charlie et je l'ai bercée.

— Ils sont là pour nous sauver.

J'ai écarté de son visage quelques mèches emmêlées pour les glisser derrière ses oreilles, puis j'ai frotté ses mains glacées entre les miennes. Les lumières arrivaient à notre hauteur. J'ai entendu des crissements de freins, des portières qui s'ouvraient, des voix qui criaient des ordres. Bruits et agitation ont investi le silence de ce lieu désert. J'ai essuyé une épaisse traînée de boue sur la joue de Charlie.

— Ma chérie, je t'en supplie, ne t'en va pas.

Ils ont émergé sur la crête du talus en braquant sur nous leurs torches aveuglantes. J'ai posé la main sur les yeux de Charlie pour les protéger, bien qu'elle soit inerte sur mes genoux, et j'ai contemplé ce paysage qui avait été le théâtre de notre lutte. Sous les éboulis de la falaise, où quelques arbres chétifs oscillaient inexorablement, racines à l'air, l'eau se retirait enfin, emportant au large l'épaisse vase écumante, léchant bois flottés, détritus et rochers aux arêtes vives. Le blockhaus en ruine émergeait de là telle une gueule béante, son entrée assaillie par les remous. Demain, la lumière d'hiver redonnerait à ce paysage la physionomie que je lui connaissais : la mer bleu-vert et paisible, les grèves de galets et de sable, les échassiers qui pataugeraient en soulevant leurs longues pattes. J'ai scruté la mer, mais n'ai rien vu d'autre que sa surface miroitante. Rick n'était nulle part en vue. La marée l'avait emporté.

Ils nous ont entourées, séparées, il y a eu un ballet de torches, des civières qu'on abaisse, des couvertures qu'on déroule, des voix qui grésillent dans les radios, la sensation d'une urgence sous contrôle. Des voix calmes pénétraient dans mes oreilles, des mains chaudes se posaient sur mes membres glacés, quelque chose de doux m'a enveloppée. On a prononcé mon nom. Mes yeux brûlaient. Mes bras étaient vides. J'ai appelé ma fille.

— Détendez-vous maintenant, a dit quelqu'un. (J'ai vu un visage se pencher au-dessus de moi.) N'essayez pas de parler.

J'ai appelé de nouveau Charlie.

J'étais étendue sur une civière. La couverture m'irritait le menton. On me transportait sur le sol accidenté, et allongée là, sur le dos, j'avais l'impression d'être un de ces détritus ramenés par la marée. Je voulais fermer les yeux mais je n'y arrivais pas. Mes paupières ne cessaient de se rouvrir et je fixais la lune blanche qui continuait sereinement sa course.

— Rick, ai-je gémi.

— Nina. (J'ai fait un effort pour distinguer ce visage qui se penchait au-dessus de moi.) Nina, c'est moi, Andrea. Écoutez, tout est…

— Rick ! ai-je répété en élevant la voix, malgré la douleur qui élançait mon genou, ma jambe, ma tête, mon cœur. Dans l'eau. Besoin d'aide.

Dans la souffrance et l'ignorance du sort de Charlie, je devais essayer de sauver l'homme qui avait failli nous tuer l'une et l'autre : c'était pour moi comme m'accrocher aux derniers lambeaux de mon humanité.

— Nina, une fois que vous serez dans l'ambu…

— Qu'est-ce que c'est que ça ?

Une voix tranchante émergeait de ce tohu-bohu : l'inspecteur principal Hammill. Je lui ai agrippé le bras.

— Il est là, dans l'eau, en train de se noyer.

Autour de moi, des ordres fusaient, des gens couraient. D'autres phares se profilaient à l'horizon. Des rais de lumière et de longues ombres ont glissé au-dessus de moi. Au centre de cette frénésie, j'ai vu la silhouette inerte de Charlie allongée sur une civière qu'on glissait entre les portes ouvertes de l'ambulance. Son visage blanc, paisible. Elle semblait si petite, si vulnérable. Quelqu'un m'a obligée à me rallonger.

— C'est ma fille. J'ai besoin de la voir.

— Vous la verrez, a répondu une voix. Nous devons vous examiner. Vous serez avec elle dans un instant. Mais si vous n'arrêtez pas de gigoter, on va vous laisser tomber.

Je me suis rallongée et j'ai vu les étoiles. La Grande Ourse. Et l'autre. Je me sentais un peu dans les vapes, presque sur le point de me laisser happer par le sommeil quand j'ai entendu qu'on criait « Fermez les portes ! », « Attention ! » Le ciel a disparu, des lumières vives m'ont éblouie. Il faisait soudain plus chaud. J'ai vu des gens en uniforme vert s'agiter autour de moi. Une jeune femme s'est matérialisée, tout près.

— Comment vous sentez-vous, Nina ? a-t-elle demandé, d'une voix un rien trop lente, un rien trop forte.

— Comment va Charlie ? Que lui fait-on ?

— Elle est là, a répondu la femme. Nous nous occupons d'elle. Nina, nous allons vous examiner, d'accord ?

— Je vais bien. J'ai juste besoin de voir ma fil…

Ma phrase s'est achevée en un hurlement de douleur car la femme venait de me palper la jambe. J'entendais des voix se croiser, crier, mais c'était difficile de comprendre quelque chose dans ce brouillard de panique et de souffrance qui m'enveloppait.

— Bon, faut y aller. Tout de suite.

— Tout le monde est là ?

— On peut monter avec vous ?

— On s'occupe d'elles.

— C'est urgent.

— Ne venez pas vous mettre dans nos pattes !

Des portes ont claqué. J'ai senti comme une décharge, suivie d'une déflagration douloureuse dans tout le corps. J'ai réalisé que j'étais dans l'ambulance et que nous étions en route.

— Charlie ! Où est-elle ? ai-je crié.

Le visage de la femme est réapparu tout près de moi. Un visage agréable, des cheveux courts teints en roux, une blouse verte.

— Je m'appelle Claire, a-t-elle dit de cette voix trop forte avec laquelle on parle aux très jeunes, aux très vieux ou aux grands blessés. Nous devons vous examiner.

— Où est Charlie ? Que se passe-t-il ?

En me dévissant le cou, j'ai aperçu deux autres silhouettes en blouse verte penchées sur la civière, de l'autre côté de la cabine.

— Elle est morte ? ai-je chuchoté.

— Nous devons d'abord penser à vous, a dit Claire.

Elle a posé la main sur mon épaule, mais je me suis dégagée.

— Non. Pas tant que vous ne m'aurez pas répondu. Comment va-t-elle ? Elle va s'en sortir ? Elle est morte ?

— Nina. (Elle s'est rapprochée, et j'ai vu qu'elle avait les yeux marron.) Votre fille a très froid. Sa température a énormément chuté, et nous devons la faire remonter. Nous faisons tout ce que nous pouvons.

La sympathie qui se lisait dans ses yeux m'a terrifiée.

— Prévenez Rory. Tout de suite. Prévenez son père.

Des cris ont fusé autour de la civière de Charlie.

— Je n'ai aucune indication de tension !

La cabine de l'ambulance commençait à prendre forme, gagnait en précision. J'ai aperçu Beck assise près des portes, qui oscillait au rythme du véhicule. Elle paraissait angoissée, désarmée. Je ne pouvais rien distinguer de Charlie. Un masque à oxygène lui couvrait le visage. Je ne voyais pas non plus son corps car les ambulanciers faisaient écran.

— Que se passe-t-il ? Quelqu'un va-t-il me dire ce qui se passe ?

Deux silhouettes étaient penchées au-dessus d'elle, mais qui ne semblaient pas s'activer. L'une d'elles s'est retournée vers moi. Un jeune homme avec des cheveux blond-roux, une peau diaphane.

— Votre fille souffre d'une sévère hypothermie. Nous lui apportons de la chaleur.

— Elle a remué tout à l'heure, ai-je dit, au désespoir. Elle m'a sauvé la vie. Vous devez la sauver.

— Nous faisons tout ce que nous pouvons.

— Ne pouvez-vous pas lui injecter quelque chose ?

— Sa température est trop basse, ce serait inefficace – dangereux, même. Nous avons des bouillottes. Il faut juste qu'elle se réchauffe.

Je me suis débattue. Je voulais me lever.

— Laissez-moi vous aider. Je vais…

Mais le jeune homme m'a retenue, et je me suis effondrée en hoquetant.

— Économisez vos forces, vous allez en avoir besoin pour vous deux. Maintenant, laissez Claire s'occuper de vous.

— Non ! Elle ne peut pas mourir ! Vous ne pouvez pas la laisser mourir !

— Nous faisons notre maximum, a-t-il répété d'une voix douce. Vous devez vous occuper de vous.

— Non. Non, j'ai besoin de voir Charlie.

Mais quelqu'un a posé la main sur ma poitrine et m'a obligée à me rallonger. J'ai entendu un bruit de déchirure, et j'ai senti une brûlure sur ma jambe : on découpait mes vêtements. On m'a soulevée, retournée. J'avais l'impression qu'on me mettait à vif. Un flot de douleur s'est engouffré dans mon corps.

— Je vais bien, ai-je chuchoté. Mais s'il vous plaît, est-ce que je peux…

Soudain, l'ambulance s'est immobilisée.

— Que se passe-t-il ? Où sommes-nous ?

— La chaussée est encore recouverte par la marée. On s'assure qu'on peut traverser.

— Peut-on lui parler ? a demandé Beck.

— Elle a besoin de repos, a dit Claire. Et nous devons faire quelques examens. Elle est peut-être en état de choc.

— C'est très important.

Claire s'est tournée vers moi.

— Vous sentez-vous la force de répondre à quelques questions ?

— Non ! Je veux voir Charlie ! Que se passe-t-il ? Pourquoi personne ne me répond ?

Claire s'est approchée du petit groupe d'infirmiers massés autour de ma fille. J'ai entendu quelques échanges à voix basse, puis elle est revenue s'accroupir à côté de moi.

— Ils suivent l'évolution de sa température. Ils la réchauffent. Nous devons attendre.

— C'est grave ? Il faut que je sache. S'il vous plaît, dites-moi.

L'incertitude s'est peinte sur son visage. Elle a cillé, comme si elle voulait éviter de croiser mon regard.

— Ils font de leur mieux.

— Est-ce qu'elle va mourir ?

Ma question est restée sans réponse.

L'ambulance s'est remise en route. Après tout ce que je venais de traverser pour sauver ma fille, je risquais de la perdre. J'ai vu les visages des deux policiers près de moi. On aurait dit des silhouettes appartenant à un passé lointain, très lointain. À peine reconnaissables.

— Appelez Rory, ai-je répété. Immédiatement.

— Il nous rejoint directement à l'hôpital.

Ainsi les parents désunis allaient-ils se retrouver au chevet de leur fille. Ou de sa dépouille.

— Pouvez-vous parler ? a demandé Beck.

Son visage m'apparaissait tantôt distinct, tantôt flou ; il me semblait que la douleur dans mon crâne se brisait en mille morceaux.

— Pour quoi faire ? Tout est joué. C'est fini.

— Est-ce qu'il s'est échappé ?

— Qui ?

— L'homme qui a enlevé votre fille.

— Il est dans la mer. J'ai essayé de l'en sortir. Je n'y suis pas arrivée. Je devais sauver Charlie.

— Dans la mer ? s'est étonnée Beck. Quand nous sommes partis, nos hommes essayaient de récupérer le corps de M. Blythe. Mais l'auteur du crime ? Il est tombé à l'eau, lui aussi ?

J'ai l'impression que tout devenait nébuleux autour de moi.

— C'était Rick. Il n'y avait personne d'autre.

— Rick Blythe ?

— Qui d'autre ? Qu'est-ce que je vous ai dit ? Qu'est-ce que je vous ai dit, au téléphone ?

— Vous êtes sûre de vous ? Je croyais que M. Blythe se trouvait avec vous au moment où Charlie a disparu.

Je l'ai regardée. J'entendais ce qu'elle me disait, mais dans ma vision périphérique, je venais de voir un des infirmiers s'écarter de Charlie pour dire quelques mots à son collègue. Que lui disait-il ? Que se passait-il ?

— Nina ?

— Que font-ils à Charlie ?

Ma voix n'était qu'un affreux grincement.

Claire a écarté Beck pour venir s'asseoir à côté de moi. Elle a pris ma main, et m'a regardée dans les yeux.

— Nina.

Le monde a basculé ; un afflux de sang a jailli dans mes veines ; mon cœur s'est mis à battre très fort. Puis tout est devenu d'un calme et d'une limpidité alarmants. Je savais ce qu'elle allait me dire – ces mots que je redoutais d'entendre depuis l'instant où Charlie avait disparu.

— Oui ?

— Nous sommes bientôt arrivés. Essayez de rester calme.

— Elle va s'en sortir ?

— Nous faisons tout ce qui est en notre pouvoir. C'est une jeune fille combative.

— J'aurais dû savoir où elle était.

— Essayez de rester calme.

— J'aurais dû le savoir. Si seulement je l'avais retrouvée plus tôt ! Je suis arrivée trop tard.

Je me suis caché le visage dans les mains pour m'isoler, et dans mon obscurité, j'ai revu le visage de Charlie dans ces eaux noires et bouillonnantes, son corps caoutchouteux, glacé et inerte lorsque je l'avais halé sur la plage. Penser à l'horreur qu'elle avait endurée tout au long de cette journée, imaginer l'attente qu'elle avait vécue à observer la lumière décliner, les eaux monter, cela m'était insoutenable. Je voulais juste qu'elle sache que j'étais encore là, à côté d'elle, et qu'elle n'était plus seule.

Je sentais les cahots de l'ambulance tandis qu'elle brimbalait dans les virages. Une main était posée sur mon front et, confusément, j'entendais des voix sans qu'il me soit possible de distinguer le sens des mots. Il m'a semblé entendre « la perdre ». Mais tout était brouillé, j'avais les paupières closes et je sombrais dans l'obscurité. Les voix se sont faites plus stridentes, et j'ai senti qu'on manipulait mon corps, sauf qu'il m'apparaissait que ce corps appartenait à quelqu'un d'autre et que je n'étais que son occupante temporaire. L'ambulance a ralenti et amorcé un virage sur une surface accidentée, qui s'est ensuite aplanie. J'ai vu des lumières à l'extérieur, j'ai entendu des sons. Les portes se sont ouvertes et de l'air froid s'est engouffré dans l'habitacle. À l'extérieur, il y avait des gens avec des chariots. Deux personnes. Dans l'ambulance, la vie s'était ralentie. Là, tout s'accélérait, il y avait du bruit, de l'agitation partout. Tandis qu'ils extrayaient Charlie sans ménagement, j'ai voulu leur crier de faire attention à elle. Leur crier qu'elle était fragile.

— Je veux aller avec elle, ai-je dit, d'une voix sans force.

— Vous la verrez bientôt, m'a répondu l'infirmier aux cheveux blond-roux en étalant plusieurs couvertures sur moi. Pour l'instant, elle a besoin de soins. Et vous aussi.

Tandis qu'on me soulevait, j'ai essayé d'apercevoir Charlie, mais elle avait déjà disparu. Sur le chariot qui m'emportait, j'ai croisé plusieurs policiers, puis nous avons franchi des portes battantes et je me suis retrouvée dans un box fermé par des rideaux, en compagnie d'une infirmière munie d'un bloc. Elle a tout de suite commencé à me poser des questions. C'était tellement bureaucratique, tellement pointilleux. J'avais envie de hurler. Elle voulait mon nom, mon adresse, ma date de naissance.

— Je ne suis pas malade ! Je suis juste fatiguée, et frigorifiée. Est-ce que Rory est là ?

L'infirmière m'a demandé si je souffrais d'allergie, si je suivais un traitement, si j'avais mangé au cours des quatre dernières heures.

— Je ne veux pas qu'on m'opère. Je ne vous donne pas la permission.

— Madame Landry, a-t-elle répondu avec sévérité, votre fille est entre de bonnes mains. Et cela ne profitera à personne si vous refusez de nous laisser vous soigner. D'abord, je dois prendre votre température et vérifier votre…

— J'ai besoin d'aller aux toilettes.

— On va vous apporter un bassinet.

— Non merci. Je peux me débrouiller seule.

— Je ne crois pas que ce soit une bonne idée, m'a-t-elle contré d'un ton si sombre qu'en d'autres circonstances je lui aurais sans doute obéi.

Mais là, il me fallait voir Charlie. Ils avaient beau me dire qu'elle était résistante au choc, j'étais hantée par l'image de son visage livide, de ses yeux clos, de son corps lourd et amorphe entre mes bras. Comment aurais-je pu me tenir tranquille avant de savoir si elle allait bien ? Et à quoi bon me remettre sur pied si Charlie ne devait pas s'en sortir ?

Je me suis mise en position assise. Les éclairages crus me brûlaient les yeux, je flottais dans une brume, j'avais mal à la tête. J'ai balancé les pieds par terre, tiré la couverture autour de mon corps dénudé, et je me suis levée. Une douleur stupéfiante s'est aussitôt propagée dans ma jambe blessée, pulsant dans mon genou, m'élançant partout. Un tel vertige s'est emparé de moi que j'ai dû me pencher pour chercher appui sur le bord du chariot ; le sol se dérobait sous mes pieds, les murs semblaient tomber vers moi. Croyant que j'allais vomir, je suis restée un instant immobile, haletante, à contempler mes pieds nus et crasseux sur le vieux lino, ma jambe maculée de croûtes de vase.

— C'est où ? ai-je demandé lorsque j'ai eu retrouvé l'usage de la parole.

— Au bout du couloir à gauche. Voulez-vous que je vous aide ?

— Non, je vais y arriver. Je vais bien.

J'ai resserré les pans de la couverture autour de moi et j'ai avancé en direction des toilettes. Beck était au comptoir, en train de discuter avec un médecin, de hocher vigoureusement la tête, et au-delà, près de la porte, se tenaient deux policiers en uniforme. J'ai boitillé vers les toilettes, verrouillé la porte derrière moi, et je me suis appuyée un instant contre le mur, les yeux fermés, pour reprendre mon souffle dans cet air aseptisé. Le monde me semblait irréel, frappé d'une infinie étrangeté. La journée que je venais de passer s'étirait derrière moi comme une traînée de ruines.

J'ai lâché la couverture, je me suis baissée douloureusement sur le siège des toilettes puis relevée à la force de mes mains. Je me suis approchée du lavabo et, redressant la tête, j'ai rencontré mon reflet dans le miroir et manqué de pousser un hurlement en voyant l'inconnue qui me dévisageait. Cette femme, avec ces mèches humides, enchevêtrées, ces yeux injectés, cet hématome pourpre sur sa joue maculée, ce nez tuméfié, ce n'était pas moi. Un filet de sang dégoulinait de la commissure de ses lèvres enflées. Elle avait l'air très vieille.

Charlie ne devait pas me voir dans cet état. J'ai ouvert le robinet et sitôt que l'eau a tiédi, j'ai imbibé un essuie-main en papier pour effacer les traces de sang et de vase. Je me suis aspergé le visage puis j'ai incliné la tête de côté pour glisser mes cheveux sous le jet et éliminer un peu de la croûte de sable et de gravillons qui les enrobait. Quand je me suis redressée, le résultat n'était pas entièrement probant, mais je ne pouvais pas faire plus. J'ai essoré mes cheveux, et je les ai passés derrière les oreilles.

J'ai rouvert la porte du couloir et j'ai regardé à droite, à gauche. L'infirmière n'était nulle part en vue. Il y avait de l'agitation tout au bout du couloir – un jeune homme en blouse blanche est sorti d'une salle, une infirmière y est entrée en poussant un chariot –, j'ai deviné que c'était là que se trouvait Charlie.

La distance qui me séparait de cette salle semblait interminablement longue. Tout en progressant, j'ai songé que c'était là l'acte ultime du drame que j'avais vécu. Toute la journée, j'avais sillonné l'île pour retrouver mon enfant, arpenté des plages et des champs, pataugé dans des fossés, visité des épaves près de couler, j'avais passé au peigne fin les affaires intimes de ma fille, interrogé ses amis, ses amants, j'avais fracturé des cabines de plage et lutté dans l'obscurité glacée. Et voilà qu'enfin j'étais là, à me faufiler le long de ce couloir d'hôpital, vers le lit où elle reposait. Encore quelques pas et, ensuite, il n'y aurait plus nulle part où aller et rien d'autre à faire.

Lorsque j'arrivai à hauteur de la porte, l'inspecteur Hammill sortait de la salle. J'ai vu le saisissement se peindre sur son visage au moment où je suis passée à côté de lui en titubant comme un boxeur ivre de coups, la respiration saccadée, sifflante, ma couverture traînant derrière moi. Et puis j'ai vu des silhouettes en blouse blanche au chevet de Charlie, mais comme en rêve. Car mes yeux étaient rivés sur Charlie, étendue sur ce lit métallique sous plusieurs couches de couvertures, cernée d'appareils, un goutte-à-goutte au bras. Son visage était si pâle, si petit, sur l'oreiller.

J'ai titubé jusqu'à elle, et me suis laissée choir à genoux au pied du lit. J'ai pris sa main glacée dans la mienne, je l'ai tenue contre ma joue.

— Charlie ? C'est moi. Je suis là.

— Que faites-vous ici ? a rouspété une voix. Qui vous a laissée entrer ?

— Je suis sa mère.

— Je sais qui vous êtes.

— Comment va-t-elle ?

Le médecin m'a décoché un sourire forcé, exaspéré.

— Elle souffre d'une grave hypothermie. Mais sa température remonte. C'est une battante. Elle ne répond pas encore entièrement, mais…

Charlie a entrouvert les yeux.

— Maman ? a-t-elle murmuré.

— Je suis là. Tu ne risques plus rien.

Ses paupières ont commencé à se refermer. Ses doigts se sont détendus dans ma main. Et juste au moment où je pensais qu'elle s'endormait, elle a chuchoté, d'une voix pâteuse :

— Bon anniversaire.

— Il n'a ressemblé à aucun autre, je te l'accorde. L'année prochaine, je préférerais quelque chose de plus tranquille. Hé, mais c'est toi qui as pris ma montre ! Je l'ai cherchée toute la journée ! J'en aurais eu bien besoin, aujourd'hui.

Elle a lâché un son étouffé, puis sa respiration est devenue régulière. Elle s'était endormie. J'ai repensé à l'époque où elle était bébé. Parfois, je me relevais en douce au milieu de la nuit et j'allais me pencher au-dessus de son berceau pour écouter sa respiration. Et même si, souvent, j'avais passé des heures à la bercer pour qu'elle s'endorme, je la secouais doucement pour la réveiller, juste pour m'assurer qu'elle était encore en vie. Mais cette fois je lui ai caressé les cheveux aussi délicatement que je pouvais. J'avais besoin de ce contact pour me rassurer, m'assurer que je n'allais pas soudain me réveiller et me retrouver une fois de plus dans quelque coin embourbé de Sandling Island, en train de courir dans tous les sens à sa recherche. J'ai continué à caresser ses cheveux emmêlés et j'ai fermé les yeux.

J'éprouvais un sentiment de paix qui pouvait se comparer à l'instant qui suit l'accouchement, quand la lutte est terminée et qu'il n'y a plus rien à faire.

— Je me disais bien que je vous trouverais ici ! s'est exclamée une voix dans mon dos.

J'ai rouvert les yeux et j'ai souri. Je voyais tout trouble.

Sous escorte de mon infirmière, qui me tenait fermement le bras, j'ai regagné la salle que j'avais quittée. Il se pouvait que je sois en état de choc, m'a-t-elle expliqué, ce dont on pouvait mourir, et elle serait tenue pour responsable. Je me suis excusée humblement, comme une petite fille, mais je ne pouvais réprimer un immense sourire.

L'hôpital semblait être un réseau de longs couloirs qui ne cessaient de se croiser et, dans l'un d'eux, j'ai aperçu un petit rassemblement : Hammill, Beck et quelqu'un d'autre. Rory. Ils étaient loin, bien trop loin pour que nous puissions nous parler. Les deux inspecteurs avaient l'air gêné. Rory, lui, est resté bouche bée à ma vue et pour la deuxième fois de la journée, il s'est mis à pleurer. Il a fait quelques pas dans ma direction, puis s'est précipité pour me serrer dans ses bras. Mais en sentant que je me raidissais, il s'est reculé.

— Excuse-moi. Excuse-moi – Charlie va s'en tirer, n'est-ce pas ? Elle va y arriver ?

Des larmes ruisselaient sur son visage, coulaient dans sa bouche.

— Oui. Elle est en train d'en réchapper. J'ai cru que j'allais la perdre, mais elle est sauvée.

— Nous, a dit Rory.

— Pardon ?

— Que *nous* allions la perdre. Toi et moi. Je suis encore son père. Elle va vraiment bien ?

— Oui, ai-je dit en essuyant ses larmes.

— J'aurais dû être là, moi aussi. Nous aurions dû faire ça ensemble, si je n'avais pas été en garde à vue. J'espère que tu te rends compte que je disais la vérité.

— Tu ne…, ai-je commencé, mais j'ai préféré me taire.

À quoi bon ? Charlie était saine et sauve. Elle avait ouvert les yeux, elle m'avait souri. J'avais caressé ses cheveux, et je l'avais laissée paisiblement endormie près d'un appareil qui battait régulièrement au rythme de son propre cœur. Médecins et infirmières veillaient sur elle.

— Tu devrais aller la voir, ai-je repris. Ils te laisseront sans doute t'asseoir à côté d'elle. Tu pourrais lui parler, même si elle dort.

— Je suis désolé. Je ne désirais pas…

— Moi aussi, je suis désolée. Pour tout. Mais elle est vivante, elle va bien. Tu voudrais bien faire quelque chose pour moi ? Appeler Jackson. Il est chez Bonnie. Le numéro est…

— Je peux le trouver tout seul.

— Il faut que je le voie. La journée a été très éprouvante pour lui. Tu n'imagines pas.

— Je l'appelle tout de suite. Et je reviens te voir ensuite. Enfin… si tu veux.

Je n'ai rien répondu. Je ne savais pas si je voulais qu'il revienne me voir. Tout ce que je désirais, pour l'instant, c'était serrer Jackson dans mes bras, lui dire que j'étais fière de lui, puis tourner la tête vers le mur et fermer les yeux. J'ai attendu que Rory me dise que je m'étais bien débrouillée, mais fidèle à lui-même, il s'est contenté d'un petit haussement d'épaules avant de s'éloigner. Me laissant seule avec les deux inspecteurs et l'infirmière – Steph Bowles, indiquait son badge.

— Par ici, a dit celle-ci.

— Vous avez retrouvé Rick ? ai-je demandé.

Hammill et Beck ont échangé un regard.

— Ça a pris un certain temps, a répondu Hammill. Il faisait nuit, il y avait de la vase. Ils n'ont pas pu le ramener à la vie.

Nous avons dû nous pousser de côté pour laisser passer un chariot.

— J'ai essayé de le sauver.

— Pourquoi ? a voulu savoir Beck.

— Ça vous semble idiot, n'est-ce pas ? Et peut-être que ça l'est. Je ne sais pas pourquoi. Peut-être que je voulais qu'il vive pour qu'il réfléchisse à ce qu'il avait fait.

— À mon avis, il est mieux où il est, a tranché Beck.

— Vous trouvez ? ai-je dit en me mettant à grelotter.

— Nous devons y aller, est intervenue l'infirmière d'une voix autoritaire, mais teintée d'une sollicitude dont je lui ai su gré. Vous aurez tout le temps de poser des questions plus tard. Nous devons coucher madame Landry. Elle n'est pas en état.

— Ça m'est égal. Je préférerais qu'on en finisse tout de suite. J'en ai besoin.

— Vous n'êtes pas en état, a insisté l'infirmière.

Je me sentais vaciller, et je sentais qu'elle forçait de plus en plus pour me soutenir. Elle a fait signe à un brancardier qui passait par là et lui a crié d'apporter un fauteuil roulant.

— Je n'ai pas besoin de fauteuil roulant, ai-je protesté, sans grande conviction.

Je n'avais qu'une envie : me coucher dans un lit, tirer le drap sur ma tête, fermer les yeux et attendre que les images de la journée s'éloignent. Mais d'abord, je devais voir Jackson. Ensuite, je pourrais me laisser aller, me laisser emporter par le courant.

Le brancardier m'a poussée le long du couloir. L'infirmière ouvrait la marche d'un pas raide, les deux policiers la fermaient. Je grelottais, j'étais submergée de lassitude. Mes paupières étaient de plomb, mes membres lourds, comme privés d'ossature. On m'a conduite dans un box, dans une salle commune. On m'a soulevée, allongée, on a étalé sur moi des couvertures bleu pâle. Hammill et Beck traînaillaient au pied du lit, mal à l'aise, attendant la permission de me poser d'autres questions.

— Je vous laisse quelques minutes, leur a dit l'infirmière. Je vais chercher le docteur. Soyez brefs.

Elle est partie. Hammill a plissé le front et Beck m'a regardée en clignant des paupières et en essayant de me sourire.

— Donc, Rick est mort.

— C'est exact, a confirmé Hammill.

J'ai eu l'impression d'avoir encore plus froid, comme si la température ambiante avait chuté d'un coup.

— Sa femme est ici, ai-je dit.

— Comment ça ?

— Karen. Sa femme. Elle s'est blessée ce matin. Elle est sur un lit, quelque part ici. Vous devez l'informer de ce qui s'est passé.

Il y a eu un long silence, puis Hammill a voulu reprendre la parole, mais il s'est interrompu avant d'avoir dit quoi que ce soit d'intelligible.

— Non, non, attendez. (Il semblait hagard, comme s'il avait reçu un coup sur la tête.) Elle est ici ? Je ne comprends pas !

— Elle a eu un accident, ai-je expliqué. Elle a trop bu, ce matin. Elle a fait une chute et s'est cassé le bras. Rick a dû la conduire ici. Ils l'ont gardée. Elle y est encore.

— Comment le savez-vous ?

— L'accident s'est passé chez moi. C'est là tout le truc. Rick devait retourner voir Charlie, sans doute pour la tuer. Mais il s'est retrouvé à devoir emmener Karen à l'hôpital, rester avec elle. Et ensuite, quand il est revenu sur l'île, nos chemins se sont croisés et je lui ai demandé de garder Jackson.

Beck a ouvert des yeux ronds.

— Oui, c'est drôle, non ? Il séquestre ma fille et je lui demande de surveiller mon fils. Mais il n'y a pas que ça. Je comprends maintenant pourquoi il est venu à ma fête d'anniversaire ce matin. Tout s'explique.

— Non, pas vraiment, m'a rétorqué Hammill d'une voix enrouée.

— Mais si. Il séquestrait Charlie et réfléchissait à ce qu'il ferait ensuite. C'est alors que je l'ai appelé pour lui demander s'il pouvait jeter un coup d'œil à ma voiture. (J'ai lâché un petit rire.) Sans ce bruit dans mon moteur, peut-être que Charlie serait morte à l'heure qu'il est. Cette aubaine était comme un alibi pour lui. Tout porterait à croire qu'au moment où elle avait disparu il se trouvait avec moi. Par la suite, il a dû se souvenir que, de toute façon, il allait venir chez moi, à cette fête-surprise que Charlie avait organisée. Et se dire que s'il trouvait un moyen de faire croire que Charlie avait fugué, ça retarderait d'autant l'enquête et lui laisserait le temps de la tuer et de se débarrasser du corps.

De la même manière que si on m'avait mis une photographie sous les yeux, je me suis souvenue que, pendant la fête, j'étais montée à l'étage et avais croisé Rick dans l'escalier. Je comprenais maintenant pourquoi : il redescendait avec les quelques affaires qu'il avait repérées dans la chambre de Charlie, et subtilisées pour faire croire qu'elle était partie en coup de vent.

— Oui, ai-je murmuré, plus pour moi-même qu'à l'intention des deux inspecteurs. Il a dérobé ces affaires dans la chambre et, si la chance avait été de son côté, nous aurions pu ne pas bien regarder pendant un jour ou deux, et il aurait… il aurait pu faire ce qu'il entendait faire, et se débarrasser aussi du corps d'Olivia Mullen, et ne jamais se faire prendre.

L'inspecteur Hammill a secoué la tête.

— Mais en quoi Olivia Mullen est-elle liée à votre fille ? Je ne comprends pas.

— Non…

— Le style d'agression est différent, a poursuivi Hammill en me coupant la parole. Et il n'existe aucun lien entre la victime et Rick Blythe.

Ils commençaient vraiment à me fatiguer, ces deux-là. Hammill et Beck étaient devenus deux guêpes exaspérantes qui bourdonnaient autour de moi et m'empêchaient de dormir. J'avais juste envie de les écraser.

— Je vous arrête, inspecteur. (Ma voix semblait appartenir à quelqu'un d'autre, à une inconnue qui aurait raconté une histoire qui avait déjà commencé à sembler irréelle.) Réfléchissez. La mort d'Olivia Mullen est liée de toutes les façons à cette histoire. Rick connaissait la jeune fille. Il lui avait donné des cours de kayak l'été dernier et ils avaient eu une liaison, une aventure dont personne ne devait être au courant – il était prof, bon sang, et elle n'était qu'une adolescente. Il n'avait sans doute pas l'intention de la tuer – c'est de colère qu'il l'a étranglée quand elle a mis fin à leur histoire. Mais Charlie a découvert ce qui s'était passé. C'est pour ça qu'il s'en est pris à elle. Charlie connaissait Liv, elle était au courant de leur liaison, elle avait même vu Olivia le jour de sa disparition, et elle savait qu'Olivia allait retrouver Rick pour lui annoncer que c'était fini entre eux. Quand elle a vu sa photo dans le journal ce matin, elle a dû comprendre ce qui s'était passé. Ensuite, pendant qu'elle faisait sa tournée, elle a croisé Rick, et lui a sans doute dit quelque chose qui l'a fait paniquer. Alors il l'a enlevée. Si vous patientez jusqu'à demain, Charlie vous racontera tout. Nous saurons la vérité.

— Bien, a dit Steph Bowles en réapparaissant. Le docteur Marker va venir vous examiner dans quelques minutes.

Pour Hammill et Beck, c'était le signal du départ. Ils se sont retirés. Puis l'infirmière s'est tournée vers moi et à la montre qui pendait de sa poche poitrine, j'ai vu qu'il était 18 heures passées.

— Nous devrions être en train de décoller, ai-je dit.

— De quoi ?

— J'étais censée partir en Floride aujourd'hui.

— Ah ! a-t-elle fait en examinant une feuille de température. Vous m'en direz tant.

— Et c'est mon anniversaire.

— Bon anniversaire. Glissez ça sous la langue.

J'ai ouvert la bouche. L'extrémité froide du thermomètre s'est enfoncée sous ma langue et m'a donné la nausée.

— Ne parlez plus pendant quelques minutes. Voudriez-vous une tasse de thé ?

— Avec plaisir, ai-je dit en articulant maladroitement.

— Contentez-vous d'un signe de tête. Du lait ?

— Mmm…

— Sucre ? Le sucre fait du bien en cas de choc.

— Déteste thé sucré, ai-je essayé de dire. J'ai très froid.

— Froid ?

— Mmm.

— Une seconde. Voilà, c'est fini, laissez-moi voir.

Elle a retiré le thermomètre. Elle a froncé les sourcils et m'a regardée comme si j'avais fait une bêtise, puis elle a noté ma température sur la feuille.

— Je vous apporte d'autres couvertures. Des couvertures et du thé. Voulez-vous des biscuits avec votre thé ?

— J'ai quarante ans aujourd'hui. J'ai eu droit à une petite fête, ai-je poursuivi, sans m'adresser à quelqu'un en particulier.

J'avais la voix pâteuse. J'entendais mes syllabes glisser, s'élider, mais il me fallait rester éveillée. Il me fallait voir Jackson, mon petit garçon qui avait passé la journée à errer comme une âme en peine.

— Charlie avait organisé une fête pour moi. C'était une surprise.

— Un sablé, ça vous va ?

Steph Bowles n'était pas intéressée par mon histoire : ce qu'elle voulait connaître, c'était ma température, ma tension, mon rythme cardiaque. Elle voulait me remettre sur pied. J'ai fermé les yeux et tout s'est mis à tourner dans mon crâne.

— Ça n'a pas été une grande réussite, ai-je poursuivi. Les surprises-parties sont rarement réussies. En théorie, c'est sympa, mais… bon, je voulais terminer les bagages et me préparer, et il y avait des gens que je ne connaissais pas dans toute la maison, et puis Karen s'est cassé la figure dans l'escalier, Renata est allée s'allonger dans ma chambre et, ensuite, je n'arrivais pas à mettre la main sur Charlie. Elle était introuvable. (J'ai plissé les yeux. Le visage de l'infirmière m'apparaissait tantôt net, tantôt flou.) C'est là que tout a commencé. Non, pas de biscuit, merci. Je me sens nauséeuse. Je crois que je vais vomir. Vous pourriez peut-être m'apporter une cuvette, au cas où. Eamonn est venu à la fête. Pauvre Eamonn. Que va-t-il devenir ?

J'ai rouvert les yeux. Steph Bowles avait disparu. Je parlais toute seule. Bah, quelle importance ?

— Je me demande où est Christian ? ai-je repris, entre deux vagues de nausée. Il a passé la journée coincé dans les embouteillages. La M25 était bloquée dans les deux sens. Moi, j'ai passé mon temps à courir partout comme une dératée, et lui, il a fait du surplace. En fait, je suis encore terrorisée. Il faudra sans doute longtemps avant que ça me passe.

— Madame Landry ? a dit une voix féminine. Je suis le docteur Marker. Comment vous sentez-vous ?

Elle était mince, blonde, vêtue d'une blouse blanche, un stéthoscope autour du cou.

— Je ne suis pas au mieux de ma forme.

Elle s'est assise à côté de moi sur le lit et a pris mon pouls. Elle a consulté ma courbe de température, collé son stéthoscope sur ma poitrine, puis sur mon dos. Elle a passé la main sur ma jambe, a tâté le genou, trouvé le point douloureux. Elle a pris mon pied dans sa main et l'a manipulé pour évaluer la blessure de ma cheville. Elle a écarté les cheveux de mon front et appuyé les doigts sur les hématomes de ma tempe et de ma joue. Je me suis retenue de hurler de douleur.

— Je pense que vous allez vous en tirer avec quelques points. Ça doit vous faire mal.

— Oui, ai-je confirmé d'une voix enrouée.

— Vous avez la nausée ?

— Un peu. Non : pas mal. Je crois même que je vais vomir.

— L'infirmière va vous apporter un bassinet. Vous avez froid ?

— Je suis frigorifiée. Mais ça commence à aller mieux.

— Des vertiges ?

— De fatigue, je pense.

— Et votre mémoire ? Comment vous appelez-vous ?

— J'ai déjà répondu à ça. Nina Landry.

— Vous savez quel jour nous sommes ?

— Samedi 18 décembre. Je le sais parce que c'est mon anniversaire. J'ai quarante ans aujourd'hui. Je ne risque pas de l'oublier.

Je lui ai souri. Son visage flottait devant moi, passait du net au flou.

— Bien. Combien ai-je de doigts ?

— Trois.

— Parfait. (Elle s'est levée.) Vous avez besoin de rester au chaud et de vous reposer, je pense que c'est tout. Vous avez eu une commotion, donc nous devons vous garder à l'œil. Un de mes collègues reviendra vous examiner dans un moment.

— Thé, a annoncé Steph Bowles en posant une grosse tasse verte sur la table à côté de moi. Et je vous ai apporté une chemise de nuit. Je vais vous aider à l'enfiler.

Le docteur Marker nous a laissées. Avec une délicatesse surprenante, l'infirmière m'a soulevée et comme si j'étais un petit enfant, m'a passé la chemise de nuit sur la tête, puis l'a tirée le long de mon corps douloureux, glacé. La chemise sentait la lessive. Ensuite, elle m'a bordée. Je me suis étendue contre les oreillers et j'ai siroté mon thé au lait tiède. Mes mains tremblaient tellement que j'en ai renversé dans mon cou.

Et puis j'ai entendu la voix de Bonnie.

— Il peut entrer ?

— Maman ?

Jackson est apparu sur le seuil, petite silhouette ensachée dans un anorak écossais bien trop grand, qui lui descendait presque aux genoux et lui cachait les mains. Il m'a regardée d'un air renfrogné.

— Bonjour, mon héros.

Je me suis assise, bras tendus, mais il n'a pas bougé.

— Qu'est-ce qui est arrivé à ton visage ?

— Rien, c'est juste un bleu. Viens que je te dise à quel point je suis fière de toi.

— Mais c'est tout violet et enflé.

Je lui ai fait un grand sourire, mon cœur s'est emballé, débordant d'une tendresse meurtrie.

— Bientôt, ce sera jaune et enflé, et ensuite, ce sera encore plus bizarre. Tu vas bien ?

— Bonnie m'a donné du chocolat chaud avec des guimauves. Où est Charlie ?

— Elle est là.

— Elle est vivante ?

— Oui.

— C'est vrai ? Promis ?

— Oui, promis.

— Je peux la voir, alors ?

— Je crois qu'elle dort. Pourquoi n'attendrais-tu pas demain ?

— Je veux la voir. (Sa voix a chevroté puis il s'est repris :) Si tu me dis la vérité et que c'est vrai qu'elle va bien.

J'ai contemplé son visage un peu bouffi, ses cernes pourpres, et cet anorak écossais ridicule.

— Je ne crois pas pouvoir bouger pour l'instant, mais dès que les infirmières reviennent, je t'emmène la voir.

— Bonnie peut m'y conduire. Elle attend à côté de l'ascenseur.

— Bon, d'accord. Je peux avoir un câlin avant que tu partes ?

Il s'est penché vers moi.

— Elle était passée où, alors ?

— Charlie ?

— Ouais. Elle avait fait une fugue ?

— Non.

— On va partir en Floride ?

— Pas aujourd'hui.

— Mais on pourra y aller une autre fois ?

— Oui.

— Quand ça ?

— Je ne sais pas.

Un ange est passé. J'ai glissé la main dans sa manche pour attraper ses petits doigts chauds. Il ne les a pas retirés, et j'ai senti qu'il se détendait peu à peu. Après un moment, il a repris :

— Sludge a dû devenir zinzin toute seule. Elle a bouffé la moitié de la maison.

— Oui, je m'en doute.

— Mais tu ne la gronderas pas ?

— Non, promis.

— Tu vas devoir rester longtemps au lit ?

— Bien sûr que non. Je suis juste un peu fatiguée.

— Bonnie a dit que j'allais devoir veiller sur toi.

— N'importe quoi.

— C'est bien. C'est Noël dans six jours et un peu moins de six heures. Je meurs de faim.

— Dans un moment, Papa va t'emmener manger un truc au café.

— Ils ont des frites ?

— Oui, sans doute.

— Je peux aller voir Charlie maintenant ?

— Vas-y. Mais ne reste pas trop longtemps. Elle a besoin de se reposer.

— Tu me promets que tu restes là ?

— Promis.

Il s'est dégagé de sa chaise, et avec réticence, il a délicatement posé un baiser sur mon visage tuméfié avant de s'en aller.

L'infirmière est revenue, disparaissant presque derrière la pile de couvertures qu'elle transportait. Elle les a étalées sur moi, l'une après l'autre. J'ai fermé les yeux, je l'ai entendue quitter la pièce, et revenir moins d'une minute plus tard. J'ai senti sa main fouiller sous les draps, comme si elle cherchait à me toucher puis j'ai senti un contact tiède sous mes pieds. Une chaleur s'est diffusée dans mes orteils, mes chevilles, mes jambes.

— Une bouillotte, ai-je dit d'une voix ensommeillée.

— Évitez de le crier sur les toits, sinon tout le monde va en vouloir une.

Je n'ai pas répondu, ni même rouvert les yeux. Elle est partie et je me suis retrouvée seule. Je savais que, pour la première fois de la journée, personne n'avait besoin de moi et que je pouvais me laisser aller, comme si j'étais sur un bateau, comme si je larguais les amarres et me laissais emporter au large.

— Bonsoir.

Je ne savais pas si j'avais dormi, ni combien de temps s'était écoulé. J'ai ouvert les yeux. La lumière crue de la salle d'hôpital m'a agressée. Un homme entre deux âges était debout près de mon lit, un bloc à la main. Il avait l'air fatigué, comme un homme à la fin de sa garde.

— Vous êtes le médecin ? Je viens juste de voir votre collègue et elle m'a dit que j'allais bien.

— Je suis le docteur Siegel. Désolé de vous réveiller. Mais je dois vous surveiller. Vous souffrez d'une commotion cérébrale et j'ai bien peur qu'on ne vous réveille plusieurs fois au cours de la nuit. Juste pour s'assurer que vous n'avez pas perdu connaissance.

— Je sais que j'ai une mine épouvantable.

Il a noté quelque chose sur son bloc.

— Attendez donc demain. Vous aurez l'air de quelqu'un qui a livré un sacré combat.

— Mais j'ai livré un sacré combat.

— Oui, c'est ce qui est noté ici. Et vous l'avez gagné, n'est-ce pas ? Je viens de voir votre fille.

— C'est vrai ? Comment va-t-elle ?

— Pas trop mal. Je dirais qu'elle a de la chance de vous avoir. Vous pourrez le lui dire vous-même demain.

— Je ne crois pas que je le ferai. Elle a supporté assez de choses comme ça.

Le docteur Siegel a froncé les sourcils.

— Je dois vérifier votre compréhension et vos réflexes.

— Ça a l'air d'aller.

Il a grogné et noté autre chose sur son bloc.

— Vous habitez sur Sandling Island ?

— Oui.

— Je n'y suis jamais allé. C'est drôle, non ? Je travaille à quelques kilomètres de là, et j'ai toujours eu l'intention de m'y rendre, pour marcher le long de la côte et y manger des huîtres. Vous me conseilleriez d'y aller ?

— Pas aujourd'hui. Je ne suis pas certaine d'y retourner. Je crois bien que je n'aime plus cette île.

— Ne prenez pas de décisions maintenant. Demain matin, tout vous semblera différent. Voyons voir si je sens votre pouls. (Il a pris mon poignet dans sa main.) Au fait, bon anniversaire.

— Comment ?

— C'est indiqué sur le dossier. Quarante ans…

— Exact. Mais je crois que j'ai connu de meilleurs anniversaires dans ma vie.

Il a posé son bloc sur le lit et m'a caressé doucement la main. C'était un contact réconfortant. Puis il s'est levé.

— J'ignore comment se sont passés les autres. Je vous verrai demain matin. Essayez de dormir. Du moins jusqu'à ce que l'infirmière vienne vous réveiller de nouveau dans une vingtaine de minutes.

Il a noté un dernier détail, puis il a croisé mon regard, et, un instant, j'ai eu la certitude qu'il voulait dire quelque chose d'important. Mais il a simplement marmonné :

— Vous vous êtes bien débrouillée.

Puis il a quitté la pièce d'un pas traînant, en éteignant la lumière derrière lui.

Tandis que mes yeux s'accoutumaient peu à peu à l'obscurité, j'ai aperçu pour la première fois une petite fenêtre. Du lit, elle ne me permettait pas de voir grand-chose. Un rai de lumière a balayé le plafond quand une voiture est passée sur la route, puis j'ai contemplé le ciel noir. Y avait-il une lune, là-dehors ? Y avait-il des étoiles ? La mer ne se trouvait qu'à quelques kilomètres de là. À l'heure qu'il était, la marée était en train de descendre, les vagues refluaient vers le large, aspirant les bois flottés, les coquillages brisés. Et sur cette étendue désolée de vase et de galets, sous les falaises croulantes, il y avait le blockhaus, qui se vidait peu à peu avant d'être de nouveau envahi par les flots. Un corps avait été extrait des eaux sombres, le sang avait été lavé. Le soleil d'hiver réapparaîtrait bientôt au-dessus de l'horizon, et le paysage retrouverait sa physionomie habituelle, paisible, tranquille.

Je me suis tournée sur le flanc, j'ai enfoncé mon visage dans l'oreiller, j'ai inspiré profondément et, enfin, j'ai commencé à pleurer. J'étais là. Charlie était là. Jackson était là. Et demain serait un autre jour pour nous tous.

VICTIME OU BOURREAU ?

NICCI FRENCH
Feu de glace

Suspicion

Du jour au lendemain, Alice Loudon abandonne son existence parfaite pour suivre un homme dont elle ignore tout : Adam. Peu à peu, elle cherche à découvrir le passé de son amant, alpiniste d'exception rescapé d'une tragédie montagnarde où plusieurs de ses compagnons ont perdu la vie. Parmi eux, trois femmes dont il aurait été proche mais dont il nie farouchement l'existence. Dans l'esprit d'Alice, le doute s'installe : si l'homme de sa vie était un meurtrier ?

Pocket n° 11339

NICCI FRENCH
Dans la peau

Le chasseur et ses proies

Zoé, Jennifer et Nadia : trois femmes qui n'ont apparemment rien en commun. Son diplôme d'institutrice en poche, Zoé débute avec enthousiasme sa carrière dans une école défavorisée de Londres. Jennifer, la quarantaine, oublie qu'elle n'aime plus son époux en refaisant la décoration de sa somptueuse maison. De son côté, Nadia rompt avec son petit ami et fait le clown à des fêtes d'anniversaire pour enfants... Rien, si ce n'est un homme qui les a choisi pour cibles.

Pocket n° 11586

Nicci French
La chambre écarlate

Étranges coïncidences

L'agresseur de la psychologue Kit Quinn est accusé d'avoir assassiné une jeune adolescente fugueuse : Lianne. Il est le suspect idéal et pourtant, Kit doute. Le mode opératoire de l'assassin ne correspond pas à une brute de son espèce. De plus, l'assassinat de Lianne fait étrangement écho à un autre fait divers sordide : à l'autre bout de la ville, une riche bourgeoise de 32 ans est retrouvée dans des circonstances similaires au premier meurtre. Et ce n'est pas un hasard...

Pocket n° 12285

Nicci French
Au pays des vivants

Mémoire trouble

Enlevée et séquestrée, Abbie Deveraux parvient miraculeusement à échapper à son tortionnaire. Blessée à la tête, elle est devenue amnésique et ne parvient pas à prouver la véracité de son histoire. Si la police ne la croit pas, ses amis acceptent de l'aider à reconstituer le fil de son passé. Il lui faut absolument retrouver la mémoire pour pouvoir identifier son kidnappeur. Avant qu'il ne la retrouve, elle...

Pocket n° 12284

NICCI FRENCH
Sourire en coin

Mémoire trouble

Miranda pensait avoir chassé Brendan de sa vie. Définitivement. Après l'avoir surpris en train de lire son journal intime, elle rompt brutalement. Pourtant, quatre semaines plus tard, sa jeune sœur lui annonce ses fiançailles avec un certain Brendan. Simple coïncidence ? Alors que ses parents le traitent déjà comme un membre de la famille, Miranda reste sur ses gardes. Et si le fiancé idéal n'était qu'un dangereux pervers ?

Pocket n° 12286

NICCI FRENCH
Jeux de dupes

Innocente ?

Le docteur Samentha Laschen, spécialiste des chocs post-traumatiques, prend en charge une nouvelle patiente. Fiona a été retrouvée ligotée chez elle. La même nuit, le reste de sa famille a été massacrée. Touchée par le destin tragique de la jeune femme, Samentha décide de l'accueillir chez elle, sans se douter que sa vie est sur le point de basculer. Devenue à son insu le premier maillon d'une machination qui la dépasse, il lui faut désormais songer à sa propre survie.

Pocket n° 13144

NICCI FRENCH

Aide-moi...

Double personnalité

Qui est réellement Holly Krauss ? Une femme d'affaire efficace doublée d'une épouse modèle ? Ou bien une employeuse inconsciente et une femme volage ? Peu à peu, le monstre intérieur prend le contrôle de sa vie. Ses appels au secours n'y font rien. Ni son mari, ni ses amis ne parviennent à lui venir en aide. Mais Holly est-elle seule responsable de ce qui lui arrive ? À mesure que son malaise s'accroît, elle prend peur. Quelqu'un la manipule, elle en a la certitude...

Pocket n° 13455

NICCI FRENCH

Mémoire piégée

L'ombre du souvenir

Vingt-cinq ans après sa disparition, Nathalie Martello est découverte morte dans le jardin de sa famille. L'affaire bouleverse son entourage. Pourtant, seule Jane, la meilleure amie de Nathalie au moment des faits, semble vouloir faire toute la lumière sur ce meurtre. À l'aide d'un psychanalyste, elle explore sa mémoire et ne tarde pas à découvrir que la famille Martello, sous ses apparences respectables, a bien des secrets à cacher...

Pocket n°13 145

Composé par Nord Compo
à Villeneuve-d'Ascq (Nord)

Imprimé en France par

CPI
BRODARD & TAUPIN

à La Flèche (Sarthe)
en juin 2011

POCKET – 12, avenue d'Italie - 75627 Paris cedex 13

N° d'impression : 64326
Dépôt légal : mai 2009
Suite du premier tirage : juin 2011
S20469/02